塵埃與灰燼

FROM SAND AND ASH

《紐約時報》暢銷作家
艾米·哈蒙 Amy Harmon —— 著
林小綠 —— 譯

謹以此書獻給納丹·卡蘇托拉比（注）（Rabbi Nathan Cassuto）
致上我最崇高的敬意

注 拉比（Rabbi）爲猶太律法對於合格教師的稱呼，負責帶領宗教活動，教導律法。

台灣獨家作者序

二次世界大戰對我來說就像一則肅穆的童話故事，有著壞蛋、英雄和難以想像的故事情節，遙遠而神祕。

小時候，我著迷地閱讀大量二戰時期的小說，但畢竟不是親身經歷，那段歷史和我之間始終存在著一道鴻溝，我懷疑自己是否掌握得了如此複雜龐大的架構。在《塵埃與灰燼》之前，我寫過十本當代小說，但我不知道自己是否有能力寫出一部以眞實歷史爲背景的虛構小說。

某天，爲了研究家譜，我研讀舊報文章，過程中，一則報導吸引了我的目光，那是關於二戰期間義大利有一小群天主教神父藏匿猶太人的故事。我對二戰時期的義大利戰線一無所知，愈讀下去就愈想深入了解。就這樣，一篇文章開啓了我好幾個月的追根究柢，逐漸產生了眞實感，開始能夠透過一個和我心靈相通的女孩眼睛來審視自我和周遭的世界，於是我開始動筆。

伊娃．羅賽利和安傑羅．畢安可在我的腦中和心中成形且逐漸飽滿，我開始寫下他們的故事，一個充滿希望與愛、犧牲與恐懼的故事。然而，我所知有限，每一步都得詳加考究和鑽研，心中無數次萌生放棄的念頭。但我不斷告訴自己，不會就學，一段接著一段，一頁接著一頁，就這樣走過來了。

自從寫完並出版了這本書後，我陸續接到來自世界各地的迴響，有的人是曾和書中主人公有過類似遭遇的當事人，有的人是當事人的親人。他們對我訴說了自己的故事，感謝我把歷史呈現在讀者面前。納丹．卡蘇托拉比年邁的女兒甚至也聯繫上我。因為深受納丹．卡蘇托拉比事蹟的感動，我還在書裡致敬他，將此書獻給他。我十分慶幸沒讓恐懼和不安擊垮我，繼而完成了這部故事。

我喜歡讓書裡的角色活靈活現，喜歡在字裡行間裡建構世界，更享受每本書帶給我的每趟旅程。希望各位也能和我一起搭上這趟冒險旅程，讓我帶著你進入一九四五年的義大利。若是你能化身為伊娃，就能感受到安傑羅的付出和他的勇氣。但願大家能像他們一樣墜入愛河。最重要的是，希望你能受到鼓舞，去做曾經令你害怕的事，在掙扎與痛苦之中找到目標，無論自覺多麼渺小或微不足道，也能敞開心懷迎接人生中的各種可能性，努力不懈。

「砂礫——是構成玻璃的原料，從平凡無奇脫胎換骨到不可方物的美麗。父親總是讚嘆不已，她則無法理解。從灰燼之中重生出一條嶄新的生命。每一首歌、每一次祈禱、每一次的小叛逆都讓伊娃感到神采奕奕，煥然一新。伊娃誓言要持續反擊，從砂礫之中淬煉出玻璃，擁有這樣的勇氣就是一種勝利。」

艾米．哈蒙

來自各方的感動之聲

「艾米・哈蒙文筆清新富有創意，她的故事能深入我心並且充滿想像力，十分令人驚艷。」

——**《紐約時報》暢銷書榜第一名作者黛比・馬康柏（Debbie Macomber）**

「這本小說讓我沉醉其中，非常具有原創性，巧妙的在歷史、小說及宗教中達到平衡，我幾乎一口氣看完。」

——**《紐約時報》暢銷書榜作者凱蒂・瑞納里（Katy Regnery）**

「艾米・哈蒙的愛情故事總是能感動我，但本書更是觸動了我的靈魂，是本美麗的傑作。」

——**《紐約時報》暢銷書榜作者米雅・喜瑞登（Mia Sheridan）**

「這本述說著戰爭、愛情、信仰的小說，甜美而充滿悲劇色彩，文筆優美，歷史細節考證完善。本書就像一輛裝甲坦克開進你的心中，行進過後飛揚的塵土砂石間，開出了罌粟花。」

——**《An Exaltation of Larks》作者蘇珊・拉奎爾（Suanne Laqueur）**

「《塵埃與灰燼》的故事背景是令人不忍卒睹的黑暗歷史，是以，並不是本讀來輕鬆愉快的書，不過你很難不喜歡上它。它有緊張刺激扣人心弦的劇情，它有細膩精緻的內心描述，它有動人心扉的人性溫暖，當看完後闔上書的那一刻，你的心裡會有滿滿的感動。」

——讀者，Irene

「作者艾米・哈蒙眞實還原了場景和事件的相關細節，用小說筆法展現了那段血淋淋的歷史悲歌，然而意外的是，儘管你會被接踵而來的一幕幕殘酷畫面所深深震撼，淚水湧出眼眶的同時，卻仍依舊會相信——人生是美麗的。」

——讀者，jrue

「故事中的歷史背景全是眞實發生過的事件，就連許多配角也是眞實人物，有血有肉的眞實歷史在作者筆下重現，細膩的文筆讓人在閱讀過程中不自覺跟著緊張，沉浸在那段戰火連連的歷史裡。」

——讀者，Yu Hana

「《塵埃與灰燼》一書，以小說情節與虛構的男女主角寫出第二次世界大戰時的眞實紀錄，故事中許多事件，如羅馬與佛羅倫斯被強押走的猶太人；如天主教與百姓伸出援手幫忙藏匿猶太人；如阿爾帖亭洞窟發生的屠殺悲劇……這些，我們都應該記住。然後讓這些事，不要再發生於地球任何一個角落。」

——讀者，天陽

「《塵埃與灰燼》以男女之間的愛情，貫穿在一個二戰中關於人、信仰、與愛的故事。以一段青梅竹馬的愛情做主軸，使得《塵埃與灰燼》比一般以二戰納粹屠殺猶太人背景的故事，來得更貼近我們，卻又比言情小說來得深刻。」

——讀者，我歇斯底里的愛戀

序幕

一九四四年三月二十四日

安傑羅倒臥在路邊濕漉漉的草叢裡。他一定是昏睡過去了，低溫的夜晚，他只穿著一件單薄的長袍，醒來後冷得瑟瑟發抖，只消輕微一動，右側身體便痛得他整個人徹底清醒過來。四周一片漆黑，他感到口乾舌燥，只能湊過頭去舔草上的水珠。他必須動，動了才能溫暖起來，動了才能去找水，動了才能去找伊娃。

他掙扎起身，拖著腳一步步前進，一邊說服自己，躺著不動會更痛，還是走路好一點。每呼吸一口都痛徹心扉，不用說，肋骨肯定斷了好幾根。拖著一條殘廢的腿摸黑前進何其困難又舉步維艱，他設法維持著一個最不會痛的姿勢，步履蹣跚地沿著阿爾帖亭大道往羅馬走去。老天保佑，但願他沒有走錯，這是前往羅馬的方向。他的右眼看不到，左眼腫到張不開，而且鼻子斷了。沒差，反正他不靠外表吃飯。右手不見了三片指甲，左手小指斷了。一個踉蹌，他跌倒了，不偏不倚壓到他斷掉的小指，痛得他眼冒金星，差點吐了出來。他努力保持清醒，小心翼翼跪坐起來，呻吟著對聖母瑪利亞祈禱，讓自己能再撐久一點。禱告應驗了，他繼續前進。

就快到聖則濟利亞聖殿了，大概還有五英哩吧？只是他實在走太慢，得花上好幾個小時才到得了。也不知道現在幾點了。夜色掩蔽了他的身影，這樣也好，所有人都以為他死了，就讓大家繼續這麼相信，他才能安全。

他可以想像此刻的自己蓬頭垢面，渾身是血，穿了三天的長袍散發汗水和死亡的惡臭，一點也不像是上帝軍的成員，反倒有如來自地獄的使者。

這條路上還有另一間教堂。羅馬的每條路上至少都有一到五間教堂。但他回想不起神父的名字。附近還有一間修道院和學校，兩間都有收留他送去的難民，包括小孩子和猶太人。

自從卡車呼嘯而去，載走了德軍、武器和干邑白蘭地空酒箱之後，這一片舊礦場和地下墓地四周，他再也沒看過半個人。墓地平添新魂，驅走了盤踞在阿爾帖亭洞窟的舊鬼。

他千辛萬苦抵達教堂，當噴泉池出現在眼前時，他三步併作兩步地撲過去，一頭栽進池子裡，沒喝到水，反倒嗆了好大一口，差點喘不過氣來。水又髒又鹹，喝了可能會生病，但這是他喝過最好喝的水。他盡情暢飲後全身放鬆，殘缺的手指滑過冰冷的地面，努力不讓自己哭出來。他盡可能清洗掉頭髮和皮膚上的血跡和污泥，如果天亮前到不了目的地，至少要讓自己看起來像個人。水救活了他。

眼前出現一道人影嚇了他一大跳，回過神來才發現那是一座人像。人像冰冷而憐憫地俯視他，伸出了雙手卻無法幫助他。安傑羅不知道這是何方神聖，或這座雕像設立的意義，就連教堂的名字也想不起來，但那肅穆的神情和逆來順受的姿態讓他聯想到多納太羅的聖喬治雕像，以及他受到感召的那一天。

聖喬治對他說話那年，他十三歲。不是有聲音的那種說話，他既不是傻子也不是先知，但他就是聽到了。那天，他痛到不能戴上義肢，只能拄著拐杖。校外旅行甚是累人，他也沒興趣追趕其他男孩的腳步。賽巴斯提洛神父帶大家到巴杰羅美術館，安傑羅一踏進館內沒多久，就看到了那尊雕像。

雕像在一處壁龕內，高高在上，遙不可及。他湊過去，頭抬得老高，努力往上端詳雕像。聖喬治望向古老的遠方，一身盔甲卻又純眞無辜，眉頭深鎖卻又無所畏懼；雙眼大而清澈，背脊直挺，外表不到使劍的年紀，卻能臨危不亂。安傑羅著迷地盯著他的臉良久，不去看著名的圓頂、壁畫和彩繪玻璃，美術館的意義和偉大對他而言，只剩那一座雕像。

十幾年後的現在，矗立眼前的這座雕像並不是多納太羅聞名全球的作品，但他依然懇求。「救救我，聖喬治。」他說，祈求上天能聽得到。「讓我能面對即將要發生的事。」

安傑羅轉身蹣跚地離開噴泉池，回到和羅馬一樣古老的街道上，感到自己疲憊的身後，有道來自陌生雕像的目光。安傑羅的思緒飄回到很久很久以前他最愛的那個下午。那時，一切是如此清晰明朗，永恆不朽像是獎賞，而非折磨。他現在傷勢太重，一點也不想長生不老，只想一死了之。

在那個遙遠的下午，他冥想著聖喬治，卻對聖喬治一無所知，直到有個男人開口，訴說起那件藝術品背後的故事。

「喬治是一名羅馬士兵，可能是隊長之類的。他從不放棄對耶穌的信仰，明明只要信仰羅馬諸神，他就可以得到數不清的財富和權力。你看，就連羅馬皇帝都捨不得殺他，他非常看重年輕的喬治。但喬治拒絕了。」

安傑羅的目光從多納太羅的雕像作品上移開。站在他身後的男人也是名神父，就像賽巴斯提洛神父一樣。看起來比安傑羅的父親年長，但又比他的祖父桑帝諾年輕。神父兩眼炯亮，髮型俐落，面容慈祥但一臉好奇，在身後交握的雙手充分展現出他自我壓抑的性格。

「他死了嗎？」安傑羅問。

「是的，他死了。」神父沉重地說。

這是意料中的事，但安傑羅依然感到難過。他多希望年輕的英雄能贏得最後的勝利。

「他死了，但他戰勝了龍。」神父柔聲說。

安傑羅一頭霧水，困惑地皺起鼻子，目光轉向雕像。一大片陰影覆蓋住喬治的手。

「龍？他去打龍？」他又問。

這是眞實的故事，但眞實的世界裡沒有龍。

「龍是一種象徵，喬治必須戰勝內心邪惡、誘惑和恐懼，保持對天主的忠誠。」

安傑羅恍然大悟，點點頭。兩人默然無語地望著這尊大師之作，栩栩如生的士兵雕像。

「年輕人，你叫什麼名字？」神父問。

「安傑羅。」他回答。「安傑羅．畢安可。」

「安傑羅，聖喬治是一千五百年前的人物，但時至今日我們仍在談論他，這也算是某種永恆不朽，不是嗎？」

安傑羅眨眼忍住盈眶的熱淚。「是的，神父，我也這麼認爲。」

「他不惜犧牲一切，因而成爲永恆不朽。」

他不惜犧牲一切，因而成爲永恆不朽。

安傑羅呻吟出聲，一想到這他的胃都痛了。實在是太諷刺了。他犧牲一切，卻即將失去他寧可拿永生去交換的唯一一樣東西。

東方天空逐漸泛白，微光掃過尖塔和鐘樓，照亮整座羅馬城。安傑羅終於來到聖則濟利亞聖殿的大門時，美妙的鐘聲響起，彷彿歡迎他的歸來，但他緊抓著柵欄大門，祈禱奇蹟出現，伊娃正在教堂裡等著他。

不久，弗朗西絲卡修女發現他。他就像被撒旦手下壓住一樣，倒坐在大門前。她以爲他死了，驚聲尖叫，雙手抱胸奔去求救。安傑羅疲憊不已，無法出聲呼喚她。

透過腫脹的眼皮縫隙，他看到馬立歐・桑尼來了。他先是檢查他的脈搏，接著指示其他幾個人將他抬進去。

「這樣不安全。」安傑羅掙扎出聲。馬立歐在門外不安全，在門內也不安全。

「你會被人看到。」安傑羅試圖警告，但口齒含糊不清。

「抱他上樓，到伊娃的房間去。」馬立歐命令。

「伊娃人呢？」安傑羅從齒縫中擠出這句話，他一定要知道。

無人回應。眾人迅速拾階而上，安傑羅哀號出聲，他的肋骨承受不住這樣的搬運。

他被安置到一張床上，伊娃的氣息包圍住他。

「伊娃？」他拉高聲量再次問。一隻眼睛尚不至於腫脹到完全看不見，但視線矇矓不清，眾人緘默。

「我們已經三天沒見到她，安傑羅。」馬立歐終於打破沉默。「德軍抓走她了。」

一九四四年三月二十四日

塔索街

告解：我的本名是芭希娃．羅賽利，不是伊娃．畢安可。我是猶太人，安傑羅．畢安可不是我哥哥，他是名神父，他只是想要保護我，不想讓我落到如今這般地步。

第一次見到安傑羅時，我們都是小孩子。他年紀雖小，卻擁有一雙滄桑的眼睛。來到義大利後，他有很長一段時間都不曾開口說話，只是觀察四周。我以為那是因為他是美國人，聽不懂義大利語。現在想來有點好笑，但當時跟他說話時，我都當他的耳朵有毛病，故意比手劃腳，拉高聲音。我在他的身旁跳舞、拉小提琴、唱歌，想盡辦法逗他笑。當他笑了，我會抱住他，親吻他的臉頰。他的耳朵沒問題，也都聽得懂。他完全知道我在做什麼，他一直在傾聽、觀察和學習。

我極具耐心的父親卡米洛要我別去理會他，但我做不到。我們兩人之間的相處模式從未變過。多年來，我總在他面前跳舞，努力吸引他的目光，想要看到他的笑容。我渴望接近他、渴望去愛他並且被他所愛。我從小叛逆，還不懂害怕時就知道對抗害怕。叛逆是我的最強戰友，雖然偶爾惹人討厭；它就像我，連傷痛的部分都一樣，它讓我永不放棄。當恐懼讓我喪失鬥志時，叛逆讓我重拾鬥志。

父親曾說人來到世上就是爲了學習，上帝要我們接受所有的人生課題，之後再奉獻給上帝和人類。爲了學習，我們必須活著，有時必須爲了活著而奮鬥。

這就是我的奉獻，這是我經歷的人生課題。小小的叛逆讓我活著，愛給予我希望，而希望是我現在僅有的。

伊娃・羅賽利

一九二九年

1 佛羅倫斯

「妳知道桑帝諾有個孫子嗎？」伊娃的父親問。

「爺爺有孫子？」伊娃問。

「對，爺爺。不過，他不是妳的親生爺爺，妳知道的，對吧？」

「他就是我爺爺，他很愛我。」伊娃抗辯。

「是沒錯，但他不是我父親，也不是妳母親的父親，所以他不是妳祖父。」父親耐心地解釋。

「我知道啦，爹地。」伊娃氣呼呼地說，搞不懂父親堅持的點在哪。「法比雅也不是我的親生祖母嘛。」她感覺自己這樣說像在撒謊。

「一點也沒錯。桑帝諾和法比雅有個兒子。他年輕時離開佛羅倫斯到美國，因爲那裡有更多的就業機會。他娶了一個美國女孩，生了一個小男生。」

「他幾歲了？」

「十一或十二歲左右。比妳大兩歲。」

「他叫什麼名字？」

「他叫安傑羅！拜託，芭希娃。聽我說話，別打岔。」伊娃的爹地一旦失去耐心，就會直呼她的名字。她閉上嘴巴，乖乖聽話。

「安傑羅的母親死了。」他哀傷地說。

「所以奶奶昨天看完電報後才會哭嗎？」伊娃完全忘了不可以插嘴這件事。

「是的。桑帝諾和法比雅要兒子把男孩帶來義大利。男孩的腿好像有問題，他們希望他跟我們一起住一段時間。桑帝諾的哥哥是神父，他們想送男孩到佛羅倫斯的神學院。以他這個年紀入學可能大了點，但他在美國上的是天主教學校，所以也不至於落後太多，說不定還超前呢！」父親彷彿自言自語，而不是在對伊娃說話。「我會盡力幫忙。」他若有所思地說。

「我們可以當朋友，我們都沒有媽媽。」伊娃說。

「沒錯，他會需要朋友，伊娃。」

伊娃對母親沒有印象，小時候母親因結核病過世，印象中，只有母親閉上眼靜躺在病床上的模樣。當時伊娃不到四歲，但她記得床的高度。她抱著自己的小提琴，興高采烈地攀上床沿，想要演奏一曲給媽媽聽。

她爬到母親身邊，摸摸她發燙的臉頰。肺結核讓她就像個殘破娃娃般滿臉通紅。母親緩緩張開眼睛，眼神迷茫呆滯。伊娃嚇壞了。一個死氣沉沉的人正用一雙無神的藍色眼睛凝視她。伊娃的母親開口，用破碎嘶啞的聲音呼喚女兒的名字。

「芭希娃。」話語方落，她咳了一下，身軀隨之顫抖。宛如在宣讀遺言一般，她用沙啞的聲音一字一字說出她的名字，使得伊娃有好長一段時間都非常討厭自己的名字。母親去世後，只要父親叫喚她的全名，她會哭著摀住耳朵。

從那時起，爹地改叫她伊娃。

跟母親短暫的相處人生中，這是伊娃對母親所留下的唯一記憶。但她只想抹去，並不想珍藏。她寧可抱著母親的相片，假裝自己記得她是個漂亮的女人，有一頭柔順的褐髮和吹彈可破的肌膚。她抱著伊娃坐在她的大腿上，一旁是年輕的卡米洛，頭髮烏黑不參雜半根白絲，嚴肅的表情背後是一雙帶笑的褐色眼眸。

伊娃努力回想，還是個小娃娃時的她被母親抱著坐在大腿上，她直勾勾地盯著眼前的女人，但無論如何就是想不起她的容貌。伊娃長得不像母親，她有著和父親卡米洛一樣蒼白的肌膚和紅潤雙唇。

要想念一個不認識的人太難了，更別說愛她。

伊娃納悶，桑帝諾的孫子安傑羅是否愛著自己的母親。但願這份愛沒有太深刻，因爲失去摯愛比從未擁有更加難以忍受。

「你在難過什麼啊？」伊娃縮起膝蓋藏在睡袍底下。她在書房找到安傑羅時，他正在凝視外頭的暴風雨。通往陽台的門敞開著，大雨打落在底下的粉色石板小徑。她知道他不會理她，他和爺爺奶奶住到家裡已有三個月了，一句話也沒說過。伊娃想方設法要和他做朋友，拉琴給他聽，跳舞給他看，爲了逗他笑，還故意穿學校制服跑到噴泉池，濺了一身濕後挨了頓罵。有時候，他眞的笑了，儘管他依然悶不吭聲，但也足以讓她再接再厲。

「我好想媽媽。」

伊娃心頭一震。他居然說話了，而且是義大利語。伊娃知道安傑羅聽得懂義大利語，但她以爲他會像美國人一樣講英語。

「我不記得我媽了，她死的時候我才四歲。」她回答，盼望他能繼續說。

「一點都不記得了？」他問。

「爹地有提過一點。爹地是義大利人，但我媽媽是奧地利人。她的名字叫愛黛兒．阿德勒。很好聽的名字，對不對？我有時會用我最好看的字寫下來。她的名字聽起來就像美國電影明星，外表也有點像。我爸說他們是一見鍾情。」她滔滔不絕地說著，見安傑羅一臉興致盎然，也就沒打算住口。

「爹地第一次遇見媽媽，是去維也納出差賣紅酒瓶的時候。爹地有一間玻璃工廠，賣酒瓶給所有釀酒廠。奧地利的酒很好喝，爹地有讓我試過味道。」她有意展現自己的見多識廣。

「她也會拉小提琴嗎？」安傑羅遲疑地問。

「不會，我媽一點也不懂音樂。但她希望我成爲一名傑出的小提琴手，就像我外公阿德勒一樣，菲力士舅舅說外公很有名。」她聳聳肩。「說一下你媽媽吧。」

他默然無語，伊娃一度以爲他又要關上嘴巴。

「她有著一頭像妳一樣的黑髮。」他低語，緩緩伸出手。伊娃屏氣凝神，由著他撫摸自己的一縷長鬈髮，接著他放下手。

「她的眼睛是什麼顏色？」她柔聲問。

「褐色……像妳一樣。」

「跟我一樣漂亮嗎？」她沒有惡意，旁人經常稱讚伊娃很漂亮，她習以爲常。

男孩歪頭沉思。「對我來說是吧。她很柔軟。」他最後一句話是用英語說的。伊娃皺起鼻子，不是很明白他的意思。

「柔軟？你是說胖胖的？」

「不是胖，她在各方面都能讓我安心。她就是……柔軟。」這個回答太有深度了，她瞪大眼睛看著他。

「可是……你的奶奶也柔軟。」她努力找話說。

「那不一樣。奶奶太關心我了，她一直想讓我開心，讓我感到被愛。媽媽不一樣，媽媽連試都不用試，她就是……愛。」

兩人並肩坐著看雨，伊娃心想著母親，以及種種美好、柔軟的事物。她不是一個人，這場雨卻讓她有種孤單寂寞的感覺。

「安傑羅，你來當我哥哥好不好？我沒有哥哥，我好想要一個喔。」她打量他的側臉。

「我有妹妹。」安傑羅沒有正面回答，視線始終盯著雨。「她還在美國。她出生後……媽媽死了。現在，她在美國，而我在這裡。」

「還有你爸爸在那裡陪她呀。」

他哀傷地搖頭。「他把她送給了我阿姨，她想要一個孩子。」

「她不要你嗎？」伊娃困惑地問。安傑羅聳聳肩，彷彿毫不在意。

「你妹妹……她叫什麼名字？」伊娃追問。

「我爸以媽媽的名字替她取名，叫安娜。」

「你會再看到她的。」

安傑羅轉頭望著她。卡米洛的桌上有盞燈，安傑羅隱藏在燈光陰影處的藍眸蒙上一層陰影。

「我不這麼想。爸爸說義大利是我的家。我不要把義大利當家，伊娃，我要我的家人。」他語帶哽咽，低頭看著自己的手，彷彿為自己的懦弱感到羞愧。這是他第一次呼喚她的名字。伊娃握住他的手。

「我是你的家人，安傑羅。我保證，我一定會當個好妹妹。只有你跟我的時候，你想叫我安娜也可以。」

安傑羅吞了口口水，找回聲音，緊握她的手。

「我不要叫妳安娜。」他泫然欲泣，重新看著伊娃，眨眼忍住淚水。「我不叫妳安娜，但我可以當妳的哥哥。」

「你也可以姓羅賽利，我爸不會介意的。」

「那我就是安傑羅．羅賽利．畢安可。」他破涕為笑，擦擦鼻子。

「我則是芭希娃．羅賽利．畢安可。」

「芭希娃？」輪到安傑羅皺眉。

「對啊，那是我的本名，不過大家現在都叫我伊娃。那是希伯來名喔。」她驕傲地說。

「希伯來？」

「對啊，我們是Ebrei。」

「Ebrei？」

「就是猶太人啦。」

「什麼意思？」

「老實說我也不知道。」她聳聳肩。「我在學校沒上宗教課，我也不是天主教徒。我很多朋友都不會我們的祈禱文，也不上會堂。除了我的表親李維和克勞蒂亞，他們也是猶太人。」

「妳不是天主教徒？」安傑羅大吃一驚。

「不是。」

「妳信耶穌嗎？」

「什麼意思？」

「妳相信他是主嗎？」

伊娃雙眉微蹙。「不相信，我們不會叫祂耶穌。」

「妳也不做彌撒？」

「不做，我們去會堂，但不常就是了。」她坦承。「爹地說，要跟上帝說話不用特地跑到猶太會堂去。」

「我上天主教學校，每個星期日都要做彌撒，我和媽媽從來不會缺席。」安傑羅的表情有掩不住的震驚。「看來我不能做妳哥哥，伊娃。」

「爲什麼？」她不解地問。

「因爲我們的宗教信仰不同。」

「猶太人和天主教徒不可以當兄弟姊妹嗎？」

安傑羅沉吟不語。「我不知道。」他最後說。

「我覺得可以。」她堅定地說。「我爸和奧古斯托叔叔是兄弟，他們兩個老是不對盤。」

「那麼，爲了彌補這一點，我們在其他事上必須一致。」安傑羅慎重地說。

伊娃點點頭，煞有其事地附和：「其他事。」

～

「妳爲什麼老是找我吵架？」安傑羅嘆道，高舉雙手投降。

「我才沒有。」伊娃不服氣。

安傑羅翻了個白眼，試著甩掉這個跟屁蟲。他走到哪她就跟到哪，平常他一點也不介意，但在花了整個上午教她打棒球後——義大利沒人打棒球——他的腳現在很不舒服。他希望伊娃走開，讓他專心照料自己的腳。

「你的腳到底怎麼了？」伊娃注意到他的不適。她教安傑羅踢足球，雖然安傑羅不太能跑，但他可以防守，他是一名傑出的守門員。話說回來，他們玩在一起這麼久，他一句話也沒提過他的腳。她可算是超有耐心的了，一直在等他自己透露這個祕密，但她不想再等下去了。

「我的腳沒事……因爲根本就不存在。」

伊娃倒抽一口氣，她壓根沒想過會嚴重到少了一條腿。

「我可以看嗎？」她懇求。

「為什麼？」安傑羅坐立不安。

「我從沒看過少了的腿。」

「那麼問題來了，沒有的東西妳看不到。」

伊娃惱怒地哼氣。「我要看少了腿的樣子。」

「我得脫掉褲子才行。」他有意讓她知難而退。

「那又怎樣？」她聳聳肩，一副無所謂的模樣。「我才不怕你的臭內褲。」

他詫異地揚一揚眉，她撒嬌地催促：「拜託啦，安傑羅？每個人都當我是小寶寶，都不給我看好玩的東西。」

這是事實。所有人都把伊娃當小公主捧在手心。她備受寵愛，但安傑羅看得出來她並不特別喜歡這樣。

「好吧，但妳也要給我看才行。」

「看什麼？」她滿腹疑惑地皺眉。「我的腳沒事，身體也好好的。你要看什麼？」

安傑羅沉思片刻，伊娃猜想他一定是想看女生的身體。爺爺會打他們屁股，奶奶則會雙手抱胸，然後拿出黑色串珠祈禱他們兩個不會被抓。話說伊娃自己也很好奇，她一點也不介意發問有關男生身體的問題。

「我要看妳寫的那本本子，而且妳要讀給我聽。」安傑羅說。

伊娃大吃一驚。不過這總比展示和解說來得好，而且她只需要思考五秒鐘就夠了。

「好。」她伸手出去迅速握握他的手。

安傑羅看起來不太開心，可能是她接受得太快，雖然點子是他提出的，但他開始懷疑吃虧的人其實是自己。搞不好他以為本子有寫到他的事。她確實有，不過她一點也不介意讓他知道。

無論如何，他握手同意，拉起右褲腳。佛羅倫斯的男孩一年到頭都穿短褲，除了安傑羅。相比之下，穿著長褲和醜陋黑鞋的安傑羅就像個小大人。

「你不是說要脫掉褲子！」伊娃氣呼呼地說，覺得自己被敷衍了。「我要看你說的，別像個女孩子一樣。」

「是啊，我又不是那種看到男生內褲就會大驚小怪的笨女人。」

他伸長腿，露出一根可調整的鋼管，其中一端固定在膝蓋上連結著大腿，另一端接著黑色靴子。

伊娃著迷地伸手撫摸支架。

「這是我爸做的，讓我可以走路。」一提起他的父親，安傑羅就會臉色一變。安傑羅的父親是鐵匠，原本答應要訓練安傑羅用金屬做東西，這樣一來，即使沒有雙腿，至少還能活用雙手。但那是在母親去世前的事了。現在，父親在美國，安傑羅在義大利，沒人能指導安傑羅如何使用金屬。

「可以拿掉嗎？」伊娃眞心想看他沒有腳的模樣。安傑羅解開綁帶的同時呻吟了下，彷彿得到了某種解脫。

他脫掉義肢，膝蓋以下空空如也。伊娃目瞪口呆，合不攏嘴地盯著他的腿看。

安傑羅一臉困窘，像做錯事般顯得有點羞愧。她立刻伸出手去抓著他的手。

「會痛嗎？」皮革看起來很軟，為了保護皮膚不被義肢的重量拉扯，他還另外穿了厚襪子，但這畢竟不像穿靴子那樣簡單，膝蓋上有個破皮發紅的腫塊。

「戴著金屬義肢是有點不舒服，但我喜歡走路的感覺。我曾經用了很久一段時間的拐杖。這隻義肢是可調整的，就算我長大了也可以用，至少可以撐好幾年。要是我的腳累了，還是可以用拐杖。」

「你的腳是怎麼不見的？」

「我曾來沒有擁有過。」

「是天生的？」

「我媽說，醫生認爲是肚臍纏住腳，血液循環不良導致生長不順，一部分的腳因此壞死。我出生後就被截肢了。」他聳聳肩。「媽媽說，只要我夠堅強就不是什麼大問題。」

「其他部分倒是長得很好。」伊娃的眼睛離不開他裸露的大腿，安傑羅刷紅了臉，立刻裝回義肢，重新穿上褲子。他的難爲情讓伊娃也跟著臉紅了。她只是想讓他知道，她覺得他的腳很好。

「我每天鍛鍊，跳躍、衝刺、深蹲，好讓我的腿變壯。醫生說，我越強壯，能做的事就越多。我現在非常強壯。」他靦腆地說，迅速瞥了眼伊娃的臉後又垂下視線。她一臉崇拜，笑盈盈地點點頭。

伊娃倏地起身離開房間。安傑羅望著她，以爲她不想理他了，但他還沒扣好最後一個綁帶，她就回來了。她手上拿著一本書，往床上一坐，擠在他身邊。他立刻移開，差點跌到地板上。她察覺到他的緊張，她不時會感覺到他在緊張，倒也挺樂在其中。他看著伊娃，她認得那種眼神，爹地搞不懂她時就是那種眼神。

「你不是要看我的本子？」她問。

「我要聽妳用說的。」他不接下本子。

「好吧，這是我的告解書。」她翻開軟皮封面，迅速翻了幾頁，他沒能仔細看清楚頁面上的內容。

「妳的字很好看，可是我看不太懂義大利文，對話是一回事，但我都只看英文書。」

伊娃點點頭，慶幸他讀不懂她的思緒和她的文字。

「我還以爲是妳的日記。」他語帶失落。「妳告解的對象是誰？」他問。

「這是我的日記沒錯啊。只是我會用來告解一些很隱私的事。」她揚一揚眉，示意這可是他享有的特別待遇。

「讀一篇來聽聽。」安傑羅堅持。

「我還以爲你很害羞哩，根本就是很霸道嘛。太好了。」她嘲諷地說。

安傑羅敲敲本子，把伊娃的注意力從他身上轉移到頁面上。

「好，那我就讀你第一天到義大利之後我寫的告解。」

「跟我有關？」

「對，你應該會喜歡。」

我好開心安傑羅來了。老是跟大人在一起好煩喔！爹地說因爲我四周都是大人，所以比同年齡的小孩都要聰明成熟，這是好事吧。可是我不想跟大人玩，我想玩捉迷藏和鬼捉人，想要有人聽我說祕密，想要溜欄杆和跳床。我想從房間窗户爬出去，跟朋友坐在屋頂上，而不是我想像中的朋友。

安傑羅十一歲，比我大兩歲，但我跟他一樣高。他好像有點矮，奶奶說這很正常，女生本來就會長得比較快，他以後就會追過我。可是他好帥，而且有一雙非常漂亮的眼睛，漂亮到不像是男生的眼睛。當然，這不是他的錯。他的頭髮也跟女生一樣捲捲的。他得留短髮，而且千萬不能穿裙子，不然就會比我漂亮，我才不要那樣。

安傑羅眉頭一皺，不太高興。她暗自竊笑。

「你眞的很好看。就是鼻子對那張臉來說太大了。」她取笑說。

「妳根本不用擔心我會比妳漂亮。」他氣呼呼地說。「妳是我見過最漂亮的女生。」意識到自己剛說的話，他立刻又羞紅了臉。

「我不喜歡那篇，再讀一篇。」他立刻說。

她照做了，一篇接一篇地讀，他就像神父一樣耐心地聆聽著。

一九三八年

一九三八年十一月十七日

告解：我有時候會害怕睡覺。

我昨晚又做了那個夢。從九歲起就一直做著同樣的夢，一個我不知道自己在做什麼的夢。夢裡很黑，而且擁擠。伸手不見五指，只有牆上一扇高高的小窗透進來的月光，到處都是板牆劈里啪啦的聲音。我在移動，而且很害怕。

我得搆到那扇窗戶才行，下一刻，我的手緊攀在窗邊，鞋尖踩在板牆的縫隙裡，我把板牆當梯子才爬了上來。

「妳要是跳出去，他們會懲罰我們。」有人抓著我的衣服，我甩掉他們的手，使勁地踢。

「他們會殺了我們！」一個女人哭個不停。

「妳要想想我們其他人！」

「跳下去妳也會死的。」有人說，此起彼落的聲音附和，但我不聽。

我把頭探出窗戶，迎面而來的風就像水，也像生命，像一座冰冷希望的瀑布。我大口大口地吸氣，但還是渴得不得了，但至少感覺活過來了些。

我把肩膀擠出窗戶，雖然只能抓到空氣，但總算掙脫出來。霎時間，我頭下腳上，整個世界從我耳邊呼嘯而過，我聽到自己急促的心跳聲。我在墜落。

伊娃．羅賽利

2 義大利

父親叫著她的名字，拚命搖醒她，將她從夢中拯救出來。

「伊娃！伊娃！」聽得出來他在害怕，她不由得也跟著害怕起來。她睜開沉重的眼皮望著他，父親露出如釋重負的表情。

「伊娃，妳嚇死我了！」他語帶哽咽，一把抱住她，紊亂的棉被夾在兩人中間，父親雙手環抱住她的背，頸項之間有檀香和香菸的味道，味道使她安心，變得昏昏欲睡。

「對不起。」她低語，不明白自己為何要道歉，她只是在睡覺而已。

「不是那樣，親愛的。我應該知道才對。妳小時候一睡就會睡很沉，法比雅會把頭湊到妳胸前確認妳還在呼吸。我怎麼會忘了這件事。」

不一會兒，他放開她，她倒臥回自己的枕頭。

「我做夢了。」她說。

「好夢嗎？」

「不是。」從來都不是好夢。「是我以前告訴過你的那個夢。」

「啊，這次妳跳下去了嗎？」

「好像是，但不是用腳跳，是整個身體都下去了。我從窗戶掉下去，一直往下掉，然後就醒了。」

「夢到掉下去時醒過來很正常，一定會在墜地之前醒的。」父親安慰她。

「那就好，跌到地上會痛死的，說不定會要了我的命。」她輕聲說。

「話說回來，在夢裡妳爲什麼要……跳？妳爲什麼一直想要跳？」父親問。

「因爲不跳就會死。」這是眞的，夢裡的她很清楚，她只能選擇跳下去或死掉。

父親拍拍她的臉頰，彷彿她還是八歲小女孩，而不是快要十九歲的女生。她抓起他的手，親吻他的掌心。他握緊拳頭收下這個吻。小時候他常常這麼做。

就在父親快走到門口時，她問：「我尖叫了嗎？你是被我的尖叫聲吵醒的嗎？」

「妳有大叫，但沒有吵醒我，我早就醒了。」現在是凌晨三點鐘，她突然發現父親變得蒼老許多。這比夢境更令她害怕。

「爹地，你還好嗎？」她擔心地問。

「Sono felice se tu sei felice。」只要妳開心我就開心，這是他常掛在嘴邊的話。

「我很開心。」她眞心地報以一笑。

「那麼我就一切安好。」他還是那句老話。他關掉桌燈，她的房間陷入一片黑暗，而他仍徘徊在房門口。

「我愛妳，伊娃。」他的聲音裡有些異樣，彷彿哭了，但她看不見他的臉。

「我也愛你，爹地。」

伊娃的父親卡米洛·羅賽利知道接下來會發生的事。他自以爲把女兒保護得很好，也可能是她天眞地認爲自己是義大利人，沒意識到暴雨將至，兀自在細雨紛飛中漫舞。她發現，那些嘲諷猶太人的卡通、貶損人的暗示，以及桑帝諾看的報紙上的文章都會惹怒父親。在伊娃眼裡，這就是政治。在義大利，政治是給政客去玩的，不關人民的事——普通老百姓只會聳聳肩，然後繼續過自己的日子。

她當然也聽過爹地和奧古斯托叔叔吵架，吵架對他們來說是家常便飯，伊娃從小到大每個星期至少都會聽到一次。

「猶太人是血統更純正的義大利人，猶太會堂比教堂的起源更早。」奧古斯托會這麼說。

「沒錯。」卡米洛情緒激昂地說，繼續倒酒。

「一戰時爲了保衛國家，我們失去朋友和家人，卡米洛，這難道還不重要嗎！」

卡米洛點頭啜飲一口又一口，然後再點頭。

「我寧願相信法西斯黨，也不相信共產黨。」奧古斯托說。

「我兩邊都不相信。」卡米洛會反駁。

接下來，兩人就會一言不合，整晚喝酒抽菸，針對墨索里尼、黑衫軍（注1）和布爾什維克（注2）的話題爭吵不休。

注1 黑衫軍（the Blackshirts），正式名稱爲「國家安全義勇軍」（MVSN），義大利民兵組織，爲國家法西斯黨領袖墨索里尼創建的一支準軍事部隊。一九二二年，墨索里尼動用黑衫軍向羅馬進軍，成功成爲義大利首相。

「一個熱愛自由的猶太人，不會支持一個用武力和恐嚇來聚集支持者的政黨。」卡米洛用修長的指頭指著弟弟。

「卡米洛，至少他們不會禁止我們的宗教。法西斯跟我們一樣討厭保守的天主教徒。這是民族主義，也可以說是一種革命。」

「革命幫不上猶太人。」奧古斯托這時會大聲抱怨，厭惡地兩手一攤。「卡米洛，你最後一次去會堂是什麼時候？你現在根本就是個義大利人，都不像猶太人了。伊娃會唸我們的禱詞嗎？你還記得今天是安息日嗎？」

卡米洛坐立不安，心有愧疚，但他的回答一如既往。「我知道今天是安息日，而且伊娃會唸禱詞！我是猶太人，永遠都是。伊娃是猶太人，也永遠都會是。不是因為我們上猶太會堂或是記得節日，這是我們的傳統，我們的身分永遠不會改變。」

最近，兩人時常聊起廣播和報紙上節節高升的反猶太主義。卡米洛的大舅子菲力士·阿德勒操著一口清晰的德奧口音，抑揚頓挫和捲舌音都跟家裡其他人講的義大利語不同，而去年七月報紙上刊登了一篇〈反猶太主義宣言〉（*Manifesto della Razza*）後，他被威脅滾出義大利，整個八月也被這場騷動給毀了。他們以往每年此時都會到馬萊瑪去度假，逃離炎熱的市區擁抱清涼的海邊，但反猶太主義宣言如影隨形，佔據了他們的心思，剝奪了他們的快樂。

「墨索里尼故意找理由針對我們，說猶太人對國家沒貢獻，低薪高稅是我們的錯，房屋有限、食物稀少、學校擁擠也是我們的錯。找不到工作、犯罪率飆升都是因為猶太人。」卡米洛厭惡地搖搖頭。

奧古斯托不以爲然，他一向比哥哥樂觀。「會報導這些事的報紙都只是爲了賺政府的錢罷了。寫些亂七八糟的文章，巴結法西斯當權者。義大利人才沒那麼笨，根本沒人會相信。」

「但義大利人容許這種事。不管我們的朋友喜不喜歡，都沒人阻止，我們猶太人只能忍耐！猶太人離開猶太區沒多久就變得義憤塡膺，我們都不希望事情雪上加霜，同時又坐以待斃，這樣一來，不管發生什麼事都不用感到意外了。奧古斯托，我每天早上都會去聖吉路上的咖啡廳喝杯咖啡，最近，對街有人靠在生鏽的大門前舉著牌子，上面寫『把猶太人趕回猶太區去』。已經一個多禮拜了，沒人去拿下來，我也沒去拿下來。」他心虛地低喃。

「國王會阻止的，記住我的話。」奧古斯托反駁。

「埃馬努埃萊國王（注3）只會聽墨索里尼的話。」卡米洛斬釘截鐵地說。

伊娃聽在耳裡，但老人家就是話多，卡米洛、奧古斯托、墨索里尼和國王都是老人。她只是個小女生，才不愛聽這些話。

一九三八年九月五日，從海邊回來後過了一個星期，國王簽署了一項法西斯黨推動

注2 布爾什維克（the Bolsheviks），俄國社會民主工黨的其中一個派別，領袖人物爲列寧格勒。一九一七年，布爾什維克通過「十月革命」奪取俄國政權，日後成爲蘇聯共產黨。

注3 維托里奧·埃馬努埃萊三世（Vittorio Emanuele III），被法西斯份子奪取政權後，成爲墨索里尼的傀儡。

的法案，禁止猶太人的小孩上公立或私立的義大利學校，也不准應徵學校職位，上至大學下至幼兒園，一概不准。而這只是冰山一角。

伊娃在春天時完成高中學業，她沒去申請大學，想要多方探索自己的興趣。卡米洛警告她這件事不能等，但她總是拖拖拉拉。她還想繼續玩音樂。她加入管弦樂團已有兩年，年紀輕輕就成了第一把交椅。三個男友讓她分身乏術——一個拉大提琴的猶太男孩，一個搞欲擒故縱的天主教男孩，一個穿著制服帥氣又愛跳舞的佛羅倫斯警察。她周旋在三人之間，沒打算太早結束。她年輕貌美，人生美好，因此沒有去申請大學，然而，剎那間，那道門就闔上了。

在那場惡夢的隔天早上，她做了另一個惡夢，驚醒後，她走進廚房想吃早餐。桑帝諾一如往常坐在布滿刻痕的桌前，法比雅端來他的咖啡——她說餐廳要留給卡米洛和伊娃。桑帝諾正在看義大利日報《*La Stampa*》，他每個星期都會從頭到尾翻一遍。底下另外塞了三份報紙，他不時用手抹臉，喃喃道：「我的老天。」彷彿不敢相信自己的眼睛。法比雅哭個不停。

「怎麼了，奶奶？」伊娃趕到她身旁，馬上聯想到安傑羅。每當擔心他有個三長兩短，兩個老人家就會這樣。

「新法頒布，伊娃。」桑帝諾嚴肅地說。「越來越多法規針對猶太人而來。」

「我們能去哪裡？」法比雅問伊娃。「我們不想離開你們。」

伊娃困惑地搖頭，知道桑帝諾還有其他報紙可看，就拿走他手中的報紙讀起來。

法比雅之所以落淚，因爲新法規定非猶太人不能在猶太人家裡工作，轉眼之間，他們留在這裡變成了違法的事。她和桑帝諾都是天主教徒。根據報導，新種族法規定猶太人在一定限度內不能擁有房子、個人財產或生意。猶太人公司的員工不得超過百人，且必須由非猶太人管理。卡米洛的奧斯特玻璃公司擁有超過五百名員工，他的父親白手起家，而後卡米洛取得化工學位，足以成爲最優秀的玻璃工匠，壯大玻璃事業。而現在這一切都不重要了。

猶太人教師不能在學校或大學任教，義大利學校裡也不得有猶太人寫的教科書。猶太人和非猶太人禁止通婚，猶太人不能是非猶太人法定上的監護人。

卡米洛父親厄博多．羅賽利出生於猶太區。義大利猶太人得到自由，獲得完整義大利公民權利不過六十八年，如今又再次被奪走了。猶太人既不能擔任公職也不能從軍，外國籍猶太人不能入境義大利，換句話說，卡米洛的大舅子菲力士．阿德勒別無選擇，必須在四個月內離開義大利，返回奧地利。

伊娃反覆細讀法條的文字和細節，仍舊一頭霧水，不明白到底發生了什麼事。

奧古斯托叔叔、碧昂卡嬸嬸、克勞蒂亞和李維也來了，全家人七嘴八舌，口音各異，但同樣難以置信。直到最後，全家陷入不安的沉默之中。奧古斯托搔搔頭。「爲什麼老發生這種事？爲什麼老針對猶太人！」

卡米洛告訴桑帝諾和法比雅，事情尚有轉圜的餘地，他會想辦法，要大家別擔心。有生以來第一次，伊娃不相信他說的話。

當晚，伊娃受不了家裡的烏煙瘴氣，拿起帽子和皮夾往神學院走去。她已經三年沒去找安傑羅了。

一開始，法比雅和伊娃幾乎每天去神學院找安傑羅，幫助他更快適應環境。他們會趁休息時間步行去餐酒館吃義式冰淇淋，或在廣場玩跳棋。院長賽巴斯提洛神父考量到安傑洛的背景，以及卡米洛固定的捐款，會特別疼愛安傑羅，給他零用錢。法比雅在編織時，安傑羅就和伊娃有說有笑，安傑羅便能重新振作精神，直到他們下次再訪。

安傑羅一點一滴卸下徬徨男孩的外表，成爲一名貨眞價實的義大利神學院修生，和所有其他就學的男生一樣，以成爲天主教神父爲目標。安傑羅十五歲之後，要伊娃別在學校外等他。他說這是不可以的，而且其他男生都在笑他。伊娃聞言大笑說：「我們是家人耶！」

他凝視她，抿著嘴欲言又止，他在等法比雅的注意力轉往其他地方。

「安傑羅，怎樣啦？」伊娃氣呼呼地雙手扠腰。

「我們兩個沒有血緣關係，伊娃。」

「我們就是家人，安傑羅！」她說，他用拒絕傷了她的心，卻依然一意孤行。

「妳太漂亮，而我太依賴妳。妳既不是我妹妹，也不是我親戚，什麼也不是。」他固執己見，彷彿悲從中來。「那些男生也覺得妳漂亮，喜歡拿妳和我當話題。妳別再來這裡。」

從此之後，兩人之間就變了。伊娃不再等在校門外，即使神學院離家只有五條街，她卻只能在學校放假，或週末他想念祖父母回家時見到他。兩人獨處時同樣有說有笑，她仍爲他演奏小提琴，但氛圍確實改變了。

但她現在需要他，告訴他，她的世界——他們的世界正在分崩離析。不管安傑羅願不願意承認她這個妹妹，兩人的世界都因爲雙方家庭的關係而密不可分。

她走在路上，用全新的眼光看著熟悉的建築物和鄰居。沒人舉止怪異，沒人指著她大吼：「是猶太人！」

唐娜．米拉貝朝她走來，笑臉盈盈地迎接她。商店如常開門，地球沒有崩裂，義大利沒被吞沒。伊娃告訴自己，那幾條蠢法律改變不了什麼。

這一次，伊娃沒在校門口等安傑羅，她穿越廣場，廣場中央矗立著施洗約翰的雕像，敞開雙手，鴿群環繞。她逕自走進大門，門口一塊乾淨的小牌匾讓訪客知道，他們已經來到施洗約翰神學院。施洗約翰是佛羅倫斯的守護神，所有事物都以他爲名。門後是一處小門廳，髮量稀疏的神父正坐在桌前咔咔咔地打字；幾名修生從後方的樓梯經過，一看到她就打住腳步，很明顯這裡不常有女訪客。打字聲停止，神父抬頭取下眼鏡，饒富興致地看著伊娃。

「麻煩您，我要找安傑羅．畢安可，家裡有事。」

「稍等一下，小姐。」他彬彬有禮地說，放下眼鏡，起身時順便撫平長袍，快步走到左側的雙開門。伊娃納悶是否還有另一座樓梯，或者安傑羅就在門後。

安傑羅來了，他眉頭深鎖，神情憂慮，圓睜著一雙藍眸，雙手朝她張開，舉手投足都有神父的感覺。伊娃強顏歡笑，想讓他安心，但她最想做的其實是一把撲過去。他烏黑的頭髮俐落地梳成旁分，彷彿夜風吹過海面泛起的漣漪，服貼但並不平順。她多想親手感受那鬈髮，卻只能抓住他的手，忍住滿眶淚水。

「陪我走走好嗎？」她連忙說。

「伊娃，怎麼了？告訴我發生了什麼事？」

「沒事，大家都很好，不是你想的那樣，只是……拜託，安傑羅，我有話想跟你說。」

「等我一下。」安傑羅平靜地回答，一轉身，跛著腳快步離去，不一會兒，帶著一頂修生用的黑色圓頂寬沿帽和一根拐杖回來，他如今已經不會排斥拐杖了。

「你可以說走就走嗎？」她覺得自己隨時會被抓起來。

「我都二十一歲了，伊娃，再說，我又不是犯人。我已經知會賽巴斯提洛神父，我得回家一趟，明早回來。」

兩人穿越廣場，走進大街，然而伊娃此刻還不想回家。

「可以多走一會兒嗎？我整天都在聽法比雅哭哭啼啼，爹地還在想辦法，桑帝諾又敲敲打打個不停。他為什麼老在不開心的時候找東西敲？菲力士舅舅一整天都在拉小提琴，拉的都是一些可怕的歌，沒拉琴的時候就走來走去。」

「那個法規。」安傑羅不須過問就已然清楚。

「對，那個法規。安傑羅，你知道我現在不能去上學了嗎？早知道去年夏天就聽爹地的話去註冊。已經註冊大學的猶太人可以繼續學業，但我沒有，所以不能去。已經沒有猶太人可以當大學新生了。」

「聖母瑪利亞。」安傑羅低聲說，聽起來不像懇求，反倒像是咒罵。兩人不發一語地走著，滿腔憤怒卻又無能爲力。

「不去上學，妳要做什麼？」他打破沉默。

「我想教音樂，但現在有很多猶太人不能在學校任教，必須重新找工作。」

「妳可以當家教。」

「只能教猶太學生。」

「嗯……的確是個問題，對吧？」他試圖用笑容激勵她，但伊娃眉頭一皺。

「不如我嫁給一個好的猶太男人，生一個胖胖的猶太娃娃，一家人住在猶太區！說不定還會被趕出國家，就像夏律貝一家人被趕出德國，阿德勒外公被趕出奧地利，還有菲力士舅舅被趕出義大利一樣。」

「妳在說什麼？誰是夏律貝？」安傑羅不解地歪著頭問。

「夏律貝一家人啊！記得嗎，搬來跟我們一起住的德裔猶太人？」伊娃難以置信他居然忘了。自從一九三三年阿道夫．希特勒擔任德國總理以來，情勢對在德國的猶太人來說愈來愈嚴峻，就像如今的義大利一樣，一道道法規接連通過。

伊娃停下腳步，感到一陣反胃。他們以爲這些事不會發生在義大利，如今卻落得跟夏律貝家一樣的處境，無異於卡米洛收留的難民。兩年來，家裡的客房住過不同的家庭，全是來自德國的猶太人，沒有人會長時間停留。羅賽利家的別墅是他們短暫的棲身之地，用來思考日後的長久之策。難民們悶不吭聲，待在房裡足不出戶。

夏律貝家有兩個女兒艾兒莎和吉特，一個跟伊娃同年紀，一個要更大點。伊娃原以爲可以跟她們交朋友，畢竟她也會德語，但德國女孩一步也不走出客房。伊娃一開始還頗有怨言，寧願家裡都不要有客人。對她來說，有客人應該是件好玩的事才對。卡米洛解釋，難民們疲累不堪、心存恐懼，這對他們來說一點都不有趣。

「怕什麼?他們在義大利。」義大利很安全，義大利人才不管誰是猶太人。

「他們失去家園、工作和朋友，失去了整個人生。夏律貝先生甚至不是猶太人。」

「那他幹嘛離開?」

「因爲他老婆是猶太人。」

「她是奧地利人耶。」伊娃自信滿滿地反駁。

「她是奧地利猶太人，就像妳媽媽和菲力士舅舅。德國頒布新法，德國人和猶太人不能通婚。夏律貝先生早在法案通過前就娶了安妮塔，但還是會被抓去坐牢，他們不得不離開。」

夏律貝家是第一個，接下來還有更多，簡直可以用川流不息形容。當中有些人比較放得開，他們提到的恐怖經歷聽起來就像虛構出來的，就連奧古斯托叔叔都會拿出來嘲笑一番。當然，那是私底下和卡米洛聊天的時候，而卡米洛在這兩年內也變得更加操煩。不可否認的是，他們收留的難民絕大部分都處於不同程度的驚嚇之中，時時刻刻提心吊膽，彷彿隨時會有政府官員破門而入逮捕他們。

「我不記得了，伊娃。但我記得那段時間家裡一直有陌生人。」安傑羅輕聲說。

「整整兩年啊，安傑羅!之後就沒人來了。爹地說因爲沒人可以離開德國。」伊娃當時聽得糊里糊塗，聳聳肩，繼續過她的生活，而家裡再也沒有緊張兮兮的猶太人，直到現在。現在，整個家裡都是驚惶失措的猶太人。

伊娃緊握雙拳，打住腳步，用盡全身每一絲力氣不讓眼淚掉下來。但眼淚依然滲出眼角，沿著臉頰滑落。她轉身，茫然地往另一個方向走，想找個沒人的地方痛哭一場。安傑羅亦步亦趨，默不作聲地跟在她身後，微跛的腳步舒緩了他的痛苦。伊娃茫然地走著，沒意識到自己並非漫無目的。

回過神來，她已經穿過聖弗雷迪亞諾門，沿著阿里奧斯托路來到猶太人公墓的大門外。埋在這裡的既不是母親，也不是爺爺奶奶。這座舊公墓在一八八〇年關閉，至今已有六十年，他們去世時，公墓早關了。

小徑兩旁夾道的高聳柏樹總讓她感到安心，很久以前，父親曾帶她來過一次。她的外曾祖父母就埋葬在這裡，姓納森，是他引以爲豪的姓氏。他說，這是一個有著重要歷史的猶太名字，遺憾的是伊娃不記得內容了。但她喜歡這座墓園，獨自來過好幾次，把光滑的石頭放在納森家的墓碑上，起誓要跟父親了解更多祖先的事，但她一次也沒問過。墓碑上的小石子變少了，六十年實在太長，長到回憶少了，留在上面的鵝卵石也少了。

她今天沒帶鵝卵石或漂亮的石頭來，口袋輕盈，卻心事重重。年久失修的墓碑令她聯想到不成對的棋組——有些胖而圓潤，有些高而華麗，但絕大多數都是搖搖欲墜的矮小墓碑，猶如古老的棋子。伊娃喜歡幻想這些墓碑的外型就代表著墓碑主人，因此對於先祖高貴的紀念碑頗爲自豪。她繞往遠處的角落，那裡擺了一張小長椅，是許久以前有人爲了陪伴逝去的摯愛擺放在此。安傑羅依舊一言不發，默默跟在後頭，但他拿下了帽子，以免顯得對墓園不敬。諷刺的是，猶太人在禱告和做儀式時會蒙著頭，表明自己的地位在上帝之下，只是她沒對安傑羅說破。

「伊娃，這是什麼地方？」他小心翼翼坐到她身旁，拿帽子的雙手擱在大腿上，拐杖斜倚靠在兩人之間的長椅。她很想推開那根拐杖，她厭煩兩人之間有任何阻隔。

「是舊猶太墓地。」她踢了踢滿地的落葉和雜草，踢翻了一塊小石頭。她俯身拾起石頭，拂去表面的塵埃，用雙手擦亮之後，起身將它放在一座最古老的納森墓碑之前，然後坐回到安傑羅身邊。他伸手將她的掌心翻過來瞧個仔細。

「爲什麼要那麼做？」安傑羅拿出手帕，輕輕擦拭她手上的污垢。他的溫柔撫平了她的怒氣，伊娃雙唇顫抖，她多想靠在他的肩上縱聲大哭，宣洩所有的恐懼和不安。

「伊娃？」等不到她的回應，安傑羅輕聲催促。她壓抑自己的感覺，努力開口說話，但終於找到的聲音卻是微弱低沉。

「爹地說，以前通常不會在墳墓上立碑。猶太人會這麼做，是怕有人誤踩或趴上去，對沉睡在地下的死者造成不敬。我也不是很清楚，這叫 mitzvah。」伊娃聳聳肩，當義大利人做這個動作時，通常是在表達「我不知道，反正不重要」。

「什麼是 mitzvah？」

「可以將世俗昇華至神聖境界的一種傳統儀式。」她再次聳肩。「總之，以前沒有立碑的時候，人們走過墓地就會放顆石頭，一顆顆堆疊上去成爲永恆的紀念塔。我猜應該是有人最後想到要放顆大石頭，直接刻上名字和生日，讓後人知道是誰葬在此地。現在的話，放石頭變成一種象徵懷念的動作。」

「將世俗昇華至神聖境界，眞浪漫。」安傑羅低喃。擦拭完畢，他無比輕柔又無比敬重地把她的手放回她的大腿上。伊娃不希望他抽手，她需要他緊緊握住她的手，告訴她一切都會安好。情緒湧上心頭，她不得不將顫抖的手抵著額頭，好阻止強烈的思緒流露而出。然而，烏煙瘴氣的一天瓦解了她的防備，她一股腦地吐露了不該說的話。

「安傑羅，你知道嗎？我以爲有一天自己會嫁給你。我想嫁給你。現在是不可能了，對吧？」

他深吸一口氣，沒有回答。當她終於能抬眼迎上他的藍眸，她明白了——她的話衝擊了他，但她的感情卻沒有。

「永遠都不可能，伊娃，再過一年，我就能接受聖職成爲神父。我注定要成爲一名神父，伊娃。」他語氣堅定，但唇角緊繃，顫抖的手伸向她的臉頰。她厭惡地抽身，像揮開趕不走的蒼蠅般撥開他的手，心情在溫柔和發火之間搖擺不定。

「之所以不可能，是因爲我是猶太人，天主教徒依法不能娶猶太人。我不能愛你，安傑羅，那樣是犯法的。你倒好，這下省事了。」

「伊娃，妳在說什麼？」安傑羅的口氣平靜溫柔，就像在安撫一個煩躁的孩子。但她不是孩子，這點安傑羅也很清楚。

「安傑羅，你看我的眼神不一樣。你是想成爲神父沒錯，但你愛我。」

「伊娃！」這話像一記長鞭，鞭得伊娃畏縮了下。「不准這樣說。」他倏地起身，雙手緊抓著拐杖。「我們得走了，馬上就要天黑了，像今天這樣的日子，妳父親會奇怪妳跑哪去了。」

伊娃站起身，但不打算就此結束。「爹地說很多男生出於家庭壓力才去當神父，如果想接受教育，只有這一條路，否則就免談。他擔心你去神學院是出於你父親和祖父母的期望，因爲你一直沒有家的歸屬感。」

「妳知道不是那樣的，伊娃，妳知道我一直想當神父。」

「但你當時還是個孩子。」她遲疑地說。「你怎麼知道當神父要付出什麼代價？」

「相較於我得到的，我的付出微不足道。」他眼神清澈正直，令她無言以對，兩人四目相交。

「上帝令我強壯，給我勇氣、平靜和目標。」他的語氣充滿信念。

「如果不當神父，這些就都得不到了嗎？」伊娃難過地說。

「不是的，伊娃，那是不一樣的。」他伸出手——一個和好的舉動。伊娃牽起他的手，隨他走出墓園。兩人穿梭在墓地之間，伊娃暗自慶幸有他的扶持。怒氣和沮喪消耗殆盡之後，她現在只感到疲憊和寒冷，雙腳麻木地一步接著一步前進，直到安傑羅再度開口。

「我想當兵，當飛行員。如果我有一雙正常的雙腿，我會想成爲飛行員。也許是因爲不能像其他男孩一樣奔跑的緣故，當我學會走路的時候就一直夢想飛行。飛行不需要奔跑。現在，空戰發生，墨索里尼通過了各種荒唐的法規，幸好我是跛腳，不用去丟炸彈，爲我不信仰的事奮戰。」

「你唯一的信仰是天主教會嗎？」

安傑羅嘆息。「伊娃，我聽不懂妳的問題。」

「你相信人嗎？你相信我嗎？」她語帶疲憊。她無意挑釁安傑羅，她原本決定再也不做這種事，因爲這就像用腳去踢牆壁一樣，最後受傷的總是她自己。

「我信仰的是天主，不是人。」他輕聲堅定地說。伊娃好想賞他一巴掌。

「但上帝透過人展現神蹟，不是嗎？」伊娃緊咬不放。

他沒有回答，等著她繼續說下去，視線掃過她的臉龐，落在兩人前進的小路上，蔓延出去的陰影帶來一種隱密感，他沒有抽手，伊娃也就這麼緊握著不放。

「我爸以前相信義大利，奧古斯托叔叔甚至相信法西斯黨，法比雅相信教宗，桑帝諾相信努力耕耘，而你相信教會。安傑羅，你知道我相信什麼嗎？我相信我的家人，我相信我父親，我相信桑帝諾和法比雅，我相信你。你們是我在這世上最愛的人，愛是我唯一相信的事。」

「伊娃，請別哭。」安傑羅低語，聲音因悲傷而哽咽。伊娃甚至不知道自己哭了。她用手抹去臉上的濕潤。

「這些法規會毀了我們所有人，安傑羅，我相信事情會愈來愈糟。」

一九三九年

一九三九年六月二十九日

告解：我從沒恨過任何人，一個也沒有，但我正在學習中。

種族法接二連三頒布，安傑羅一得知消息就飛奔回家，家裡的人完全在狀況之外。他成了主要消息來源，但帶來的似乎全是壞消息，再也沒也好消息。猶太人的專業不用能在非猶太人身上，包括醫生、律師、記者等。一夕之間，他們失去了賴以生存的飯碗；禁止去度假勝地和觀光景點，我們放假不能去海灘、山區和溫泉；不能在報章雜誌上刊登廣告和訃聞，不能出版書籍、公眾演講，我們甚至不能有自己的收音機。

最後一點讓我笑了，我對安傑羅說：「不能有收音機？那電動刮鬍刀可不可以？我爸好愛他那把新買的電動刮鬍刀——爸，別太依賴唷！接下來是什麼？洗衣機？電話？」

安傑羅沒笑，他低頭看著手上的法令。

「你們還是可以有電話，但電話簿上不會有你們的名字。還有禁止出入特定的公共建築。」從此以後沒人笑得出來。這簡直是侮辱人到荒謬的程度，而這種侮辱似乎無窮無盡。

伊娃．羅賽利

3 維也納

「我爸不會離開公寓，他說他上次離開時，一名德軍要他擦洗人行道，漂白劑腐蝕他的手，害他不能拉小提琴。」菲力士舅舅倒坐在沙發上，臉埋入雙手裡。

「他們闖進家裡，拿走我爸的藝術品、貴重物品，他只能住在我以前的房間，什麼都沒有，幸好還有一把小提琴陪著他。但他也擔心潰爛的雙手無法拉琴。一名德軍指揮官住在家裡，睡他的床，用他的餐盤，還用他的桌子！但他還以為只要忍一下事情就會過去。他的一大堆朋友都被抓了，不管是音樂家、藝術家、作家還是學者，全都被送進勞動營！卡米洛，他們能撐多久？」菲力士搗著臉痛哭。

伊娃的父親搖搖頭，菲力士舅舅不需要他預測奧地利藝術家們的壽命長短，兩人都心知肚明。

「他們每天都在逮捕猶太人，我必須去接他離開奧地利，帶他來這裡。」

「菲力士……行不通的。」卡米洛輕聲勸說。「他們要把來自奧地利的猶太人趕出去，不是再讓人進來！幸運的話，你在檢查哨就會被趕走，否則被解送出境的人就是你。你不可能見得到奧圖還能接他出來。能做的我都做了，奧圖必須申請簽證，他得跟所有人一樣排隊等，然後出示通行證，告知他在義大利有家人也有地方住。」卡米洛已經說服他年邁的岳父無數次，但奧圖．阿德勒既疲憊又頑固，出境管理局外的大排長龍也讓他害怕。大半的人會遭受屈辱，就像他最近的遭遇一樣。被叫去清理牆上的畫、擦洗人行道上的政治標語、舔鵝卵石路或徒手撿馬糞。

「我說了，他不聽。」菲力士哀痛地說。

一九三八年三月十二日，奧地利人張開雙手歡迎希特勒，稱之爲「德奧合併」。奧圖．阿德勒認爲這是納粹的宣傳語，美化納粹德國強行呑併奧地利的行爲。

奧圖．阿德勒從高樓住處目睹了整個經過。街上擠滿成千上萬的民眾，大家揮舞著納粹黨徽——鉤狀十字架，舉國歡騰迎接緩緩經過的閱兵隊伍。阿道夫．希特勒本人站在指揮車上揮手，俯視群眾熱情迎接一名奧裔征服者進入他們美麗的城市。奧圖．阿德勒生平第一次見到閱兵隊伍，歡呼的民眾完全把希特勒當成救世主。

奧圖一點興趣也沒有，他不想加入慶祝，轉身繼續練習。但圍觀群眾密密麻麻，就連柴可夫斯基D大調小提琴協奏曲的琴聲也壓不過從窗戶、從牆壁四面八方滲透進來的喧嘩聲。

「Sieg heil, Sieg heil（勝利萬歲、勝利萬歲）。」群眾的歡呼聲打亂了他的節拍，他咒罵一聲，聳聳肩，改變節奏去配合群眾的歡呼。他是個容易適應環境的人。

「很多猶太人都有這個問題。」他在信中告訴兒子。「他們不去適應，不願同化。但我不同，上流社會歡迎我，我替貴族演奏，跟高官用餐，我不怕那個小元首。我會適應，只要有音樂我就很快樂，不需要太多其他事物。」

八個月後，離義大利通過種族法還差幾天，納粹親衛隊和希特勒青年團開始計畫性地屠殺猶太人。在奧地利和德國的城市裡，暴徒肆虐洗劫猶太人的商店和住家，焚燒九百間猶太會堂，超過七千間猶太商店遭到破壞和損毀。煽動者攻擊猶太男人和女人，對他們吐口水，把人丟到大街上，九十一個人被毆打致死。警察圍捕逮捕猶太人，三萬名猶太男人被送入集中營。事後，納粹黨對猶太團體求償，要他們對造成的損壞負責。

這場恐怖行動有個漂亮的名字——水晶之夜，又稱「碎玻璃之夜」。奧圖寫信給卡米洛，說他要發大財了。光是要換掉大街上那些被砸毀的窗戶和玻璃，奧斯特玻璃公司一整年都不怕沒生意。他接著對菲力士坦承，他開始害怕了，他無法再適應下去。

「要怎樣跟一群不希望你活著的人妥協？他們要我們消失，我沒辦法適應死亡！」

一九三八年是猶太人的災厄年，而一九三九年情勢變得更加惡劣。

安傑羅從神學院回到家，想要陪卡米洛、菲力士和祖父母一起去伊娃的音樂會，結果發現，她已經被迫辭職離開樂團。沒有任何解釋，直接解雇。其實也不需要解釋，理由顯而易見。另一個被解雇的人是猶太大提琴手，她前一年偶爾會跟他出去約會。

「沒關係，那是他們的損失。」伊娃語帶挑釁，高昂下巴，眼睛炯炯有神。她其實很在乎，但最介意的人是菲力士。他這個老師花了多年心血栽培出來的古典小提琴家就這麼沒了，對他個人來說衝擊很大。

菲力士不能接受新法律，他在義大利生活了十三年，五歲起就是公民。但新法讓他失去公民資格。卡米洛設法讓他重拾公民資格，安傑羅不知道他是怎麼做到的，但大抵就是用錢賄賂那一套。卡米洛這筆錢付得心甘情願，至少菲力士暫時安全了，但他的父親不是。父親在奧地利的命運多舛，再加上義大利種族法接二連三的羞辱，讓一個原本英俊帥氣的四十五歲奧地利人看起來像六十歲，藍眸陰鬱，淡褐色頭髮幾乎全白了，整個人鬱鬱寡歡，大部分時間都關在自己的房間裡。

「我是樂團裡最優秀的。」伊娃看著菲力士舅舅。「就算不加入樂隊，我也是名小提琴手。」

「妳就是小提琴手，沒人能否認這一點。」菲力士說得堅定，但模樣卻完全不是那回事。

伊娃滿臉悲憤地看著舅舅像洩了氣的皮球，安傑羅咬著內頰努力不破口大罵，可憎的法律正無止境地壓迫著他所愛的家人。

「走吧，伊娃。」安傑羅突然說。「我們去走走，妳需要新鮮空氣，我需要義式冰淇淋。」他需要的不是冰淇淋，而是踢某人一腳，或對窗戶扔石頭之類的。他想起上星期在大廣場經過的一家商店。

那是一家他經常光顧的藥房，販售的藥膏可以舒緩疼痛，保護他的斷肢不會因沉重的義肢而磨傷。店面是活潑熱情的黃色，但並不是每個人都受到歡迎，窗戶上一塊牌子寫著：「禁止猶太人進入」；隔壁店家還加碼：「禁止猶太人和狗進入」，彷彿這兩者是同義詞。安傑羅嚥下喉間的憤怒，打開門，清脆的鈴響提醒店主客人上門。

「早安，先生。」成排的櫃子後有個女人喊道。

安傑羅沒有回應，從平常的位置取出藥膏，放到櫃檯上等她來結帳。她謹慎地看著他，顯然介意他剛剛沒有回應她親切的問安。

「妳要怎麼分辨？」他忍不住問。

「什麼？」

「妳要怎麼分辨一個人是不是猶太人？外面的牌子寫禁止猶太人進入。」

老闆娘羞紅了臉，眼神飄到一旁。「沒辦法，但沒關係，我不會問。」

「那爲什麼要掛牌子？」

「我們也有壓力呀，掛牌子的話，法西斯黨比較不會來找我們的麻煩。我只是想保護自己的店。」

「我懂了，那街尾那家店呢？法西斯黨對狗也有意見嗎？」

她噗哧一笑，彷彿他說了什麼笑話，但他的怒視讓她收斂笑容。

「這幾年我常來這裡買藥，除非那塊牌子拿下，否則我不會再來。」他輕聲說。

「先生，你又不是猶太人。」她抗議，他一身的神學院黑色長袍和寬邊帽充分證明這一點。

「我不是，而且我也不是一隻狗，更不是法西斯豬。」他把藥膏放在櫃檯上，轉身就要離開。

「事情沒那麼簡單，先生。」她從後喊道。他回頭望了一眼滿臉通紅的她。很好，她還知道難堪。

「就是這麼簡單，女士。」他說，他全心全意相信這一點，是非對錯相當明顯。

「我得在天黑前回家，今天是安息日。」伊娃輕聲說，將安傑羅拉回現實。話雖如此，她卻是匆忙地拿起帽子和手套，看得出來她也需要逃離一會兒。

兩人漫步前進，特地去買了特大份的義式冰淇淋，堅決要暫時忘記這個世界，即便只有一兩個小時，他們也必須大笑、必須遺忘、必須假裝人生簡單而美好。

只不過，他們必須閉起眼睛走路。這個世界再也不簡單也不美好，放眼望去都能證明這一點，而兩個人都不是瞎子。

「我們看起來不是那樣子吧？」伊娃吃了一匙冰淇淋，低頭看著某人扔在公園長椅附近的週報。兩人坐在椅上吃著冰，她一腳踩著快被風吹走的報紙，正中央刊載一篇漫畫，標題寫著「敗壞種族」，描繪一個表情浮誇的猶太男人抱著一個昏迷的亞利安（注）女人進私人辦公室。伊娃撿起報紙，若有所思地細看那篇漫畫，接著抬眼看著安傑羅，瞇起眼睛。

「這畫的比較像是你的鼻子，不是我的。」她試圖輕描淡寫，一笑置之。

「我是鷹勾鼻。」安傑羅也想笑，但他的胃在翻攪。義大利的報章雜誌多的是這種「幽默」嘲諷的文章，這已經蔚爲流行，拿種族問題大作文章，把國家的問題一股腦地全怪罪在佔不到全國人口百分之一的義大利猶太人。

安傑羅讀遍所有全國性報紙，這是每當他想念美國時所養成的一種習慣。如果他必須當一名義大利人，那就必須了解義大利，而他也努力這麼做。但即使是一個十二歲的男孩子，在勉爲其難讀完政治意味濃厚的義大利日報後，也不得不懷疑這份報紙到底代表的是義大利，還是政府。

「他看起來像墨索里尼。」安傑羅說，像從前一樣想逗伊娃笑。

「是啊，像墨索里尼……也像樂團指揮包柏先生。」伊娃冷嘲熱諷。安傑羅將手中的報紙揉成一團。他想起曾在報上看過的一張照片，照片中一名奧地利女人坐著的長椅上寫著「僅限亞利安人」。他納悶不知再過多久，伊娃會連在自己國家裡坐張長椅都不被允許。

「妳以前不會特別注意安息日。」安傑羅說，他不是眞的在意，只是想轉移注意力。

「是啊……很可笑吧？我從沒有身爲猶太人的眞實感，直到開始被迫害了。爹地向來是學習重於一切，但我們決定先觀望局勢再說。我們變得虔誠。」她對安傑羅眨眼，聳聳肩。

去年一年讓她長大不少。她仍斷斷續續跟幾個男人交往，但約會次數變少，間隔也拉長。她會教猶太孩子小提琴，賺取微薄收入或不收取報酬，除此之外，就是在家裡練琴。她的生活侷限到只剩下音樂、家人，以及同羅賽利一家戒愼恐懼的猶太朋友。

「妳從中學到了什麼？」他的口吻聽起來就像賽巴斯提洛神父，他牽扯嘴角一笑以淡化神父氣質。

「超多的，但我始終搞不懂最重要的一件事。」

「什麼事？」他問。

「爲什麼大家那麼討厭我們？」

注 亞利安人（Aryan），尤指淺色頭髮、藍眼睛，納粹認爲這是最優等的人種。

「他們抓走我爸。他被逮捕了。」菲力士大吼。

「你怎麼知道？」卡米洛臉色慘白，朝菲力士伸出手。

菲力士高舉一封信，像疾病纏身般，手止不住地顫抖，彷彿有意抖掉信上捎來的殘酷消息。

「女傭。她其實不能繼續替猶太人工作，但德軍指揮官住在我爸家，他需要管家，就雇用她打掃煮飯。她很關心我爸，處處替他留神。要不是擔心有人監聽，她早就打電話通知我了，但她認爲我必須知道這件事。兩個星期前，也就是十四日的時候，她回到公寓，我爸已經不見了。她去向指揮官詢問他的下落，他只說：『輪到他了。』」

「他被帶到哪去了？」卡米洛追問。

「她也不清楚，信上寫說，整棟公寓都被清空了，一個猶太人也沒有。指揮官還說，維也納很快就不會有任何猶太人了。」

「報上說有些人被轉送到猶太區去了。」卡米洛來回踱步，試圖保持樂觀，絞盡腦汁思索解決辦法。

「女傭認爲他會被送到勞動營。她哥哥在火車站工作，每天太陽升起前，火車就會駛離，維也納人民不會看到這一幕。火車載滿猶太人。他說火車是開往林茨市附近一個叫毛特豪森的地方。」

「林茨離維也納不會太遠，這是好事。」

「不好，卡米洛！一點也不好，他會死。」菲力士・阿德勒說得斬釘截鐵，伊娃不禁皺起臉。卡米洛垂頭喪氣地跌坐在椅上。

「他們沒讓他帶走小提琴。女傭上班時，德國指揮官正看著那把琴，還說要寄給在柏林的兒子。他居然要把我爸的琴送給他兒子。」菲力士頓時怒火中燒，一手揮倒桌上的檯燈和收音機，一個他們不該擁有的物品。

「伊娃，妳在拉什麼曲子？」菲力士・阿德勒嘆道，透過窗戶眺望花園。「我聽不出這是哪首曲子，有點像蕭邦，但不是。」

「蕭邦加上羅賽利，一點點阿德勒，滿滿的怒氣。」伊娃喃喃低語，闔上雙眼，下巴夾著小提琴。

她等著他斥責：「給我好好照譜拉琴。」但他不發一語。她繼續拉琴，但睜開了眼，一邊看著他，掠過琴弦的弓猶如調戲花朵的蜜蜂。他兩手在背後交扣，雙腳併攏，這意味著他陷入沉思或正專心聆聽。

她對菲力士舅舅又愛又恨。一九二六年，母親死後兩年，他來到義大利。當時她僅有六歲，沒有準備好面對菲力士・阿德勒大師。他明確表達來義大利的目的就是爲了栽培她成爲阿德勒音樂家，是爲了摯愛的妹妹。這些話他經常掛在嘴邊提醒她，這是妹妹的遺願。他也收其他學生，並加入托斯卡納管弦樂團，但他眞正的重心在伊娃身上。

伊娃處處和他作對。她任性固執、容易厭倦，懂得一到上課時間就溜走。好在她有天分，有一雙敏銳的耳朵。她的音樂才能彌補了她在訓練上的不足。她喜歡小提琴，喜歡演奏，這才讓菲力士勉強放過她。

他最後總算發現，她其實沒在看他放在她面前的樂譜，她是用耳朵記憶，然後模仿。遇到不懂的地方，會請菲力士示範幾次，然後她就有辦法靠著記憶一節一節演奏出來。

要她看樂譜演奏，這對雙方來說都是折磨。她討厭看樂譜，他討厭她不看樂譜，有一半的時間兩人都互看對方不順眼。他逼她去做她不喜歡的事，鮮少讓她隨心所欲。每天都是練長音、音階和視奏。

「我不想練長音！我想拉蕭邦！」伊娃跺著腳。

「妳不能拉蕭邦。」

「我可以！你聽。」伊娃隨即拉起蕭邦夜曲，每一個他故意用來考驗她的變奏部分，她也一一完成了。

「妳不能，妳只是在模仿。妳聽完我的演奏就開始自行發揮，既不看樂譜，也不在意樂譜。」

「樂譜在我腦中，而且完全不像那些黑色豆芽菜和線條，它是彩虹、是飛翔、是阿爾卑斯山和亞平寧山脈（注）。我爲什麼不能用聽的就好？」她埋怨道。

「因爲我不會每次都示範給妳聽！妳必須看譜，把音符化成音樂，不光用妳的腦，還要用妳的樂器。妳這是在作曲，但優秀的作曲家聽到音樂時也能看到音符，而不是看到亞平寧山脈！如果妳不懂樂理，妳永遠沒辦法記錄下自己的音樂創作。」

她最終還是妥協了，只是仍舊過分依賴自己的天分去模仿、去潤飾、去適應。一提到「適應」這個字眼，她就想到她那個最終適應不了的外公。

僵直的背影。

「菲力士舅舅？」伊娃放下小提琴和琴弓，中斷如夢似幻的自由創作，改盯著舅舅

「繼續拉，伊娃。」他輕聲說。

「舅舅，你想聽什麼曲子？」

「妳想拉什麼就拉什麼，只要繼續混合羅賽利，再加點阿德勒。」說著，他的雙肩開始顫抖。她從沒看過舅舅哭，但過去這幾個月，他就哭了兩次。她不知道如何安慰他，只能繼續拉曲子。她演奏起令人沉醉的蕭邦降E大調夜曲，拉著拉著變成自己的改編曲，最後成了一首風格迥異的曲子。當伊娃放下小提琴時，菲力士倒坐在椅上，用緊握在手中的手帕擦乾眼淚。兩人目光相對，他眼裡的哀傷令她心疼。只見他溫柔一笑，開口說話。

他語帶疲憊，字斟句酌。「我這一生只擅長一件事，那就是小提琴。但還是比不上我父親。也許我原本可以，但我酗酒，脾氣又糟。我來義大利，是因爲在維也納過不下去；我來義大利，是因爲我愛上了一個不我愛的人。整整十三年，我把氣出在妳身上，幸好妳夠堅強，不然早就被我毀了。妳大可以討厭我，但妳反抗我，不理睬我，現在我才能欣賞到妳傑出的演奏。」

「眞的？」伊娃大感意外，這些話她還是第一次聽到。

「妳的演奏讓我重燃希望。他們可以奪走我們的家、財產、家人、生命，他們可以

注 義大利文爲「Appennini」，是亞平寧半島（又稱義大利半島）的主幹山脈。

一而再再而三驅逐我們。他們可以羞辱我們、貶損我們，但他們拿不走我們的思想、我們的天分，拿不走我們的知識、我們的回憶或精神。在音樂的世界裡，沒有誰能奴役誰。音樂是一道門，靈魂隨著旋律奔放，即便是短短幾分鐘，聆聽者也能獲得自由，自我昇華。

「我從妳的琴弦裡聽到了自己的人生，我聽見長音和音階，眼淚和時間。我聽見妳和我，一起在這個房間裡。我聽見我的父親，我把從他身上學到的傳授給妳。我聽見了我的人生和他的人生，在妳演奏的時候反覆上演。」

伊娃放下樂器，滿臉淚痕跪坐在舅舅面前，雙手環抱他，臉頰貼著他纖瘦的胸膛。他溫柔地回抱她，兩人默不作聲，沉浸在悲傷之中，聆聽著彷彿在悲鳴的風聲，應和著伊娃先前的琴音；當奧地利的死亡陰影也朝向他們走來時，這陣風是否會成爲唯一的目擊者、唯一的竊語者？

一九三九年八月十年

告解：我十九歲，至今有過多次接吻經驗，但像這樣的吻還是第一次。

感覺像溺水了但還可以呼吸，感覺像墜落了但沒有碰到地。直到現在，我的手仍抖個不停，我的心快爆炸了，或者說，整個人都要炸開來。我想大哭，我想大笑。我想把頭埋進枕頭裡吶喊到睡著，這樣一來，也許我能在夢中再回味一次。

我不敢相信這是眞的，另一方面，我等這一刻已經等了整整七年。自從第一次騙到安傑羅吻我之後，我一直在等他，等了好久好久，終於在今晚，短短的兩、三個小時，在一個只容得下我們兩人的小天地裡，他屬於我。

只是我不知道我是否留得住他，只怕明天一來，我又得再一次開始等待。

伊娃．羅賽利

4 格羅賽托

夏天才剛通過種族法，安傑羅沒想到卡米洛依然堅持要帶全家人到海邊小屋去。早在法律通過之前，卡米洛已經訂好房間，而他堅稱已經向同一個屋主租用那棟特別小屋二十年，他要繼續再租二十年。就這樣，在戰爭爆發前的那年八月，大夥兒全搭上前往格羅賽托的火車，深信卡米洛有本事搞定一切。

安傑羅計畫中的五日靜修，頭幾日都花在了睡覺、吃東西、下棋和天南地北的爭論中。卡米洛和奧古斯托喜歡討論，安傑羅則喜歡聽他們吵架。但過去幾個月他們吵得少了。法西斯黨露出眞面目，證明奧古斯托錯看了他們。幸好兩人總有辦法找到意見不合的地方，這似乎讓他們鬆了口氣。

伊娃走了很久，腳進進出出踩著浪花，直到又濕又冷了，才躺到白色大毛巾上，睡在大太陽底下，等曬乾了身體，繼續踩浪花弄濕自己再曬乾，重複幾次下來，潔白無瑕的肌膚變成紅棕色，這下子她看起來完全像個義大利人，而非奧地利人。她有著一頭黑髮和一雙黑眸，但橄欖色的肌膚不如安傑羅來得深。他的肌膚在曬了一個小時的太陽之後變得黝黑，不消幾天，他幾乎就像每天撒網捕魚的格羅賽托漁夫。

沿岸有著成排雨傘狀的海岸松，某天下午，安傑羅踩著沉重的腳步在軟木橡樹林裡繞來繞去，這裡仍是上流家庭狩獵野豬之地。他流連在芳香撲鼻的寧靜樹影間，直到斜影迤邐，他已渾身濕透。他走出樹林，往海邊走去，想在涼爽潔淨的水裡好好游個泳。

烏雲籠罩，稍早的晴空萬里不再，風雨欲來。安傑羅脫掉衣服、鞋子和義肢，踩踏在海浪之中，直到整個人浸泡在第勒尼安海裡。沒多久，伊娃也跑來踩水，兩人踢水、戲水、仰面漂浮在水上，直至遠方雷聲隆隆，催促著他們回到岸上。

雨是下了，但天氣仍然暖和。兩人用毛巾擦乾身體，讓炎熱的天氣來乾燥他們的頭髮，望著遠方逐漸逼近的雷雨雲。

「那是什麼？」伊娃歪頭比向他扔下的一堆衣服，以及從森林撿來的東西。他不收集東西，也討厭髒亂，對一切都不感興趣，但也許爺爺會喜歡他這個下午的發現。

「我找到一袋黑白相間的豪豬刺。」

「嗯，我有在潟湖看到粉色紅鶴喔！」伊娃不甘示弱，眼睛盯著水面，嫣然一笑，等著他加入戰局。

「那有什麼，我吵醒一隻倉鴞，牠衝下來啄我的頭。」他反擊道。「我還赤手空拳殺了一隻野豬。本來想帶回來當晚餐，但我想起豬不符合猶太教教規。」

伊娃抿著嘴，顯然在思索更好的故事。

「我找到這個。」她遞過去一個完整無缺、沒有斷開的雙殼貝。他接過來一看，平滑的內裡空無一物，已經沒有生命。

「沒珍珠？」

「沒，只有沙子。」

「但沙子可以變成珍珠。」他說，把貝殼還給她。

「沙子才不會變成珍珠，笨蛋，沙子就是沙子，只是藏起來了，沙粒就在珠母層——」

「珠母？」他打岔，他還是頭一次聽到這個名詞。

「一種礦物質，牡蠣用來包覆住沙粒。」

一提到牡蠣，伊娃抬眼和他四目相接，接著又迅速別開。換做其他時候或許沒什麼意義，但兩人現在坐在和七年前一樣的地方，當時天空晴朗清澈，沒有暴風雨的威脅。

「妳是指珍珠母？妳怎麼會知道？」

「是爹地，他是化學工程師，安傑羅。他知道所有已知物質的正確名稱。」

「所以小麻煩會變成美麗的珍珠。」他朝伊娃眨眨眼，輕敲她的鼻子。

「你是在說我是小麻煩？」

他笑不可遏，她總是有辦法逗笑他。

「是啊，一個漂亮的小麻煩。」

「你再說，我就偷走你的假腿，讓你一路跳回家。」

「妳也太狠了。」他佯裝惶恐。

「一個狠心的小麻煩。」她一手揚起要打過去，他輕易地擋開她的手，順手偷走她的貝殼。

天空再度轟然一聲，來勢洶洶，原本還悠哉鬥嘴的伊娃和安傑羅連忙穿好衣服，收拾起爲數不多的東西。只可惜動作不夠快，隨著磅礴的一聲，烏雲密布的天空劈里啪啦地下起雨，雨水打落在沙灘上，伊娃大叫起來。安傑羅跑不快，伊娃也不打算讓他一個人淋濕，兩人四處張望尋找地方躲雨。

兩人手牽手，步履蹣跚地越過沙灘，往林間一處遠離海邊的小屋走去。門鎖壞了，荒廢的屋子盡是蛛網塵埃，只剩一張舊網和一根生鏽的釣魚竿。

濕透的衣服黏貼著雙手雙腳，黑髮沾住光滑的臉頰，兩人嘻嘻哈哈、跌跌撞撞地走進小屋。壁面潮濕，烏漆抹黑之中充滿泥腥味，整個地方感覺起來不像是躲雨的地方，而是折磨人的中世紀地牢。

伊娃一手拿起釣竿，同時把網子丟給安傑羅，不消幾分鐘，兩人再次對峙，嘴裡叫喊「小心了！」還有「看我的厲害」以及「看招，笨蛋！」。

伊娃一個不小心衝過頭，安傑羅輕而易舉格擋開她的「劍」。

「投降吧，惡棍。」他唇角冷笑一聲，黑色鬈髮沾黏在額頭上，一雙藍眸流連在自詡爲厲害劍士、從他身旁打轉而過的伊娃身上。她又變回了那個愛笑且無拘無束的伊娃。望著她笑盈盈的臉，他心軟了。

發現安傑羅心不在焉，伊娃跨步向前，貌似要跪地攻擊，實則瞄準他的手臂，一把抓住，轉身一個過肩摔，當場從擊劍變成古摔角。他丟下網子，強硬將她固定在他身前，她的背部貼在他胸前，他的上臂穩穩扣在她胸部下方，一隻大手環住她的肋骨。

他只把這當成一場遊戲，顯然他沒想太多，他的身體從胸部到大腿包覆著她的身體，她的頭髮拂過他的臉，女性的芬香刺激著他的鼻子，他的嘴靜止在她絲滑的耳廓上，隨時等著她俯首稱臣。

兩人僵在原地良久，用奇怪的姿勢擁抱，閉著眼，微張嘴，想要呼吸卻又不敢動也不敢發聲，不一會兒就開始感到頭昏。伊娃突然被一把拉過去，她的手往上抓著箝制她的手臂，就這樣一動不動地站著，既不敢呼喚他的名字，也不敢出任何一點聲音，深怕打破這一刻的魔咒。

接著，她感覺到他無比柔軟的唇貼著她的耳垂，往下輕掠過下顎後又回到原位。伊娃壓抑著從背脊竄上的甜美顫慄，但安傑羅感受到她的顫抖，唇離開她的肌膚，只是他沒有抽身，更沒有鬆開他的手。伊娃緩緩轉頭仰面時，他的呼吸在她的臉頰留下一道痕跡，她的氣息搔癢他的臉頰，溫暖他的唇。兩人再次靜止不動，全身緊繃，全心留住每一分感受，就是不想留下任何遺憾，即便如此，依然沒有任何越界的舉動。兩人視線交纏，面對著面，離那條界線越來越近，接著一步跨過，迎接彼此。

四唇相貼，緊壓後撤退，拂過再撤退，深入索吻又分開，眼睛不曾離開過對方。

安傑羅改變姿勢，伊娃跟著轉身，機會大門再度開啓。隨著兩人角度改變，這次不是偶然，而是更加直接。安傑羅混亂的腦中冒出幾個字眼：偶然、天眞、甜美。他微微點頭，這就是了，天眞。

他的唇緊貼著伊娃的唇，這一點頭，讓伊娃緊閉的雙唇分了開來，無意間使得他的舌頭趁隙溜了進去。無意，天眞，甜美，甜美得出奇，一如很久很久以前的那個吻。

這股甜美宛如卡米洛的酒讓他醉了，他使勁地喝，無法自拔地汲取伊娃口中的每一滴甘甜。滋味前所未有。她捧著他的臉，任由他不停地索求，沉浸在她嘴裡濃烈炙熱的芬芳韻味。

接著，兩人一起睜開眼。

深沉的黑眸迎上灼熱的藍眼，安傑羅多麼渴望再一次閉上眼睛，但他鬆開了嘴，雙手離開她的身體。

「伊娃。」他低語，語裡的痛苦令她顫抖。

「再一次。」她語帶懇求，眼神流露哀求。「再一次，安傑羅。」

「聖母瑪利亞。」他低聲祈求。「聖母瑪利亞。」只是這一次，就連尊貴的耶穌母親，親愛的聖母瑪利亞，也比不上他眼前的女子。

兩人身體再次黏合扭動，重新帶來更加醉人美妙的觸感，兩人情不自禁的喘息聲交纏成一首無聲的讚頌曲，隨著這一吻的加深交融，喜悅一波波推進，欲罷不能，帶領兩人到達一種前所未有的新境界。

屋外，暴雨漸歇，銀色水坑泛起一道粉嫩彩虹，只是兩人誰也沒看見。屋外，法比雅大喊著要兩人回來吃飯，但兩人誰也沒聽見。屋外，入夜冷風颼颼，但兩人沒有一絲寒意。屋外，卡米洛心事重重地抽著菸斗吞雲吐霧，擔憂著這兩個相愛但不能相守的年輕人會有著什麼樣的未來。兩人的激情之火熄了，他們都聞到了煙味。

兩人保留了貞操離開漁夫小屋，但尚未從意亂情迷中恢復理智，而是漫步走入度假小屋一側的成排森林裡。雨後的翠綠森林散發出一股清新氣息。兩人不願分開，也不願停止觸碰、停止親吻，一旦分開，迎接他們的只有愧疚和懊悔。至少對安傑羅來說是這樣。

終於分開後，伊娃喜孜孜地躡手躡腳回到房間，一手摀住自己臉上的笑意，不讓自己笑出來。安傑羅坐在露台上，試著放空思緒，他同樣一手摀住自己的嘴巴，但不是爲了摀住笑聲，而是細聞伊娃留在指掌間的氣息。

他再次繃緊全身，氣息變得急促，陷入一種極度的痛苦。他從不知道光是她的身體、肌膚，以及她的嘴唇和她的甜美，居然可以帶來如此的喜悅。光是她的碰觸就足以令他顫抖。這不僅是尋歡作樂，這是一種全然的喜悅。

他早聽過肉體的危險，學校多番耳提面命加上三申五令，就是要修生打心底知道克制慾望，抗拒所有的衝動。但沒人告訴他，他心裡會脹滿了喜悅。他很想哭，不是因爲他掉進了每個修生私底下又懼怕又夢想的陷阱，而是因爲愛讓每個碰觸成了救贖，每個吻成了重生。不是慾望，不是尋歡作樂，是愛情創造了喜悅。

他很早就知道他愛伊娃，但他從不承認自己正以一種男人愛女人的方式愛她，也不允許自己往那個方面去想。在他決心拋棄所有投身教會的那一刻，他便屏除一切雜念。

「安傑羅？」

安傑羅彷彿像是被人當場逮到他正伸手進收銀機般，忙不迭鬆開摀住嘴的手。卡米洛走到露台上，環顧四處，以爲會看到伊娃。沒見到她，他一派輕鬆地安傑羅右邊坐下，悠悠哉哉地裝塡起菸斗。安傑羅和伊娃錯過了晚餐，但時候尙早，屋裡所有人仍醒著，竊竊私語和銀鈴般的笑聲飄入充滿泥土味的空氣中。安傑羅暗自希望沒人注意到他和伊娃獨處了多長一段時間。

卡米洛吞雲吐霧，散發一股芳香。安傑羅最愛這菸斗的味道，他暫時閉上眼，等待菸味混入鹹鹹的海味、青草味和雨水味，再深深吸一口氣，品嘗這道芳香。

「你可能是我們唯一的希望，安傑羅。」卡米洛過了好一會兒才開口，這時，安傑羅已經因爲舒服的夜色和激情褪去感到昏昏欲睡。

「卡米洛，什麼意思？」卡米洛只肯讓安傑洛直呼他的名字。

「你可以娶伊娃，帶她去美國，畢竟你是美國公民。如果她是你太太，你就可以帶她離開義大利，離開歐洲，確保她安全無虞。」

安傑羅目瞪口呆，愣愣地盯著黑暗，彷彿黑暗中藏著一座森林，眾多的小丑隨時會跳出來嘲笑卡米洛荒謬的提議。他一臉茫然地呆坐良久，卡米洛不禁傾身向前，直勾勾望著他的眼睛。

「她不會離開你的。」安傑羅終於開口，這是他唯一想得到的回答。

「哈！」卡米洛輕聲一笑，再次吐煙，倒坐在椅背上。「我知道。」

「知道什麼？爹地。」安傑羅用伊娃的口吻喚他。

「我知道你不會在我面前假裝。你愛伊娃，她也愛你，你是神父，她是猶太人。」

「而你是詩人。」安傑羅平靜地說，儘管心跳已經開始促。

卡米洛輕聲笑了。「我就是大詩人和大哲學家，所以才抽這菸斗，這樣看起來更有我想要的樣子。」

「我還不是神父。」安傑羅低語。這麼說很傻，畢竟他已在神學院讀了整整九年，只差幾個月就可以結業，也已經預定要接受聖職了。

「聽起來就像一個訂婚的男人，說他還沒結婚一樣。」

一點也沒錯，安傑羅無話可說。他爲人老實，再加上下午帶來的震撼，他無法虛與委蛇。卡米洛說得對，他沒辦法假裝。眞實已經穿透他身處的迷霧。

安傑羅不是笨蛋，他眼睛沒瞎，耳朵沒聾，嘴巴更沒啞，但他始終在自欺欺人：以爲可以愛著伊娃而不深陷其中，以爲可以接近她又不過於親密，以爲可以同時擁有伊娃和天主。

但他沒辦法。

他不是例外，他受到支配。他不是替天主屠龍的聖喬治，他就是安傑羅．畢安可，殺死他的是最狡猾的毒蛇，也就是約翰在《啓示錄》裡提到的那隻火紅色大龍，有著七顆頭十隻角。

「我想要當神父，卡米洛。」他坦承，但心痛得彷彿是在背叛伊娃。他的確背叛伊娃，就像他也背叛了教會和自己。前幾個小時是他人生中最美的時光，但並不是最好的時光。

「我知道。所以，你才一個人坐在這裡，沒和伊娃在一起。所以過去這些年你待她像妹妹一樣，要我也把你當兒子一樣看。」卡米洛說。

「你們是我的家人。」安傑羅有感而發。

「是的，但你仍然可以救她。」卡米洛對上他的視線，眼裡的期待不言可喻，這讓安傑羅更加困惑了。

「可是……我以爲你說的是……」

「婚姻？不是的。首先，天主教徒不能和猶太人通婚，那是違法的。可笑的是，這樣的婚姻在義大利早就行之有年，三十年前，桑帝諾的天主教叔叔就娶了我的猶太人姑姑。」他語帶不屑，隨後一擺手，把這些嘲諷，以及桑帝諾和卡米洛兩家的家族淵源暫且放在一旁，接著說：「另外，你說得對，伊娃不會離開。這就是猶太人的天性，寧可死在一起，也不願和所愛的人分離。」他吐了口煙，沉澱思緒。「誰知道呢？或許不是猶太人天性，而是人性。」他再次擺手。「總之，我知道她不會爲了救自己而離開我。」

「我不明白，卡米洛，那你要我做什麼？」安傑羅希望卡米洛可以開門見山，直截了當指出一條明路。

「你是我們唯一的希望，因爲你處在一個可以幫助許多人的位置上，安傑羅。教會幫助過難民，你知道嗎？」

安傑羅搖搖頭。問題是，卡米洛怎麼知道？

「我盡辦法要救出我岳父，和DELASEM合作——」

「什麼？」安傑羅不知道什麼是DELASEM。

「猶太援救組織。組織正在擴大，天主教會私底下也盡其所能幫忙。天主教終究還是能拯救我們的靈魂。」卡米洛叼著菸斗，微微一笑。「就算只能救我們的命也夠了。」

「我能做什麼？」卡米洛說得太模稜兩可了。

「戰事一觸即發，奧斯特玻璃的業績多了十倍，政府是我們最大的客戶，儘管出價不好，至少採購量大。我們的專長是玻璃工藝品，但隨著墨索里尼開始裝腔作勢，戰爭勢在必行，我們投資機器來生產沉重的工業級玻璃，比以前賺到更多錢。這些錢有一大半給了DELASEM。我也捐了一大筆給教會，只是有個但書，受託人是你，你有權決定這筆錢要用在教會組織的什麼地方。我要你確保這筆錢用來餵飽和藏匿難民，以及那些庇護他們的人。你做得到嗎？為了我？」

「怎麼做？」安傑羅問。

「照你的原定計畫成為神父。事態嚴重的話，利用你的關係來藏匿我們。我需要你拯救我們家族，安傑羅。」

~

伊娃徹夜難眠，回味起那個吻便樂得暈頭轉向，而後一想到未來就又陷入嚴重的低潮。從去年起，她開始相信這世上沒有快樂的結局，頂多有個快樂的插曲，而這樣一來，結局就更顯得悲情了。

結果，她到清晨才睡著，一路睡到中午。她悠悠哉哉洗了個澡，吹乾頭髮再燙捲，塗紅腳指甲，拖到下午三點才摸下樓。她的心情全寫在臉上，明眼人一看就知道。但她最怕看到安傑羅，怕看清他的眞實心意，不如乾脆不看算了。

法比雅在廚房裡替沙丁魚沾粉油炸，桑帝諾正用安傑羅撿回來的豪豬刺裝飾帽子，其餘人擠在露台上喝著摻點小酒的檸檬水，享受昨夜暴雨過後帶來的清爽。

大夥兒熱情地迎接伊娃，誰也沒提起她賴床或昨晚錯過晚餐的事。安傑羅不在場令她鬆了口氣，她窩到鞦韆椅上賴在父親懷裡，閉上眼睛，這樣一來，就算安傑羅來了，她也不用直接面對他。然而，在傍晚時分出現的人並不是安傑羅。

管理員是一對老夫妻，一直以來始終保持熱情有禮的態度，偶爾會來查看住客的情況，因此他們的到來並非十分稀罕。他們替一個義大利富豪家族管理成排海灘小屋，只是伊娃總記不住是哪一位富豪。齊聚在露台上的人們一開始熱烈迎接這對夫妻，不過，這股熱情瞬間冷卻下來。

老先生和他的妻子肩並肩站到卡米洛面前，彷彿需要道德支持來做出不道德的事。「我很抱歉，先生。」老人開口。「我知道，你們這些年都來會此度假，我們無所謂，也很樂於招待各位，只是有人會抱怨。幾年下來，大家都認得你們，知道你們是猶太人。新的法律……你知道的。」

卡米洛難以置信地瞪著眼前的老夫婦，伊娃挺直背脊，放開父親。他站起身，面對突如其來的攻擊，他需要站穩雙腳正面迎戰。

「我們一定會退錢的。」老婦人匆匆補充一句，遞出一張信封。卡米洛接下信封，緩緩打開看了眼裡面的錢。伊娃看得出來他的臉上寫滿了屈辱，氣得滿臉通紅。她伸手握住他的手，他身軀微微一僵，緊緊回握她的手指。

「我知道了。」卡米洛沉著地說。「你希望我們什麼時候走？」

「越快越好，你也知道，我們不想做不了生意，也不想招來憲兵。」老先生聳聳肩，一臉愛莫能助。「不然我們還能怎麼辦呢？」

「我們明天一早就離開。」卡米洛生硬地說。

老婦人看著丈夫，後者看著卡米洛。「先生，你們最好今晚就離開。」

露台上瀰漫著一股令人窒息的沉默。

「回佛羅倫斯要一整天的時間，再說我們這裡還有老人家。」卡米洛語氣溫和但堅定。「我們只想先吃個晚午餐，然後收拾行李。我們明天一早就走。」

老婦人一把從他手裡搶回信封。

「這個就用來彌補我們的損失。」她氣呼呼地說。「要是憲兵來了把你們扔出去就別怪我們，他們可不像我們一樣好。」

老先生滿臉詫異地看著妻子，伊娃吃驚的程度不亞於他。老婦人一次次地挑釁，充滿敵意。

「明天可以。」老先生說著，手拿帽子離開露台。「走吧，蓋妲。」他對妻子說，後者轉身離開，沒有交還信封。

安傑羅姍姍來遲，從哭個不停的奶奶口中聽到消息後，他立刻砰的一聲奪門而出，衝向管理員的小屋。半個小時後，他神情頹喪地回來，沒人問他談得如何。

當大家吃著法比雅準備的炸沙丁魚、生菜沙拉和番茄時，他和所有人一樣悶不吭聲。餐桌旁一張張僵硬的臉龐和一雙雙委靡的眼神，不知情的人會以爲這些人吃完這最後一餐後，就要被送上十字架了。但這時開這種天主教的玩笑話沒人笑得出來，伊娃只能自己消化這玩笑。

眾人尷尬地各自整理自己的東西，早早休息去，一點也不想談論這次敗興而歸的假期。翌日早起，將屋子收拾乾淨，恢復成剛搬來的模樣，再將行李搬上租來的車子上，一夥人前往格羅賽托車站。

伊娃不想回頭看，但隨著車子揚長而去，她忍不住盯著過彎時消失在視線內的屋子。他們不會再回到馬萊瑪海灘，不再有白沙假期，也吃不到格羅賽托市場的鮮魚。更加可以確信的是，那天下午偷偷摸摸的親吻，只能成爲一場變了調的追憶。

一九三九年八月十五日

告解：我害怕被拋棄。

被拋棄的小寶寶即便基本需求被滿足，也活不了多久；被拋棄的孩子終其一生都試著去取悅別人，唯獨不會取悅自己；被拋棄的女人透過詐騙來凸顯自己的魅力；被拋棄的男人無論有多孤獨都會放棄努力。被拋棄的人爲了去了解這個莫名其妙的世界，選擇相信一切都是咎由自取。

我原本認爲世上沒有比被拋棄更令人傷心的事，但過去一年裡，我逐漸學會適應和接受，隨波逐流而不挺身對抗。我討厭這樣的自己，有時我都在懷疑過去那個滿腔熱血，自詡無所不能，隨心所欲的伊娃跑哪去了。然後我想起來，她已經被拋棄了。

伊娃．羅賽利

5 羅馬

離安傑羅回修道院還剩三天，頭兩天，他前往羅馬拜訪魯西安諾蒙席（注）。他懺悔自己對伊娃的感情，坦承兩人有過的親密，請求蒙席的勸告和赦免。蒙席給了勸告和赦免，但隱藏不了他的驚愕。

「孩子，這份感情不會有未來。」

安傑羅想著伊娃，想著她燦爛的笑容和帶笑的眼睛，兩人四唇相貼的感覺，她愛他，他也愛她，這份感情當然有未來。魯西安諾蒙席彷彿看穿安傑羅沉默背後的心思，他接著說。

「就算你沒成爲神父……她是猶太人，安傑羅。」

「是的。」

「你不能娶猶太人。」

「因爲法律規定？」

「是沒錯，但那不是我的意思。你是天主教徒，她是異教徒，你不能娶她。」

「她相信天主。」安傑羅感到被冒犯，即便明白導師的意思，也忍不住反駁。

「哪個上帝？」魯西安諾蒙席追問。「想當然不是耶穌。」

「蒙席，您認爲天主是以天主的型態存在的嗎？」安傑羅發現自己在爭論。「也許唯一的型態是愛，愛祂，愛彼此。她沒有拒絕耶穌，她只是不認識祂。」安傑羅試圖解釋。

「你相信自己能幫助她了解天主？」魯西安諾蒙席問。

安傑羅沉思半晌後回答：「我不知道，神父，就算她接受耶穌是她的天主，我想她也不會受洗成爲信徒。」

「爲什麼？」

「因爲她是……猶太人。」安傑羅無奈地說，只恨自己沒能想出更好的解釋。「這是她的血統，她的歷史，無關乎宗教。她是猶太人，她父親是猶太人，她祖先是猶太人。」

「但你不是。」魯西安諾蒙席平靜地說，雙手合十看著安傑羅。

安傑羅彷彿被打了一巴掌似地倒退，他退離蒙席，不希望被對方看見他的話對自己造成的影響。

他不是猶太人。

這就是問題的癥結點。儘管被猶太人扶養長大，但他不是他們的一份子。母親死後，父親留他一人在義大利，當時被拋棄的心痛如今再次湧上，深深地刺傷他。

安傑羅，教會是你最好的去處，你不會是負擔。這是父親最後留給兒子的話。如今他長大成人，增長見識，可以試著去理解父親的決定和爺爺奶奶對他的期望，但內心的不安始終沒有消失過。

注 蒙席（Monsignor），教宗頒賜有功神父的榮銜。

「你知道怎麼做才是最好的，安傑羅，你知道怎麼做才是對的。你必須往前走，不要回頭。」蒙席說，安傑羅只能點頭。教會無疑是他最好的去處，他由衷相信這一點。安傑羅不屬於伊娃，這不是他的歸屬。

假期最後一天，安傑羅回到佛羅倫斯和伊娃在一起。他得想辦法告訴她，事情沒有改變，也不會改變。他帶她繞了一圈自己最愛去的地方，分享他的感覺，解釋驅使他的動力，結果，他聽起來像個導遊，帶她導覽一座她熟知且深愛的城市。

她沉默寡言，他可以察覺得到她的悶悶不樂。充足他心靈的藝術和建築都無法提振她的精神。他再接再厲，東指一幅壁畫，西比一座雕像，解析他最愛的部分和最欣賞的地方，讓她一窺究竟。就這樣，當藝術品在他的解說下變得栩栩如生時，她的表情也跟著逐漸放鬆下來，重拾笑容。

在巴杰羅美術館世界知名的豐富館藏之中，有一件他最希望她能親眼看到的作品，那就是多納太羅的聖約翰雕像。雕像手拿盾牌，面對著其他人看不到的威脅。

「大約在我來到義大利的兩年之後，賽巴斯提洛神父帶我們一群人來到這裡。就是這座雕像改變了我，我眼裡再也容不下其他東西。其他人繼續前進，我卻無法移動。另一位神父見我緊盯著雕像不放，就告訴我關於聖喬治和龍的故事。」

他滔滔不絕說起那個令他重新思考、對人生改觀的感人故事，在此同時，伊娃目不轉睛地凝視著雕像，幾乎可以想像，多年以前有個小男孩站在同一個地方，幻想著能成為聖人。

「他犧牲一切，即使最後爲了他的信念而死，但也因此永垂不朽。」他最後說。

他迎視伊娃的眼睛，也許因爲看到了眞相，內心受傷，她的眼睛充滿哀傷。

「那時，我遇到的神父就是唐．魯西安諾。他始終關注我，甚至寄信到神學院來要求定期取得我的學業進度。唐．魯西安諾如今是羅馬蒙席。我希望有一天能在他身邊學習。」這是他夢寐以求的願望。

來到主教座堂廣場，兩人站在洗禮堂的青銅門前，門上一片片精雕細琢的浮雕描繪出耶穌的一生。

「第一次看到這道門時，我只能一直盯著它看，那感覺就像戀愛一樣，你別不開視線，眼睛一刻也不想離開。」他低聲說，語帶敬畏。伊娃點點頭，但她的視線不是放在洗禮堂門上，而是他的臉。

安傑羅轉身。「接下來是聖十字聖殿。」

「聖十字聖殿也要啊？」伊娃像個五歲小孩一樣咕噥。她是開玩笑的，但在嘻皮笑臉底下，她愈加感到鬱悶。看得越多，兩人之間的隔閡越大。從主教座堂廣場到聖十字聖殿，中間只隔了短短幾條街，頂著炎熱的八月天，兩人一路走一路聊，儘管氣象預報會下雨，但萬里無雲，一點風也沒有。

「妳進去過嗎？」他問道，兩人走入冗長的聖殿廣場。

「有啊，校外教學時來過，還有一次是跟菲力士舅舅。他要我當眾演奏，記得嗎？我引來不少聽眾，他那天很開心呢！」

「我記得！妳全跟我說了，如果我沒記錯的話，妳自己也很開心。」伊娃在大眾面前總是神采奕奕，當她說圍觀過來的人有多少時，他恨不得能當場聽到那場演奏。

「演奏時，有一位觀眾勝過沒有觀眾百萬倍。」她說，證實了他的想法。

「我最愛聖十字聖殿，很漂亮，也沒那麼嚇人。」安傑羅對伊娃眨眨眼，她則搖搖頭嘆息。他仔細打量眼前高聳的白色建築，拱型長廊、雕梁畫棟、屋頂好幾道十字架裝飾，特別是那個藍色六芒星，讓他聯想到卡米洛收留的難民衣服身上所配戴的醜陋黃色星星（注1）。一想到這，他就心情低落，感謝老天，義大利沒替境內的猶太人別上標籤。

「沒那麼嚇人？」伊娃不以為然，揉揉自己的頭。他應該沒聽錯，她的確在抱怨。他深受藝術感化，伊娃卻難以承受。或許她難以承受的人是他，是他害她鬱鬱寡歡。

「天主教眞是……華麗。」她努力想要理解。

「複雜而美麗，這就是我喜愛它的其中一個原因，萬物都有其象徵意義和儀式，無一單純，就像一名美女，驅使人努力」

伊娃嗤之以鼻。「你懂什麼美女？」

「我的青梅竹馬就是美女，我當然懂。」

「哈！」她大笑，他想要表現出貼心的一面，不過這話倒一點也不假。「我不複雜，安傑羅。」

「對我來說很複雜。」他瞄了她一眼又瞬間別開。

「這都是你害的，你遠比我複雜得多，我不知道你這股動力是從哪裡來的，也永遠搞不懂你為什麼這麼熱愛……」

「天主？」他接話。

「不，我不認爲你迷戀的是天主。我覺得你迷戀的是耶穌昇天。」

安傑羅愣愣地看著她。

「耶穌昇天？」他狐疑地問。

「你既不渴望權力，也不追求金錢、女人、玩樂、音樂……或歡愉。」

「我這個人有那麼枯燥嗎？」他大笑，伊娃也跟著笑了，但沒放過她想說的重點。

「你渴求的是目的、意義和……殉教……或者就是想成爲聖人吧。」

「妳剛指出了所有優秀神父的志向。」他如釋重負地說。

「是嗎？」伊娃有些錯愕。

「妳不覺得猶太會堂都很樸素嗎？是因爲猶太教比較不愛裝飾……崇尚簡單？」這次變成安傑羅努力思索說法。

伊娃沉思半晌。「也不全都那麼樸素，只是不像天主教那樣……擁有幾世紀的自由可以去裝飾……」她斜覷了他一眼。「只要有一本《妥拉》（注2）和十名猶太男人就可以成立一座猶太會堂，剩下的就拼拼湊湊。我爸說猶太人沒什麼機會安定下來，我們總是永無止境地在遷徙，無法落地生根，我們的根就是傳統、家人和孩子。」

注1 納粹德國統治期間，歐洲國家內的猶太人被逼戴上的識別標記。

注2《妥拉》（the Torah），字面意思爲指引，指導猶太教徒的生活方式，所有的猶太教律法與教導，通通都可以被涵蓋到妥拉中。

伊娃一時情緒湧上，安傑羅見狀，伸手牽起她的手。她的眼淚讓他煩躁不安，他討厭看到她痛苦，討厭不公不義的事，然而他只能無可奈何地看著她強作鎮定。

「又要發生了，大遷徙的歷史又要重演，安傑羅。」

他點頭附和，她抬頭望著他，隱忍著淚水，憤恨難平。

「我們的儀式全和孩子有關，天主教要一個人入教，就得先宣誓，斷了他的根、孩子和家人。安傑羅．畢安可不再有後代，你們家族就結束在你這一代。」

安傑羅搖搖頭，沒有多費唇舌替教會和自己辯駁，伊娃正在氣頭上，情有可原，她對世界、對兩人關係的氣憤、悲傷和渴望轉機的心情，就像一團錯綜複雜而難以解開的繩結。他不但懂，在某方面還能感同身受。事情發展到如今的地步，伊娃不會責怪他，她埋怨的是永遠到達不了的未來。

「我不是來看聖十字，改天再來看它的壯觀，走吧。」安傑羅鬆開伊娃的手，改抓著她的手肘，拉著她往通往大教堂右側的華麗迴廊前進。兩人一路來到大名鼎鼎的帕齊禮拜堂，站在入口的成排圓柱旁。

「帕齊禮拜堂出自建築師菲利波．布魯內萊斯基，是有名的文藝復興建築。」伊娃機械般地唸誦，她可是佛羅倫斯人，老爸又是重視學習勝於一切的卡米洛．羅賽利。不過，安傑羅相信她從沒見過內部。

「很好，到裡面去，跟我坐一塊。」他要求。

她順從地跟在後頭進入寂靜的禮拜堂。她一定以為裡面是既奢華又富麗堂皇，眼前卻出乎意料。安傑羅看著她表情逐漸軟化，一個深吸氣，胸膛彷彿窒息般地上下起伏，接著輕撫胸口，被眼前樸素的美所震撼。

「妳喜歡。」他喜出望外。他領著她來到長窗前方的連牆石椅上，四面的壁柱建構出一個長方形空間。安傑羅嘆了口氣落坐，舒展雙腳，心不在焉地按摩膝蓋。義肢總讓他不太舒服，就像穿著不合腳的鞋子一樣。他通常不太在意這一點小痛，痛楚時刻提醒他自身的軟弱，令他感激自己的堅強。

「很久以前，聖十字聖殿的修道士會齊聚在此開會，這裡是會議廳。」他輕聲解釋。禮拜堂內只有他們兩人，但依舊不得喧嘩。

「不知道在這裡拉小提琴，聽起來會是什麼感覺？」伊娃若有所思地說，望著半球形天花板上小圓窗透入的光線。

「棒透了，如果是由妳來拉，一定就是天籟。」安傑羅說，盼望能夠聽上一回。今日一整天和伊娃之間的緊繃感消失了，兩人怡然自得地並肩而坐。

「布魯內萊斯基的禮拜堂是以方圓下去規劃——長方形的地基，半球型拱頂，運用數理幾何劃分的空間，比例完美，萬物和諧，無一多餘。白色石膏牆、灰色石壁柱、甚至是釉陶圓畫，呈現出一種融合協調的畫面。」他壓低聲音解釋。

「感覺得到。」伊娃點頭。「我喜歡這裡。」她打住，接著難以置信地說：「我從小到大生活在這座城市，居然都沒有走進這間禮拜堂？」

「妳出生在佛羅倫斯，對周遭習以爲常，但我出生在紐澤西，那是一座不以藝術聞名的城市。就算我年紀小，又很想家，也看得出來這是座特別的城市。站在山坡俯瞰佛羅倫斯，可以看到圓頂、鐘塔、中世紀堡壘，時間彷彿停在文藝復興的全盛時代，歲月彷彿不曾留下痕跡，時光可以倒流回五百年前，當時這座禮拜堂才剛建好。」

「你爬上那些山？我都還沒爬過任何一座山耶！」伊娃打趣道。

「你懷疑我？」安傑羅笑笑著用拐杖敲敲自己的義肢。

「並不是。」她也笑了。「我覺得上天給你半條腿，是爲了讓我們其他人能趕上你。」

「伊娃，這才是妹妹會說的話嘛！」

「我不是你妹，安傑羅。」她輕聲說，他沒有反駁。好笑的是，爲了各自的目的，兩人都或肯定或否定了家人關係。而他還有一件事非說不可，不能再等了。

「伊娃？」

「什麼事？」她語帶忐忑。

「妳還記得一年前我們去猶太公墓，當時妳提到，卡米洛擔心我是迫不得已才進入神學院？」

伊娃點點頭。

「我當時不想承認，是怕我承認以後妳會不放過我。不過，妳父親猜對了。」

伊娃眉頭一揚，但他決心一吐爲快。

「在我父親送我來這裡之前，他就說過他對我的期望。他說我叔叔已經多方打聽，要介紹我去神學院。他向我保證，會有人照顧我、教導我。他說，因爲我這隻腳的關係，不可能從事像他那樣的體力活，教會是最適合我的地方。『你很難養活一個家，安傑羅，至少你要養活你自己，不要成爲其他人的負擔』。」安傑羅輕聲引述。

「他說這種話？」伊娃氣到滿臉通紅，雙手握拳。

「是啊。」他點頭。「原諒他，伊娃，我已經放下了。」

「你想做什麼都可以，安傑羅，現在還不晚。」

「啊，那個以爲我會行走水面的女孩出現了。」

「我是猶太人，安傑羅，我不會以爲有人可以在水上行走。」

她的嘲諷令他搖頭，但仍忍俊不禁。

「來到這裡後，我可以融入這個空間。因爲這條腿的關係，我一生從未走得平穩，然而在這裡，萬物皆有定理，純粹簡單，我得以身心合一，找到平衡。」

「你又不能住在這裡。」她說。安傑羅心想她是有意取笑他，只是她的聲音卻透露著哀怨。

「是不能，但我努力讓內心和平、堅強。一開始我的確不想成爲神父，伊娃，但自從看到聖喬治那天起，我逐漸相信，這是天主對我的期望。我不知道怎麼做，也不知道爲什麼，但我必須戰勝自己的龍。我們都是，這是我用來戰勝龍的方法。」

伊娃臉色蒼白，喉間脈動顯而易見，他的腦袋轟然作響，長袍底下斗大的汗珠沿背脊流下。

「我今天帶妳看的都是古藝術，圍繞著同一個主題，那就是基督教故事。時至今日，福音仍舊激勵感化著世間的男男女女，助我們從混亂、自私和迷失中脫離出來，是我們的一線希望，黑暗中的光。對我來說，這就夠了。透過藝術，我愛上天主教會，即便要我交出人生也輕而易舉。難道妳不懂嗎？一旦徹底愛上某個人，你便會義無反顧。」他停頓半晌，深吸一口氣後說：「這也是我對妳的感覺。」

伊娃的眼睛瞬間對上安傑羅的眼睛，眼底閃過一絲喜悅，接著彷彿明瞭了什麼般又消逝了。他的話還沒說完。

「我願意爲妳做任何事，伊娃，任何事。」他想起卡米洛的話，他要做的不僅是替靈魂祈禱，更是要拯救猶太人的命。這讓他有了繼續說下去的勇氣。「但我不能同時擁有妳和教會。我需要教會，伊娃，我相信教會需要我。」

她一點反應也沒有，沒看他、沒嘆氣、沒說一句話。

「伊娃？」他問得輕柔，但他感覺得到兩人之間那股深沉漆黑的危險。

她轉身，抬眼對上他的眼睛。

他倒抽一口氣，生硬地起身後退，他必須遠離她。

老天，他到底做了什麼？

她不但愛他，而且愛得不可自拔，而他無法與她相守。他始終逃避面對的眞相，宛如一瓶打翻的墨水渲染了他的胸口——深沉而漆黑的危險。

他走了好幾步，轉身又走了回來。她起身迎接他，淚光閃閃，唇角顫抖。

求主憐憫，求主憐憫。

「我不行。」他低語。

「你可以。」她輕聲回應，語裡盡是不加掩飾的懇求。一時間，他動搖了。他眞的可以嗎？他閉上眼睛，想像自己脫離教會的情景，腦中迴響著父親的話。你屬於教會，那是最適合你的地方，你的任務就是不要成爲負擔。他把這些話推出腦海，但接續而來的是卡米洛的聲音，震耳欲聾。你會成爲一個有力的人，救救我的家人！最後是魯西安諾蒙席的臨別贈言。你這不是這樣的人，安傑羅。

「我不行，伊娃。我也不會這麼做。」他毅然決然，語氣強硬。他必須堅強，他不能在這一刻輸了，就算是爲了伊娃也不行。

「你已經做了。」她口吻平和，但心如刀絞，以至於唇角扭曲。她的自嘲以及哀傷同樣反映在他的心裡。一直以來，他都能感受到她的心情，一如她能感受到他的一樣。她一出現，就會佔據他所有的視線。但他的眼睛專注於另外一種榮耀。

他短暫閉上雙眼，深吸一口氣，再次睜開眼時，已下定決心。

「從各方面來說，那都是錯的，伊娃。妳知道，我也知道。不能讓它再度發生，也不會再有下一次。」他雙拳緊握落在身側，堅定立場。

「我愛你，安傑羅。」這是最後的實話，也是唯一重要的實話。

「我也愛妳。」他回答，吐實教他害怕，但背離他唯一的信仰更令他恐懼。

「但還不夠？」

「我愛妳勝過任何人。」

「但還不夠？」她重申。

「做人須信守諾言，伊娃，我許下承諾，妳不會喜歡一個背棄諾言的男人吧？」

兩人四目相對，這一刻，她相信了。他看得出她的挫敗、她的認命。她是伊娃，那個總是被他的怪點子牽著走的小女孩。她知道他不會退讓，她曾說他是不屈服的安傑羅。她還說，這是他一個令人懊惱又讓人佩服的優點。但他當時一點也不覺得這是一項美德。

她點頭，默認了這件事。他的下巴肌肉抽動了一下，他雙唇緊抿，不發一語地伸出手，只是她沒有牽起他的手。

「你先走吧，安傑羅，走。」她低語。

「我想走路送妳回家，我必須看到妳平安無事。」

「我要你別管我。」她放大聲音。

「我不會這麼做。」他堅持，想強迫她再退讓一次。

「你已經做了。」她說，抬眼迎視他，眼神中不復見當年那個小女孩。「你走，安傑羅。」

這次輪到他退讓。

他心情沉重地離開寧靜的禮拜堂，這一次，他知道她不會跟上來，永遠也不會了。

一九四〇年

一九四〇年

告解：即使我的國家如此待我，我仍深愛我的國家。

義大利不忠於自己的猶太國民，儘管內心傷痕累累，但我仍是義大利人。儘管國家拋棄我，我仍替這個國家的未來感到憂慮。

我們已經正式參戰，義大利侵略法國的同時對英國宣戰。不是傳言也不是威脅，沒有裝模作樣也沒有疑慮，義大利開戰了，盟友是德國，一個由討厭猶太人的男人當領袖的國家。

我納悶在希特勒聲稱勝利之前，還要犧牲掉多少人、多少猶太人的生命。德國入侵丹麥和挪威，毫不留情地大肆破壞。比利時短短十八天就投降，下一個就是法國。一但英國倒下，就再也沒人能阻止他們。

美國不想參戰，我也不想，反正猶太人也不能從軍。非義大利籍猶太人爲此怨恨我們。法西斯警察到處發臨時工作令，任意私闖民宅，把猶太男人、男孩，甚至是女人拉到街上去鏟土、挖壕溝或搬磚頭。法西斯黨人說這是我們的愛國義務。他們立法禁止我們從軍，卻說我們頂多就只能做這點工作。好吧，禁止從軍也好過跟希特勒並肩作戰。只是，在他人奮戰時袖手旁觀就是不對，即使最後他們死於非命。

安傑羅也像義大利一樣也拒我於外，丟下我一個人。
去年十一月，他接受聖職成爲神父，從此以後，我再也沒見到他。

伊娃・羅賽利

6　坐七

義大利參戰後兩天，卡米洛跑進音樂室打斷伊娃和菲力士的練習，伊娃一看到父親絕望的眼神，只覺掌心冒汗，心跳加速。

「移民署的人來了，菲力士。」卡米洛嚴肅地說。「警察，而且是憲兵。」

菲力士全身一僵，琴弓停在半空中，就定位的小提琴永遠也等不到精彩的演奏。菲力士心如死灰，雙肩一垮，垂下雙手，小心翼翼將小提琴放在沙發上，接著是琴弓。

三人慢吞吞地下樓，背後彷彿有一股無形的力量，想把他們拉回安全的音樂室，拉回令人安心的帕格尼尼和巴哈，拉回療癒的長音和音階裡。

三名義大利憲兵站在門口。法比雅已經迎接他們進門，招待點心。她不該像名雇傭一樣去應門，但她無論如何都適應不了她不再是名女傭的事實。她現在是家裡的夫人，但沒人能說服她接受這一點。在她心中，一切不曾改變，卡米洛有他的分際，在他家裡，她就是管家，儘管大家都愛她，但管家就是管家。

「菲力士·阿德勒？」一名憲兵簡短地問。

「是的，我就是菲力士·阿德勒。」菲力士舅舅意志消沉地說，幾乎是如釋重負，彷彿已經等待這一刻太久，不想再繼續等下去。

「我們奉命前來逮捕你。」

「我知道了。」菲力士緩緩點頭，雙手在身後交扣，意外地順從，不再是那個慷慨激昂的音樂家或憂鬱的哲學家。

「他可是義大利公民。」卡米洛無法接受，看起來備受打擊，他之前救不了奧圖，現在又要失去菲力士。

「他現在是外籍猶太人，一九三八年通過法律，他已經被撤銷公民資格。」憲兵出示文件，上面蓋滿了各式官樣圖章。義大利人最愛圖章。

「但他有豁免權。」卡米洛堅持。

「也被撤銷了。」憲兵收起文件，塞進腋下。

卡米洛震驚莫名，滿臉通紅，火冒三丈。「什麼時候？爲什麼？」

憲兵置若罔聞，再次對菲力士宣告。

「請跟我們走。」

「你們要帶他去哪裡？」卡米洛氣到聲音顫抖。

「暫時拘留，之後遣送法拉蒙地（注）或是薩萊諾省的坎帕尼亞，總之就是南部的某個地方。」

「他還會留在義大利吧？」卡米洛無助地問，眼睛看向他的大舅子，但菲力士不發一語，聽天由命的模樣就跟那張逮捕令一樣令人不安。

注 法拉蒙地（Ferramonti），墨索里尼於一九四〇年建立的十五個拘留營當中最大的一個，超過三千八百名猶太人被囚禁在此。

「大概吧，別擔心，我們不像納粹。他不會被虐待。現在是戰爭期間，這麼做純粹是爲了國家安全，只是拘留而已，不用害怕。」義大利憲兵再三保證。他隨後注意到伊娃，挺起胸膛投以一笑，難不成他以爲在這種時候她還能享受這種關注？

「我可以收拾一點行李嗎？」菲力士禮貌地問，靜待回答，伊娃則緊盯著舅舅木然的臉。

「可以，但要快。沒有時間也沒有地方放你所有行李，那裡會提供基本用品。」

菲力士點點頭，離開房間，憲兵緊跟在後，彷彿要防範犯人突然逃跑，但他停留在樓梯頂端，來回注意伊娃和菲力士的房間。菲力士半掩著門，眾人可以聽見他的動靜，將抽屜打開又闔上，讓所有人聽見他確實在收拾行李。

一聲槍響突然傳出，聲音出奇地低沉，卻宛如大門被甩上般迴盪在屋裡。眾人目瞪口呆，一時間沒人動作。第一個反應過來的是站在樓梯頂端的憲兵，他迅速衝往房間，但他要逮捕的人已經不見了。

所有人僵在原地，眼睛飄向可以俯瞰客廳的二樓平台，接著他們聽見有人大吼一聲，破口大罵，間雜幾句聖母瑪利亞。

卡米洛跑起來，三步併兩步跨上樓梯。伊娃從沒見過他這樣跑，卡米洛從不奔跑。她緊跟在後奔上螺旋樓梯，但父親一轉身，在舅舅房門前攔下她，伸出顫抖的雙手阻止她進去。

「等等，伊娃！我先進去。」他命令道。

義大利憲兵突然退出房間，臉色慘白，上唇閃著汗水光芒，他關上門，彷彿這件事到此爲止。

「他死了，朝自己的頭開槍。」他的聲音裡不帶感情，但聽得出來正努力壓抑噁心的感覺。他戴回黑帽，從踏進別墅以來，第一次迴避伊娃的目光。她一個箭步從他身旁衝過去，穆斯林風格的房間裡飄散著鞋油味、咖啡味，以及他刮鬍子時特有的刮鬍皀味。現在又多了另一種味道——血腥味。混雜在血腥味裡還有一種刺鼻的味道，伊娃好一會兒才意識到那是火藥味。

「伊娃！」父親一把抓住她的手，將她往後拉。但她看到了，那一灘鮮血彷彿有生命似地從衣櫃門縫底下蔓延到磨石地板。

菲力士．阿德勒走進他的衣帽間，關上門，平靜地自殺了。

安傑羅相信他們絕對不是一般典型的家庭，大部分的猶太家庭不會出現一名天主教神父和他那兩位天主教的祖父母，但他們是菲力士．阿德勒擁有的唯一家人。菲力士的雙親都不在，只剩下桑帝諾和法比雅。他也沒有兄弟姊妹了，只剩下妹婿卡米洛。他沒有結婚，沒有孩子，將伊娃和安傑羅視爲己出。因此，卡米洛、伊娃、桑帝諾、法比雅和安傑羅五個人齊聚在猶太會堂的喪禮上哀悼。

安傑羅一收到消息就從他的小教區趕來。伊娃撲進他的懷中，兩人在悲傷面前暫且卸下心結。自從他接受聖職以來，兩人就斷了聯絡，沒有信件，沒有電報，沒有探訪，就這樣過了整整七個月，換句話說，他離家未返已有七個月了。

當卡蘇托拉比正在為一件無從解釋的事白費唇舌時，兩人並肩而站，伊娃雙手環抱著他。伊娃沉默寡言，在他來了之後，她始終守在他身旁，黏著他，讓他知道她需要他，但她很安靜，就連哭泣也是無聲無息，彷彿菲力士走的時候也帶走了她的聲音。音樂大師走了，連帶音樂也一併消失了。

卡米洛希望她在喪禮上演奏，但她搖搖頭。他似乎能理解她的苦衷，另找了名菲力士的學生演奏菲力士喜歡的孟德爾頌的曲子。

喪禮正式開始前，他們扯開菲力士的衣服，這個儀式稱之為「Keriah」，撕裂之意，意味著在家庭這塊布上的別離和失去。他被扯離開大家的身邊，每個人撕下一小塊衣服，朗誦《約伯記》上的文章。賞賜來於天主，回歸於天主，應讚頌天主之名。他們會將這一塊碎布別在衣服上，度過坐七（Shiva），也就是七天的守喪期。

不是天主要帶走菲力士，是菲力士自己的選擇。無論是猶太教或天主教，自殺都是很嚴重的事，但卡蘇托拉比還是頭一個說出：「你是有福的，我的主，這是公正的決斷。」卡蘇托拉比說，菲力士是戰爭的受害者，到此結束。

一個月前，安傑羅主持了他的第一場喪禮。在他那貧困的小教區裡，一名孩子熱愛的母親，同時也是丈夫深愛的妻子意外去世。在這一家人困難的時期，他深怕自己做不好，但他隨後發現，不要只想到自己，而是專注在死者和她的家人身上就好了。他用拉丁文主持喪禮，卡蘇托拉比則是用希伯來文，雖然必須靠伊娃翻譯出她知道的部分，但觀點大同小異。我們照著主的形象而生，又回歸於主。

儀式結束後，大夥兒加入前往墓地的隊伍，途中停步七次，以顯示任務的困難和煎熬的痛苦。當菲力士的棺木降入地底時，眾人把土鏟入他最後的安息地，塵歸塵，土歸土，既美麗又痛苦，一如人生，一如回家，一如再次見到伊娃。

之後，所有人回到別墅，接下來的時間都在接待陸續登門慰問的親朋好友，直到這一天也像之前的每一天一樣來到尾聲。他跟伊娃並肩坐在矮凳上，因爲凳子太矮，他不得不伸長他的義肢。他的目光落在眾人返家之後，就不曾熄滅的燭火上。

「Shivah是什麼意思？」他問，有意將她從沉默寡言的狀態裡拉出來。她意志消沉的模樣令他很是擔心。

「七的意思。」她立刻回答。

「啊，我懂了。我們今天停了七次，接著你們要坐一個禮拜，也就是七天。」也太剛好，他從離家到返家也正好七個月。

「是的。」

「七有什麼象徵意義？」

「《約伯記》上記載，當約伯失去一切時，他的朋友陪他坐了七天七夜，陪他難過，也替他難過。」

兩人再次陷入沉默。安傑羅心情沉重，無助到想哭，懊惱自己沒法抱著她，逗她開心。他們再也無法回到過去輕鬆自在的關係。他緊抓著頭髮，發現自己正在坦白。

「我很想留下，伊娃，但是我不能，我有任務在身，不能耽擱。」

「我明白，謝謝你專程前來一趟。」

「可以的話，我願意替妳承受痛苦。」只要能讓她解脫，他很樂意承擔。

「我明白。」她說，彷彿是眞心相信他。「我了解你的心意，但痛苦不是這麼一回事，我們可以製造痛苦，但卻難以治癒它。」

「跟我談談，說不定能舒緩一點。告訴我這一切代表的意義。」他一手掃過房間，有蠟燭、被蓋起來的鏡子、矮凳，以及包含了蛋、麵包和扁豆在內的慰問餐，這不是他會選擇的奇怪組合。「我想知道那個蠟燭的意義。」他替她起了個頭。

「家屬之一回到家後會立刻點燃蠟燭，稱爲坐七之火（Shiva Candle），會燃燒整整七天。」

安傑羅點點頭，鼓勵她繼續說。

「蠟燭使我們記得死者的靈魂和神之光。畢竟，神用光創造了我們的靈魂。我猜是源自詩篇吧。」

「主的光就是人的靈魂。」安傑羅引述。

「沒錯，就是那個。」伊娃點點頭，不再說話，表情若有所思。安傑羅打鐵趁熱，不讓她有機會溜走。

「這些凳子呢？」

伊娃嚇了一跳，彷彿一瞬間忘記他的存在。「那是爲了讓我們更靠近土地，靠近我們所愛之人沉睡的地方。」

是一種象徵。身爲天主教神父，他最擅長的就是象徵。

「鏡子呢？」他追問，屋裡所有鏡子都被黑布罩住。

「哀悼之時沒辦法注重外表，人在悲傷之時不該被任意批評，要怎麼傷心都可以。

這是對喪家的體貼，坐七，正是爲了那些被留下來的人。」

他牽起她的手給予安慰，在一張奇怪的小凳子上，兩人手牽手並肩而坐，凝視著閃爍的燭光。

「在你成爲神父之後，我也坐了七天。」伊娃脫口而出。「當時我還不知道自己在坐七，但整整一個星期，我足不出戶，遮住房間裡所有的鏡子，這樣我就不用看到自己。我甚至睡在地上。你丟下我一個人，我很傷心。」她苦笑，放開他的手。安傑羅無言以對，顯然她已經把部分痛苦轉嫁到他身上，因爲此刻他的心情如喪考妣。

他接受聖職那天，她曾來觀禮。她、卡米洛、菲力士、桑帝諾和法比雅，他的家人。他常在想，那天的她心裡做何感想。當他雙手抱胸拜倒在地，前額貼地，闔上雙眼，聆聽諸聖禱文時，她心裡是怎麼想的？

Kyrie, eléison，求主垂憐，Christe, eléison，求耶穌垂憐。

主啊，讓我成爲一名值得尊敬的人，讓我成爲一名更好的人，助我成爲勇敢的僕人，助我超越我自己。他默禱，只希望自己能做得更好，贏得尊重。

他心中浮現出多納太羅的聖喬治，眼睛蒙上一層溼氣。「助我戰勝我的龍。」他低語。「助我抵抗蛇，助我抵抗，助我，助我。」

「喔，我的天父，求祢垂憐，喔，上帝之子，救世主，求祢垂憐。喔，聖靈，求祢垂憐。」吟誦聲包圍著他。

他被綑綁的雙手塗滿油膏，使其神聖化，凡透過這雙手賜福的對象也會受到主的賜福。主教將雙手放在他的頭上，詢問他是否能宣誓服從，他回答是的，他承諾服從。

主教詢問他是否願將生命奉獻給主，摒棄個人榮華富貴。他回答是的，他承諾貧窮。最後，他承諾獨身，爲了神國的喜樂，摒棄肉體的歡愉。他回答是的，承諾奉獻出他的生命、他的心和他的忠誠。

然而，他仍會想，他會想當時伊娃站在一旁觀禮時，看著聖餐被舉起，聽著讚揚聲高揚時，她是否看見了其中的美麗並且明瞭。他迫切希望她了解，而且他不能再繼續這樣在意下去。

她倏地湊過身來，一瞬間，安傑羅以爲她要牽他的手。但她只是扯下他長袍袖子上鬆脫的線頭，手捏著小小的棉線，一次次撫順它。

次日早上，他動身前往羅馬，他長袍上的線頭綁在菲力士的衣服碎片上，一同別在她的衣服上。

八月，菲力士走後兩個月，伊娃的父親帶她去了一趟海灘，他說這是當天往返的小旅行，也是他們唯一被允許的旅行。他們不能住在度假村，也不能訂小木屋。所以他們搭上從佛羅倫斯前往維亞雷焦的火車，從火車站徒步十分鐘到海邊，脫掉鞋子，赤腳在沙灘上走著，假裝這是一趟他們眞正需要的旅行。

卡米洛捲起的長褲底下，露出瘦骨嶙峋的膝蓋。他脫下帽子，微風拂過他花白的頭髮，眼鏡閃耀著陽光的光芒。伊娃揹著午餐，把鞋子塞進籃子裡，這樣就不用拎著走。海邊人潮擁擠，海灘傘林立，到處是孩子的笑聲，伊娃好想念人跡罕至的馬萊瑪海灘，怎麼走都看不到其他人影。

他們總算找到一個地方坐下來，把午餐擺在墊子上，眼睛隨意地瀏覽，努力爲了彼此去享受景緻的變化。風再度吹來，揚起一陣風沙和海浪打在他們身上，這下子午餐肯定多添了味道。

「真是有趣，不是嗎？」卡米洛盯著自己的腳，口吻含糊地說。

「爹地，什麼事有趣？」

「我的三明治和腳趾都摻了沙子。」彷彿爲了證明自己說的話，他先晃晃其中一隻腳，然後是另一隻，果然，腳指間都是沙子。

「一點也不有趣！」伊娃取笑道。

「我覺得好煩，到處都是沙子，食物裡，衣服裡，全身上下都是沙子在摩擦皮膚。我一點也不喜歡在海邊吃東西，但不管怎麼做，似乎就是避不開。」他的聲音若有所思，彷彿正在思索某道謎題。伊娃習慣了父親迂迴的表達方式，因此只是靜靜等待著。

「但沙子是我的生意。沙子，純鹼，石灰。沒有沙子，就沒有玻璃。妳爺爺把公司命名爲奧斯特（Ostrica）——也就是牡蠣的意思，因爲牡蠣吸收沙子，轉化成另一種美麗的東西，就像我們的工作一樣，我們利用沙子來製作玻璃。」

「我都不知道爺爺是這麼浪漫的人？」

「我們希望把平凡的東西變美麗，對吧？」他說。伊娃想起她跟安傑羅在公墓時，她曾對他解釋何謂 Mitzvah。

「所有事物對你來說就像 mitzvah，具有使命。」她輕聲說，一手摟著卡米洛，眼睛望向海平線，心裡想著安傑羅和牡蠣。無論她怎麼努力，依舊無時無刻不聯想到安傑羅。

「並不是，我只是一顆牡蠣，躲在殼裡把沙變玻璃。」他的聲音裡有掩不住的憂鬱和痛苦。伊娃回過神，望著父親的臉。

「什麼意思？」

「我跟多數人並沒什麼不同，我始終希望一切順其自然就會沒事。」

「什麼？」

「這個世界，伊娃，我以為我可以應付這個紛亂的世界，在法律之下委曲求全。我努力讓公司順暢營運，維持這個家，讓妳、桑帝諾和法比雅生活無虞。但這個世界沒有好轉，義大利沒有外力的話不會自己好轉。我不能繼續只抱著希望然後什麼也不做，我不能繼續躲在殼裡製作玻璃。我得做點什麼，我們都得想辦法，不然都會死。」

「爹地？」她語帶不安，父親看著她的眼裡充滿悲傷。

「我得去接妳外公，伊娃，這是我欠菲力士的。」

「奧地利？可是外公……不是在……集中營？」

「德軍不會要一個老人，他不是個好工人。我會想辦法用錢或值錢的東西換他出來，這是我擅長的事。妳也知道，我是天生的業務員。我會把他弄出來，送來這裡和我們會合。到戰爭結束前，安傑羅可以幫忙藏匿他。」

「你要怎麼做？」

「伊娃，奧斯特玻璃公司提供酒瓶給奧地利的酒商，我去過奧地利好幾十次了，有絕對的理由去奧地利出差。所有的文件都可以證明我是義大利公民，沒有人會質疑我。我有奧圖的身分證明文件，可以主張他也是義大利公民。」

「你怎麼拿到那些假文件？」她驚呼。

「公司裡有一台性能極佳的印刷機。妳還記得阿爾多．芬奇嗎？他替瓶子做漂亮的標籤，這段日子以來，我們一直在替難民僞造證件。阿爾多在這方面做得很好。我沒有告訴妳，是因爲不知者才能無罪。」

「喔，爹地……要是你跟外公被抓到，兩個人都會被逮捕的。要是被發現你在僞造證件，他們會沒收工廠。」

「工廠不是我的，他們要怎麼拿走呢？」卡米洛輕聲說。

「索特洛先生知情嗎？」吉諾．索特洛是父親的摯友，也是非猶太人的事業夥伴。

「吉諾知道，倘若我有萬一，我希望他能讓阿爾多繼續救人的工作。」

她內心一沉，憂心忡忡。她最擔心的是父親的性命，他正在計畫一件會讓自己深陷險境的事。伊娃並不相信在奧地利的外公還活著，當他被逮捕時，菲力士舅舅萬念俱灰，現在，他們也失去菲力士了。不同的是，他是被一次次的侮辱給慢慢逼上了絕路。

「別擔心，伊娃，我不會有事的，我會把奧圖帶回來。我不能不管他，他一個人在那裡活不下去。奧地利人不能離境，更別說奧地利猶太人。」

「你不能去！拜託，不要走。」

「我都已經安排好了，我會一如既往客氣低調，不引人注目。等著看吧，事情會順利的。」

「萬一你出事，我就連一個親人也沒有了。」伊娃不顧形象地大喊，她不能讓他走。

「我沒事，就算我出事了，還有安傑羅在，他已經答應我，妳永遠都可以擁有安傑羅。」父親毅然決然地說，彷彿只要有決心就能做到一切。

「喔，爹地，你不明白！我永遠不能擁有安傑羅。」她瞇起眼望向地平線的太陽，眼睛灼熱地流下淚水。

「我沒有安傑羅，沒有菲力士舅舅，很快的，我也要沒有你了。」

一九四三年

一九四三年九月十六日

告解：我從未感到安心。

上星期三，民眾在大街上手舞足蹈，歡呼戰爭結束，義大利向美國投降，達成停戰協議，所有人都說美國人很快就會到，我們的士兵也會回家。甚至還盛傳種族法將被廢止。然而，星期天一到，德軍佔領了佛羅倫斯，控制那不勒斯以北的地方。慶祝結束，戰爭還在持續，陣營改變了。

爹地音訊全無，我努力不去想他，一想就心痛。說我軟弱也好，但我聽過勞動營的傳聞，有人說那裡是死亡營，我好怕再也看不到爹地。我只能暫且忘記他，走一步算一步。原諒我，爹地。

安傑羅回來了，他說情勢惡化，我必須跟他一起回羅馬。不曉得他為何以為我在羅馬比較安全。七月時，美國人轟炸過羅馬，至少佛羅倫斯到目前為止沒有半顆炸彈落下。他說他可以把我藏起來，自從戰爭開打以來，他一直在幫助猶太難民。我一走，就只剩下桑帝諾和法比雅兩個人，但我留下對他們更加危險。

桑帝諾和法比雅很擔心我，求我快走，他們以為安傑羅可以護我周全，卻一點也不知道安傑羅只會讓我感到不安。

他讓我心中充滿憤怒和悲傷，他讓我變得衝動莽撞，而且我知道，跟我在一起他不會有安全感。

伊娃・羅賽利

7 別墅

十八個月來，安傑羅往返羅馬和佛羅倫斯十二次，但沒有一次是出於個人因素。他有理由回到家鄉，好好認識這座城市和市民，特別是教徒。他會講英語，法文和德文也還過得去，更別說還能講一口流利的義大利語。他年輕英俊，走到哪都是目光焦點，然而，一身的黑色神父長袍，筆挺的白色羅馬領及單腳殘障，給了他義大利男人並不會想要的託辭。

猶太人藏匿在義大利各地，而人數遠比猶太人多兩倍的軍人也不好過，他們到處尋求掩護，就怕被當場槍斃或是遭到逮捕送往德國勞動營。九月八日，義大利向美國投降之後，義大利公民和軍人的處境變得極爲艱難。他們現在是德國的敵人，而非盟友，一但被抓就會被當作戰俘。被蓋世太保（注）盤問的年輕神父不只一、兩個，有的人甚至被抓去關起來，直到有人來保釋他們。安傑羅沒有這方面的麻煩，他的身分無庸置疑，讓他行動起來更方便。

那天早上，他按照指示，從羅馬護送一群外國難民離開，其中八名坐上火車，萬一被抓，其他人仍然有機會。他要他們假裝睡著，有人來要證件時，只要睡眼惺忪地遞出去就好，不用說話，以免一開口就露了餡。

六個小時的車程中，難民們安分守己，一切順利。他護送難民從佛羅倫斯新聖母車站來到新聖母大殿，在那裡會有另一名神父接應他們前往熱那亞，再由另一人接手，但願最後能抵達安全之地。

也有難民被送往阿布魯佐區，走私者和當地神父會帶他們前往盟軍領地。以防萬一，安傑羅不知道對方是誰，除了一開始接觸的聯絡人，沒有人知道還有誰牽涉其中；如此一來，即使有人被抓，也沒辦法招出他們並不知道的人。志願者形成救援網，除了自己負責的部分外，其他一無所知。沒有首腦，也沒有正式組織，只有一群人千方百計地迫切救人，靠的是主的恩典，以及每一個人的勇氣和善良。

但這一次，安傑羅回到佛羅倫斯不光是爲了外國難民，出於私人因素，他得必須家一趟。他一直在觀望情勢，心裡知道早晚會有這一天。七月，貝尼托．墨索里尼被推翻，巴多格里奧將軍接替他成爲首相，安傑羅繼續屏息以待。許多人以爲舊法會被廢除，一切將會好轉，但事與願違。美國開始空襲羅馬，聖羅倫佐區滿目瘡痍，他開始懷疑佛羅倫斯不再是安全之地。停戰協議公布之後，德軍坦克大舉入侵羅馬，他知道不能再繼續等待下去。

佛羅倫斯飽受戰火侵襲，一座絕代風華的城市歷經滄桑，宛如守寡的新娘把頭壓得低低的，再無往日歡愉。在羅馬，德軍橫行大街小巷，領取補給的民眾大排長龍，路人行色匆匆去，彷彿動作快一點就不容易被波及、被看到和欺凌。義大利人原本該是熱情奔放，悠悠哉哉，漫步街頭。

注 蓋世太保（the Gestapo），納粹德國時期的祕密警察。

這些全成了過去。現在人人腳步匆忙。

安傑羅穿過大門，門沒鎖。他得好好念爺爺一頓，現在不比從前，不能再門戶大開。他走進這個他曾喚爲家的地方，經過一座寧靜的庭院，他跟伊娃以前會在院裡的噴泉中玩耍，他教她打美國棒球時還打破了幾扇窗戶。爺爺把別墅打理得很好，別墅一如往常，百花綻放，小徑一塵不染，沒有殘骸碎片和戰火摧殘的痕跡。九月不再炎熱，氣溫宜人又天空湛藍，卻美得令他忐忑不安，彷彿晴朗和煦、微風徐徐的天氣與納粹狼狽爲奸，誘騙人耽於安逸。

爺爺精心照料的豪宅位於市中心，且出入方便，安傑羅擔憂這使他們成爲顯眼的目標。宅邸矗立在一條大道旁，四周築起一座高牆，就像伊娃一般美得不可方物。但只有牆是不夠的，她必須躲起來了。他得說服她離開佛羅倫斯。不只她，還有他的祖父母。

大家最好離開這座城市，離開這棟會引來不必要注目的宅邸。

卡米洛離開已經三年了，音訊全無，生死未卜，唯一的消息是一個叫「奧斯威辛」的地名。起初只是個普通的地名，接著人心惶惶、流言四起，這個地方變成死神和黑死病的代名詞。光是謠言，就讓部分猶太人嚇得丟下所有家當落荒而逃，只打包幾件衣物就跑去躲起來。有些人關在家裡，祈禱黑死病不會找上他們，許久以前有人逃過一劫，但這種機會不常有。

聰明的人知道躲藏，但卡米洛沒有躲。他深信義大利公民身分可以保護他，下場是被送進奧斯威辛，這是他們僅得到的消息。

安傑羅拉起門環，敲響光亮的紅色大門，目光落在右邊曾掛有經文匣（注）的地方。

他還記得卡米洛取下盒子的那一天。那是在一九三八年，當時他抬頭挺胸，但流下兩行淚水。為了規避種族法，他把宅邸從自己名下過戶到桑帝諾和法比雅名下。安傑羅問他為什麼哭時，他說是因為羞愧。

「我因為害怕而拿下它，勇敢的人會為神奮戰，但我不是。說來慚愧，我不是那種人。」

大門緩緩打開，午後陽光底下，法比雅探頭出來，一手遮著眼睛，瞇眼看他。

「安傑羅！」她驚呼，遮陽的手改摸臉頰，隨即雙手捧著他的臉，把他拉向自己，雙臂擁抱他。她比他記憶中還要嬌小，也許是因為他長大了。

「安傑羅，我的小帥哥！桑帝諾，快來看誰來了！」法比雅轉頭對著昏暗的門廳吶喊，安傑羅盯著冰冷的寬廣大廳，他不想休息吃點心，也不是想找爺爺，他來找伊娃。

「你都長這麼大了。」奶奶驚呼。他的視線拉回到她皺紋滿布的臉龐。「真是帥氣，我的老天，你長得好像你父親。」法比雅悲從中來。她還是老樣子，只要一提到「她的安吉利諾」就會哭，她已經很久沒見到兒子了。安傑羅猜想，他們很有可能再也無法相見了。一想到這裡他就感到難過，不是為了自己，而是為了祖父母。

爺爺踩著弓形腿搖搖晃晃從裡頭的房間走出來，拍手叫著安傑羅的名字。爺爺一點也沒變，一頭後梳的濃密白髮，一身曬到黝黑的肌膚，以及一雙每天早上他都能在鏡中看到的藍眸。

注 將神的話語（妥拉）書寫其上的羊皮紙，放入一個經文匣，固定在門柱上。

「你回來了，你終於回來了，安傑羅！你會留久一點吧，我們都很想念你。」

安傑羅親了親桑帝諾的臉頰，俯身緊抱他。雖然遺傳到眼睛，但身高可就一點也不像了。他挺直背脊往後退，目光落在門廊入口氣派的大理石螺旋樓梯上，有個人影正拾階而下。

伊娃身穿一襲寶藍色洋裝，襯托出她絲綢般的乳白色肌膚。她變得更加纖瘦，一頭黑髮也剪短了，滑順的鬈髮髮尾拂掠過肩頭，不落俗套。她以前總留長髮，也許歲數增長讓她變得謹慎小心，愈發注意旁人的觀感。但願如此，這樣她才能更加安全。伊娃輕聲招呼，相較於法比雅的淚水和桑帝諾的拍手，明顯少了熱情。

他拘謹有禮地上前迎接，渴望像擁抱妹妹般地擁抱她，渴望說服自己她就是一個妹妹，永永遠遠的妹妹。他的目光暫留在她的眼睛上，她的眼裡沒有他要尋找的諒解。伊娃神情戒備，她年紀輕輕不過二十三歲，卻渾身散發出和他藏匿過的那些人一樣的戒慎恐懼，整個人顯得比實際年齡更加滄桑。

但她仍是他僅見過最美的尤物。

她步下樓梯，朝他伸手走來，他張開雙手緊握住她其中一隻手。

「這是神父問候人的方式嗎？」她輕聲問。

他禁不住嘲諷，惱火地一把拉她入懷，短短的瞬間，緊緊地抱住她。

他感覺到她的掙扎，她似乎完全沒意料到這一抱，驚呼的氣息搔癢他的頸項，他放手後退。她聞起來依然宛如法比雅種植在窗下的茉莉花，只是微微摻入了另一種新的味道——悲傷。自從上次一別，她變得更加鬱鬱寡歡。話說回來，伊娃的人生經歷一波波沉重的打擊，也難怪她身上的茉莉花香會夾帶著悲傷。

兩人分別太久，他曾想過早點回家，但他一直努力想要擺脫過去，也想讓她可以往前邁出。他甚至想過，如果重新來過，兩人是否就能找到共同的立足點，即便是天主教男孩和猶太女孩也能再次成爲朋友、甚至是家人？曾經，他走到哪她就跟到哪，如今，她願不願意陪他過街還是個未知數，但他非說服她不可。

戰時的物質匱乏，晚餐自然少得可憐，但伊娃拿出一瓶父親的奧利地酒，眾人追憶往事，有說有笑，刻意炒熱氣氛。伊娃也在其中，但總心事重重，強顏歡笑，不見往昔炯炯有神的淘氣眼神，眼裡盡是惶恐不安、時時警戒和豎耳傾聽，彷彿預期到會有不好的消息。伊娃向來優雅從容，小提琴創造出的音樂深入她的骨子裡，如今她全身緊繃、蓄勢待發，隨時準備拔腿就跑。他很不喜歡這樣，讓他變得更有壓力了。

眾人談到接下來會發生的事。法比雅相信舊法會被廢止。墨索里尼用種族法來安撫希特勒，現在墨索里尼被推翻，德軍再也不是義大利在戰爭中的盟友了。

「情勢還會更糟，奶奶。」安傑羅輕聲說。

「更糟？」法比雅驚呼，也許是想到伊娃失去的一切、糧食的短缺、成千上萬義大利年輕人死在俄羅斯前線和北非，只爲了一場多數國人都不支持的戰爭和意識形態。

「妳必須跟我去羅馬，這是我今天來的目的。」安傑羅轉向伊娃，無視祖父母震驚的表情。

「羅馬不比佛羅倫斯安全。」伊娃立刻反駁。

「羅馬更南邊，靠近盟軍防線，沒人知道妳在羅馬。妳有僞造的證件，對吧？」

她盯著他看，默不作聲，也許在納悶他怎麼知道這件事。

「假證件在這裡沒有用，伊娃。」他彷彿早已預料到她的答案。「太多人認識妳，太多人知道妳是猶太人，這些假證件只會給妳帶來麻煩。妳父親就是使用假證件被抓而惹上麻煩。妳一用，他們就會刑求逼供，直到妳屈打成招，供出阿爾多．芬奇、吉諾．索特洛和爺爺奶奶。」

三人瞪大雙眼，伊娃推著椅子後退。「你怎麼知道阿爾多和吉諾的事？」

「我全都知道，他們這些年一直在幫助我們。我也知道你們做的事。」

「我們？」伊娃尖銳地問。

「教會。」安傑羅說，不願指名道姓，一方面他本來就所知甚少，另一方面，不提到名字，他們才能更安全。不過，不管是功或過，單一全由教會承擔也不對，他看過許多不見棺材不掉淚的神父和教徒。但同時也看到許多人會敞開大門、天花板和他們的心胸，盡力接納一個又一個的難民。他親眼見到修女開放沒有任何男人踏足過的修院禁地。猶太孩子藏匿在天主教學校裡，猶太母親戴上天主教面紗，猶太父親暫時成爲修道士，爲了活下去學會天主教禱詞，沒人逼他們改變信仰。

「你眞的覺得我的朋友和鄰居會跑去法西斯那裡告發我？我認識很多當地警察，有些人很友善，雖然是法西斯黨，但畢竟是義大利人，很多人都討厭德軍。」

「但現在是德軍主導，不是國家憲兵。再說，萬一他們提供獎金給告密的人呢？一個猶太人價值三千里拉？妳的朋友會不想要嗎？妳的鄰居會不想要嗎？一定會有人告發妳，伊娃，這是我親眼所見。甚至有義大利人認爲，只要猶太人被抓光了，事情就可以告一段落。有人相信只要德軍達成目的，他們就會離開。」

桑帝諾和法比雅跳出來安撫伊娃和安傑羅，有意逃避不想面對的現實，畢竟相信事情會有好轉的一天總是比較容易。但安傑羅知道，這不是眞的。

爲了和平相處，話題暫且擱下，大家各自返回房間。安傑羅以前住在最裡面的傭人房，但他從來都不是傭人。有時他眞希望自己在這個家裡的角色定義，能這麼簡單明瞭就好了。

他在房裡走來走去，最後跪在爺爺替他掛在牆上的舊十字架前。現在是晚禱時間，照理要滿懷感激和讚美，但安傑羅不是在讚美或背誦祈禱詩歌。「主啊，指引我方向，指引我眞理，讓我知道主的作法，因爲主是我的救贖，因爲我已等待一整天。」

自從二十二歲當了神父被派駐在一處小教區後，他每小時至少向主祈禱一次，腦中隨時隨地響起唸誦聲，短時間內也改不了這一點。祈禱結束，他起身抹抹臉，感到神清氣爽。洗個手，平穩呼吸之後，他離開房間，穿過走廊，拾階而上，決定再接再厲，勢必要帶著伊娃離開佛羅倫斯。

他一敲門，她立刻開門，彷彿一直在等他。看到她還沒換上睡衣，安傑羅暗自鬆了口氣，不管睡衣有多保守，現在都不是看她穿睡衣的時候。她隨即退回窗邊，俯看那座桑帝諾細心照料的花園、她不時痛宰安傑羅的網球場，以及月光照耀不到的黑暗。這片黑暗的寧靜讓安傑羅毛骨悚然，彷彿納粹的蓋世太保正躲在院子陰影處，舉槍瞄準窗框裡的那名漂亮女孩。他走過去，一把將她拉過來，關上沉重的窗簾。她柳眉一挑，沒有說話，閃到房間的另一頭。

「妳曾說妳相信我，拜託，現在也繼續相信我，伊娃。我聽過不少事，也見過很多殘忍的行爲。有辦法回到義大利的士兵都看過集中營，看過一輛又一輛載滿猶太人的火車。還有那些難民背後的故事，這些都不是宣傳。人們不想相信，可是妳必須聽進我的話，必須再相信我一次。」

「那是我什麼時候說的？一九三八年？五年前我相信你，現在我什麼也不信。我要跟法比雅和桑帝諾留在佛羅倫斯，努力不讓自己死掉，或是被抓進集中營，可以了吧？你就回羅馬去，回去你的教會，繼續問心無愧地當你的畢安可神父。你試過說服我了，而我拒絕，就這樣。」

「我的老天！」安傑羅低聲咒罵一聲，但隨即自責，默念禱詞：**耶穌之母，聖母瑪利亞，助我控制脾氣，救救這女孩**。他也向自己母親和伊娃母親愛黛兒祈求，雖然一個是猶太人，一個是天主教徒，但有那麼一絲絲的機會，兩人可能會去同一個天堂。

活得越久，他越相信，人類對神或天堂一無所知，通常是用來當作殺戮、懲罰和歧視的藉口。他敬愛主，也感覺到主的愛，但他對這份愛沒有特別要求，因爲他從小就是天主教徒，因爲他是名神父。

「我在這裡有工作，安傑羅，如果你知道我在做的事，你就會知道我不能走。」

「你們的拉比怎麼說？」他問，她語塞了。他很清楚答案。卡蘇托拉比已經把妻子藏匿在修女院裡，而且是透過安傑羅的安排，拉比本人很快也要去躲起來。他協助經營的猶太援救組織辦公室已經關閉，組織所進行的所有猶太救援行動從這一刻起全面變成地下化。

伊娃盯著他，開口說話。

「我不能就這樣躲起來，安傑羅。」她輕聲說。

「我會幫妳躲。」

「我不是這個意思。如果我去羅馬，你必須讓我也出一份力，我想幫忙……我也要做你現在做的事。」她語氣堅決，但他聽得出來她退縮了，於是內心鬆了口氣，但表面不動聲色，他也沒料到可以說服她。

「妳的身分沒辦法做跟我一樣的事。」他坦承。「我答應妳，只要有妳能幫上忙的地方，我一定會告訴妳。」

「說真的，安傑羅，你爲什麼這麼關心？」她輕聲問。

安傑羅臉色刷白，倒退兩三步，雙頰刺痛，彷彿伊娃剛衝過來甩了他一巴掌。

伊娃面無表情，雙手抱胸，冷冷地看著他。

「妳在說什麼傻話，伊娃。」他的語氣彷彿變回曾經的小男孩。他眞恨自己在這個家裡是安傑羅，而非沉著冷靜的畢安可神父。

「是嗎？你讓我覺得自己是隱形的，安傑羅，在你的眼中我並不存在。我是猶太人，希特勒一點也不希望我活著，記得嗎？」

這一刻，兩個人都清楚地記得。但這跟她是猶太人一點關係也沒有，她也知道。安傑羅的呼吸變得沉重，伊娃彷彿一把鉗子，緊緊鉗住他的心。伊娃對他來說無疑就是一把鉗子，一種罪惡。

一九四三年九月十七日

告解：我要跟安傑羅去羅馬。

我不知所措，太安靜了，所有人都緊張兮兮地等待。

卡蘇托拉比催促所有人離開家裡去躲起來。他說，報導指出法西斯武裝小隊包圍猶太人和反法西斯主義者，勢不可擋。德軍將成千上萬名猶太人驅逐出法國尼斯。這些猶太人原本受義大利軍隊保護，如今軍隊解散。卡蘇托拉比說，德軍不會撤離義大利，德義雙方不再是盟友，德軍不再尊敬我們的法律或公民權。義大利政府即使有心也保護不了任何人，沒人可以。

奧古斯托叔叔、碧昂卡嬸嬸、克勞蒂亞和李維都在羅馬。李維在宗座法學院攻讀法律，那是唯一一所願意收留猶太學生的大學。奧古斯托叔叔認爲梵蒂岡可以保護在羅馬的猶太人，但奧古斯托叔叔從沒說對過一件事。

伊娃·羅賽利

8 羅馬

伊娃和安傑羅趕搭一早的火車，桑帝諾和法比雅前來送行，眼神憂心忡忡，但滿布皺紋的臉龐露出鼓勵的笑容。月台一如既往人聲鼎沸，一批旅客下車的同時，另一批旅客又急忙上車。路人行色匆匆，德軍在旁緊盯，在接連響起的哨聲催促下，他們加快道別，提高聲量好蓋過這一片嘈雜。四人緊抱在一起，垂首做最後的叮嚀和道別。

「好好照顧她，安傑羅。」伊娃聽到爺爺交代安傑羅，同時拍拍他消瘦的臉頰。

安傑羅親親桑帝諾的額頭，緊緊抱住他。「記得我說的，爺爺，別反抗，德軍找上門的話，他們要什麼就給什麼，你們擔心自己就好，卡米洛不會希望看到你和奶奶為了保護他的財產而受傷。他只擔心伊娃，而我會護她周全，我保證。」

法比雅一反常態沒有哭泣。她滿臉驚恐，顫抖著手，強顏歡笑。伊娃有一股衝動，好想告訴安傑羅她改變心意了。她突然有種不祥的預感，從此再也見不到桑帝諾和法比雅，就像父親和菲力士舅舅一樣，就此天人永隔或人間蒸發。她的恐慌想必全寫在了臉上，只見法比雅拉起她的雙手，但臉上的恐懼消失，取而代之的是堅毅的神情。

「我們愛妳，伊娃。」她堅定地說。「我們過了一個幸福美滿的人生，不用擔心，我們兩個老的相依為命，不會有事的。總有一天，戰爭會結束，我們就能重逢。到時，妳要再演奏給我聽，好嗎？」

「好。」伊娃輕聲說，淚水奪眶而出。法比雅緊抱著她，在她耳邊低語：「主會照看妳，伊娃，也會照看安傑羅，主充滿慈愛。」

伊娃緊抱住法比雅，但她不信這一套。不管主有沒有看到，有太多人哭喊著求主垂憐卻沒得到回應。

安傑羅碰碰她的手臂，拉起她沉重的行李箱，把自己的小行李袋往上一放，用腋下夾住，傾身拿起拐杖，讓嬌小的奶奶擁抱他最後一次。伊娃提著自己的小行李箱和小提琴，和安傑羅一起上了車，承諾一抵達羅馬就會捎來訊息。

「老人家不會有事，不需要擔心。」安傑羅柔聲說，他沒說出是「因為妳不在的關係」，但伊娃聽出他的弦外之音。在德軍控制之下，藏匿猶太人的人也不安全。

「這是妳的通行證。」他拿出一份文件，她困惑地接過來。

「我已經有一份了，安傑羅。」

「神父不能跟有血緣關係以外的女性單獨旅行，妳現在是我的妹妹了，看到沒？」他指著她手中的證件，她低頭細閱，這份證件從各種印章、正面的標誌到裡面的文字都幾可亂眞。伊娃很清楚箇中原由，自從父親去了奧地利人間蒸發後，她一直在協助阿爾多僞造證件。只不過，她的名字現在是伊娃·畢安可，而且不是猶太人。

「怎麼會？」

「阿爾多。」他簡單地說。「我之前請他做的，以防萬一。」

「我來自那不勒斯？」她細若蚊蚋的聲音只有他聽得到。

「往南過了盟軍防線，德軍就得不到任何情報，他們沒辦法證實妳的身分。」

「但是我不會講那不勒斯當地的方言。」

「反正德國人也聽不出來。妳講義大利語，他們不是。就算他們會，妳也可以裝一下。妳的聽力一向很好，德國人沒厲害到可以分辨方言。」

兩人的竊竊私語倏地打住，一對夫妻帶著一個孩子進入車廂，落坐在兩人對面。幾分鐘後，一個大塊頭男人坐到安傑羅右手邊。這下子，兩人這趟旅程中什麼都不用說了，除非聊些無關緊要的事，但那也太累了。不說話也好，伊娃不想跟安傑羅說話，她不需要安傑羅。一到羅馬之後，她打算去找奧古斯托叔叔，甚至乾脆搬去跟他、碧昂卡嬸嬸、克勞蒂亞和李維一起住，直到德軍離開義大利。她不要像安傑羅昨晚建議的一樣躲到修女院去。她當印刷師傅的學徒好一陣子了，很熟悉流程，如果他能替她找來一台印刷機，她可以在能力範圍內協助安傑羅的難民工作。

第一個小時平安無事地過了，接著火車進入丘西鎮車站，數名德軍帶著一名充當口譯的平民上車，口譯人員戴著黑色臂章，顯示出他法西斯黨的身分。

「證件！」口譯人員大喊，眾人紛紛翻找證件。伊娃掌心冒汗，呼吸急促。夜路走多了總會遇到鬼，這是她第一次用上假證件。阿爾多總說他偽造的證件無懈可擊，現在馬上就可以見分曉了。

安傑羅氣定神閒，一名德軍靠過來要求出示通行證。安傑羅彬彬有禮地點頭致意，將他的通行證交到德軍手中。

德軍細看安傑羅的通行證，時間彷彿過了一輩子，他輕聲跟義大利口譯人員交頭接耳，儘管伊娃會說一口流利的德語，但也聽不到他說話的內容。他狐疑地打量安傑羅，後者不爲所動。

他接著瞄向安傑羅身邊的伊娃，瞇起了眼，往她面前攤開手心。「證件？」

她把一個多小時前安傑羅給的身分證交到他手中。

德軍依然疑心重重地審視證件。

「畢安可？有趣了，你們兩個同姓？」他看著安傑羅，他的同夥匆匆開始翻譯。

「她是我妹妹。」安傑羅面不改色地撒謊，他眞有一套，伊娃心想。

「Sie ist meine Schwester。」譯者用德文重述一次。

「我看不是妹妹，是太太才對。」德軍說。

譯者忙不迭翻譯他們早已聽懂的內容。

「照我看，你是逃兵。」他接著說。「一個義大利懦夫，逃避自己應盡的義務。你不是神父。」

「她是舍妹，而我是神父，不是軍人，更不是逃兵。」安傑羅掀開他的長袍，敲敲他的義肢，吸引德軍檢查官的注意力。「我從沒當過軍人，少了一條腿的男人當名神父就好。」

德軍一臉不悅地接受了，哼了一聲，遞還兩人的通行證，繼續往下一個受害者前進。他的注意力都在安傑羅身上，幾乎沒多看伊娃的通行證一眼，遑論唸出她的名字。伊娃把通行證放回包包裡，暫時鬆了口氣，視線飄向安傑羅，他迎視她的目光，微微一哂。大庭廣眾之下沒有機會慶祝這小小的勝利，但他碰碰鼻子，她則拉扯耳朵回應，這是他曾教過她的棒球手勢。她隨即望向窗外，以免對他笑出來。

伊娃萬萬沒想到安傑羅如此輕易就對人展示義肢，以前她可是等了六個月才看到他的腿。當時的她超想知道，而他又超沉默，爲了換到特權看一條不存在的腿，她把自己的告解日記一篇篇唸給他聽。他聽得如癡如醉，彷彿她是世上最有趣的人。

他已經很久沒那樣看著她了。

事實上，安傑羅非常努力不看她一眼，就連現在也一樣。他凝視著窗外呼嘯而過的鄉間景色，在高速行駛之下，風景的顏色和形狀變得朦朧不清，一點也不眞實，宛如一幅髒掉的畫作。就像現在的安傑羅一樣，她差點以爲那個過去的小男孩也不是眞的。

伊娃從小行李箱裡拿出日記本和筆，翻到空白的頁數，她得做點事來轉移停留在他身上的目光，她得忘了他。結果，她想起第一次聽見他名字的時候。

安傑羅，安傑羅．畢安可，白色天使（注）。

她立刻愛上他。他們都失去親人，只是安傑羅認知的比較早，也比較強烈。伊娃則幾乎沒有感覺。也許這就是問題所在，安傑羅從小就學會放手，伊娃直到後來才全面性地體認到這點。

早期喪母的時候她沒什麼感覺，現在的感覺卻十分強烈，因爲阿德勒家只剩下她一個人。可悲的是，在她的記憶中，母親早已逝去，但父親卻永遠不會死。當送一個人上火車、跟他道別，然後再也等不到他回家之後，就是這麼一回事；並且內心深處永遠相信，他們總有一天會回來。

注 安傑羅．畢安可（Angelo Bianco）在義大利語中意爲白色的天使。

去奧地利是傻子才會做的事，當初一聽到父親的計畫她就知道了，但他要她放心，並保證安傑羅永遠都會是她的。

還有安傑羅在，他已經答應我了，妳永遠都可以擁有安傑羅。

他錯了，安傑羅從來不是她的，永遠都不是。除了在馬萊瑪那幾個小時外。一想到此，她便會感到心碎。

「妳還在寫那本舊日記？」安傑羅語帶笑意，伊娃從皮革書封的日記本上抬起頭，這不是安傑羅知道的那本日記，她已經寫完四本，每次都會挑同一種款式，彷彿這樣人生才有一致性。

「是啊，但沒有很常寫就是了。」她回答，闔上本子，用彈性帶緊緊綁上，把本子放回行李箱後雙手交疊。

「妳還在寫告解？」他柔聲問。

「沒有。」她撒謊。「我決定要告解的話就會找神父。」意識自己這番話火藥味十足，她聳聳肩，輕描淡寫帶過。「我只是記錄一下事情而已。」

「那妳剛剛……在寫什麼？」他追問，她發現自己在瞪他。他伸手撫平她眉宇間的皺褶。

「我只是想聊聊，不是在審問妳，別瞪我了。」

她別開臉，他放下手擱在大腿上。兩人沉默片刻，最後，她嘆了口氣，態度轉為溫和。

「我只是想到馬萊瑪那次的火車之旅，眞是糟透了。」她沒有明說是哪一次。

「但我們每年都去。」他笑盈盈地說。她不希望他笑。他笑的時候，漂亮的唇形露出一排皓齒。她心一糾，別開眼。他一對她笑就令她心痛。

「我再也不回去了。」她生硬地說，閉上眼睛假寐，卻想起了上次看到的紅瓦屋，一個諾大的陽台可以同時看到林景和海景。

~

卡米洛規避種族法的毅力令安傑羅佩服，也燃起他無限的希望。一九三八年，第一道種族法通過後，卡米洛將屋子過戶給桑帝諾和法比雅，並保證一切如常。他和伊娃會租下其中兩個房間，租金相當於他給桑帝諾和法比雅的月薪。卡米洛則用家庭帳戶支付所有帳單，生活照常進行，沒有任何改變。

名義上，吉諾．索特洛成爲奧斯特玻璃工廠唯一的老闆，但私底下透過美國律師簽訂了一份合約，確保一切沒有改變，同時將一大筆錢交付信託，受託人是安傑羅。安傑羅仍是美國公民，因此行得通。若有人問起卡米洛無薪上班這件事，他就說自己是顧問。這需要信任。很久以前伊娃是怎麼說的？神透過人類存在。這是眞的。如果卡米洛企圖規避法律，他就必須相信親近的人。他步步爲營，只可惜走錯最後一步。

安傑羅知道伊娃沒有睡，倒是他，被開往羅馬的火車轟隆聲震得昏昏欲睡。伊娃有意跟他保持距離，一提到馬萊瑪就閉上嘴。他不能怪她，他也一樣。因爲當時結束得太糟了，他對馬萊瑪的記憶所剩不多，沒想到伊娃居然會提起那個地方。

小時候，他可以像其他家人一樣，整個八月都賴在海邊，但隨年紀增長，加上課業壓力，這樣做似乎不太實際。他很愛家人和海灘，但無論他和伊娃是不是口頭上的表兄妹，陽光、沙灘和伊娃的美貌，這些對一個年輕力盛的修生來說並不健康。只是奶奶總是一直求他、哄他，他不得已只好現身幾天。

安傑羅很喜歡馬萊瑪海灘，記憶中，那是一塊沐浴在暖陽下的地方，充滿純白印象——白色沙灘、白色貝殼、白色毛巾和很久以前伊娃曾穿過的白色洋裝，那個夏天，他奉獻出他的初吻。

那也是伊娃的初吻，不過他相信在那之後，她應該累積了不少經驗。當時是伊娃說服他一起體驗。那年夏天，她十二歲，他則十四歲。他年紀還小，神父離他還太遙遠，壓根沒想過和女生親吻是否影響他不朽的靈魂。伊娃的建議合情合理，也很誘人，所以他聳聳肩，任由她捧住他的臉拉向她自己的臉。

她的唇很柔軟，但他滿嘴是沙，當四唇相貼的那一刻，她皺起鼻子，哈哈大笑。

「好癢喔！」她拂掠過他的唇，兩人再接再厲，誰也沒閉上眼，緊盯對方。因爲距離太近，除了彼此的眼睫毛和雀斑，什麼也看不見。

兩人動也不動，四唇相貼，直到伊娃又開始大笑。

安傑羅抽身而退，尷尬地擦擦嘴。

「我們好像做得不對。」他嘀咕。

「是嗎？」伊娃皺眉，收斂笑容。「那要怎麼做？」

「嗯，首先，妳要先閉上眼睛。」

「你又沒閉！」她抗議。

「我也會閉。」

「好吧，還有嗎？」

他知道親吻會用到舌頭，只是不知道怎麼做，感覺會溼答答的，還有點噁心。但他想要嘗試一下，但不會先告訴伊娃，萬一不成功，還可以推給不小心。

「頭要歪一邊，這樣才不會撞到鼻子。」他說。

「好。靠近一點，身體才不用一直伸過去。」她提議。

他們再度挑戰，這次他確認過自己嘴巴上沒有沙子。兩人傾身靠近，下意識同時閉上眼睛、歪著頭。這次感覺好多了，至少伊娃沒有在笑。安傑羅的舌尖輕觸到她的舌尖，她嚐起來有陽光和葡萄的味道。她吃驚地全身一僵，但沒有躲開，怯生生地用她的舌頭回應他的挑弄。他握緊拳頭，滿手是沙。雙舌交纏，她的芳香刺激著他的鼻子，他恣意品嘗她嘴裡帶有陽光的葡萄芳香，陶醉其中。

就在這時，他的奶奶發現了，法比雅尖叫著兩人的名字，往兩人的腦袋瓜打下去。她在胸前比劃十字，一邊禱告一邊打兩人的耳光。兩人被罰兩天不准見面，還被卡米洛叫去訓斥了一頓。

他一本正經地扯了一堆男人、女人、寶寶和接吻，伊娃笑不可抑，在椅子上蹦蹦跳跳，她坐到父親大腿上，正色直視他的眼睛。

「爹地！好噁喔，好像在吻牡蠣，我這輩子都不要跟其他男孩接吻了。」

「是嗎？」安傑羅驚呼，這跟他的感受可是天差地別。

「妳不喜歡？」卡米洛看起來跟安傑羅一樣震驚。

「不喜歡！實在太愚蠢了，安傑羅就像我哥，而我是他妹妹，下次再也不會了。爹地別擔心，現在可以把朋友還給我了嗎，我可不想一個人度過假日。」

「安傑羅？」卡米洛看著他，眉頭一揚。

「啊？」他茫然了，感情受到嚴重傷害。

「親伊娃跟親牡蠣感覺一樣嗎？」卡米洛追問。

安傑羅的視線來回流連在伊娃的臉龐和卡米洛戴眼鏡的目光之間。他一向努力保持真誠，尤其是面對卡米洛的時候。該老實說他一點也不覺得在親牡蠣嗎？該告訴卡米洛這是他這一生中最美妙的十五秒嗎？伊娃誇張地瞪大雙眼，歪著頭，眼神彷彿在說：「配合我，笨蛋！」

喔。

喔！

「呃，是的。也不是說像牡蠣啦……但黏黏滑滑的，有點噁心。也很像在跟奶奶接吻一樣。」安傑羅謊稱。

伊娃哈哈大笑，一點也不覺得被冒犯。

卡米洛覷了女兒一眼，她捧起他的臉，親吻他的臉頰。

「別擔心，爹地。安傑羅是我哥，現在我們可以去海灘了嗎？」

回憶令安傑羅莞爾。伊娃黠獪聰明又能言善道，卡米洛嘆了口氣放他們走。但兩人從此再也沒能單獨相處，接下來的夏天不再有接吻。長輩們彷彿達成一致的決議，他們的態度清楚地表明了一件事：如果兩個人還想一起生活，接吻是不可能的事。

兩人絕口不提這件事，也從沒向對方提起，這是一次珍貴而美好的初吻記憶，只是每當一說到牡蠣二字就不禁相視而笑，伊娃含情脈脈，安傑羅則內心緊揪。

他不自覺用手撫胸，想要抹去那一抹舊痛。他摸到自己的十字架，閉上眼，輕撫十字架默禱，隨著火車的晃動，一旁女孩的身影讓他的思緒逐漸飄遠，回到那片潔白沙灘，以及那禁忌的吻。

9 聖則濟利亞聖殿

火車急刹，嗚笛一聲，安傑羅驚醒過來。他們抵達羅馬了。他終究還是睡著了，伊娃也是，她的頭枕在他的肩頭上，想必她硬撐了許久，最後還是不敵地心引力。他內心瞬間柔情似水，閉上眼祈求主給他力量。打從昨天再見到她的那一刻，他已經如此祈求無數次。

她抽動了一下，猛地抬頭。他結束禱告，伸展雙臂，給她時間鎮定。他拉直領口，順了順俐落的鬈髮——頭髮只要剪得夠短，即便是鬈髮也是服服貼貼的。

「我們到了。」他轉向她說。

她輕點一下頭，重新固定她的小白帽。她舔舔唇，關上手提包，塞回到她的小行李箱裡。

兩人起身下車，車站熙熙攘攘，九月的天氣依然十分溫暖。

「我替妳安排好住處，離我住的地方不遠。」他轉頭說。他拄著拐杖，穿梭在人群中帶路。

「我要去跟我叔叔住，我已經傳過電報，他們在等我。」她跟在他的後頭說。

他倏地打住腳步，伊娃一頭撞上他僵直的後背，低聲咒罵。他隨即重拾腳步向前，兩人來到大街，放下行李等待巴士的同時，他湊近她的耳邊嘀咕。

「他們住在都是猶太人的社區。」

伊娃柳眉一挑，抿著嘴等他說下去。

「跟猶太家族住是最笨的事，妳乾脆在胸前別個星星算了。」

「你的意思是他們有危險？」她壓低聲音說。

「對！伊娃，一點也沒錯。」他難以置信地搖頭。「跟妳叔叔一起住，就枉費我特地帶妳來羅馬了。在這裡誰也不認識妳，法西斯名單上沒有妳的名字、地址和宗教，沒那麼容易被納粹親衛隊找上門。在這裡，沒人會檢舉妳。」

「我想去看他們，安傑羅，我已經兩年沒見到他們了。」

巴士到了，安傑羅拖著她的行李箱和自己的小袋子往巴士走去。

「這是我們要搭的巴士。」他說，但她茫然不知這班車會是往哪裡去。

兩人上了巴士，挑了靠前的座位坐下，把行李放在頂架上。巴士晃動了一下，重新上路。伊娃想要知道答案。

「那你住哪？」

「離妳叔叔家不遠，我住在台伯河西岸，靠近聖母大殿。」

伊娃對他說的地標一點頭緒也沒有。

「你跟其他神父一起住嗎？」

「我跟魯西安諾蒙席和他姊姊住在一棟公寓裡，神父的姊姊是名可愛的婦人，平常不是在整理家務就是在編蕾絲，她視我如己出，像照顧她兒子一樣非常照顧我。」

「我以爲你住在……神職人員宿舍，神父住的地方不都是這麼叫的？」

「以前是，接受聖職後，我到羅馬南部一座村莊服務了六個月，接著被派往特拉斯提弗列區（Trastevere）東邊的聖心堂當助理神父，就在羅馬競技場附近。」

「助理神父？」

「協助教區神父。我在那裡待了兩年，當時很熟悉那個區域。」

「現在呢？」

「我的職責變了。」

「所以你不用每天主持彌撒了？」她想像中的神父是餵餅給張大嘴的教區居民，講一堆長篇大論。仔細想想，她對安傑羅的日常生活幾乎一無所知。

「我每天參加彌撒，如果職責允許，我可以參加好幾次，但不行，我是魯西安諾蒙席的助理，他是羅馬教廷的長官。」

「羅馬教廷是什麼？」

「天主教堂的行政機關。」

「你在辦公室上班？」她目瞪口呆。

「是啊，我沒在城裡四處跑的時候，會在梵諦岡的辦公室工作。我的部門這時期正忙，以後還會更忙。」

「你在什麼部門？」

「移民協助。」

她茫然地望著他。「還有這種部門？」

「在某種意義上，是的。官方的介紹是推動神父協助移民、遊牧民族、遊客、旅人，由一名樞機主教帶領信眾。魯西安諾蒙席的上司是杜波斯樞機主教，我則是魯西安諾蒙席的助理。我的工作是執行蒙席的命令。但我很少坐在桌前打字，別誤會，那是祕書和祕書助理的工作。我大部分是跑腿工作，到處拜訪。」

「有趣了，單腳神父做跑腿工作。」

「是啊，很諷刺吧。」他笑容滿面，目光炯炯。她卻想笑也笑不出來。兩人一不小心就又互相取笑起來，這對她並不好，日後她回到佛羅倫斯之後會非常想念他。她決心和他保持距離，他再度開口時，聲音裡已經沒有笑意。

「我要妳住在聖則濟利亞，那是間與世隔絕的修女院，但大門處有住宿的房間。就在特拉斯提弗列區，離妳的家人不會太遠。」他的口吻聽起來像在指示她怎麼做，而她回絕了。

「拜託，伊娃。」他柔聲懇求，她差點心軟了。

「我不想一個人住。」她喃喃地說，痛恨自己的脆弱。

「一個人住總比被抓走好。」他流露出同情的眼神。

「這可難說，安傑羅。」她回答。

「伊娃，妳不是眞心這麼認爲。」他嘆道。

「你怎麼知道，安傑羅，你怎麼知道我的感受？」她尖銳地說。

他看了她一眼，用眼神說明他非常清楚她的感受。她搖搖頭，轉身不再理會他。他什麼也不知道。

「我已經告訴家人我來了。」她強調。「他們在等我，我相信他們一定也會很想見你。」安傑羅搖搖頭，氣到說不出話，眉頭深鎖出一道鴻溝。

「我要去見他們，大家一起吃頓晚餐，然後你再把我鎖進修女院裡。」她搶在他重振旗鼓前說。安傑羅鬆了口氣，接下來的路上，兩人陷入沉默，各有所思。

兩人轉搭另一班巴士，接著在多明納路325號坐上電車過了兩條街。早上六點出的門，現在已是下午兩點鐘。安傑羅臉上不見一絲疲態，一身黑袍和寬邊帽比起伊娃飄逸的紅裙和白色上衣更適合旅行。她覺得自己一身狼狽，在等人應門時，她脫下帽子順了順頭髮。建築物簡單潔淨，走道寬敞通風，但住的地方跟奧古斯托叔叔位於佛羅倫斯的家還是差了一截。那個家如今以十分低廉的租金出租給一名非猶太人。門開了條縫，露出一雙褐色眼睛。

「伊娃！安傑羅！」門迅速打開，伊娃的表妹克勞蒂亞一把將伊娃拉進小客廳，接著是安傑羅。表妹失去了以往的豐腴，這是戰時補給制帶來的唯一好處。伊娃迅速打量過光潔的地板和牆上的照片，爲了讓公寓有家的感覺，他們特地從佛羅倫斯搬來家具，溫馨的氛圍讓伊娃心裡感到安慰不少。她一直擔心叔叔、嬸嬸和表弟表妹在羅馬的生活，看樣子還不錯。

「我們一直在等吃飯。李維拿到水果。他是黑市專家，總是可以拿到別人拿不到的東西。」她一邊閒話家常，一邊帶著兩人來到擠滿人的客廳。

「伊娃，妳還記得茱莉亞阿姨吧？我媽的妹妹？」茱莉亞比她姊姊年輕許多，三十歲出頭，克勞蒂亞和伊娃一向很崇拜她，當她是厲害的大表姊，而不是阿姨。茱莉亞風采依舊，但大腹便便。她疲憊地向伊娃和安傑羅投以一笑，有意起身迎接。她的丈夫將她壓回沙發上，替她招呼客人。

馬立歐．桑尼是名內科醫師，外表高䠷消瘦，眼神親切——父親說這是猶太人的特徵。「我們猶太人有一雙親切的眼神和聰明的腦袋。」他總這麼說，伊娃不知道是真是假，因爲很多事到了卡米洛口中都是猶太特徵，但馬立歐有些地方讓她想起爹地，也許他是對的。

伊娃十二、三歲時參加馬立歐和茱莉亞的婚禮，當時她和克勞蒂亞都認爲馬立歐很好看，再加上他會拉小提琴，一開始就有種志同道合的感覺。現在來看，其實他並沒有特別帥氣，但一眼看上去就是個善良的人，而且對待妻子全心全意。伊娃熱情一笑，和掛在他大腿上的小女孩握握手，在彼此介紹時更加笑靨迎人。

「這是艾蜜莉亞。還有這個立志要在棋盤上打敗李維的小傢伙，是我們的大兒子羅倫佐。」馬立歐說。羅倫佐年約八、九歲，少了兩顆門牙，一聽到有人叫他的名字，立刻從棋盤上抬起頭，咧嘴一笑。李維停下棋局，跨了三大步來到伊娃和安傑羅面前。他一把抱起伊娃搖晃，逗得她哈哈大笑。小艾蜜莉亞大嚷著她也要。

「李維哥哥，我也要晃晃！」

「是啊！去晃一下艾蜜莉亞！」伊娃大笑著讓他放她下來。李維跟安傑羅握手致意，接著碧昂卡嬸嬸把大家趕去餐桌，簡單的飯菜沒兩三下就被吃個精光。闊別數年，眾人有聊不完的話題，趁安傑羅跳出來回答問題時，伊娃轉身關心茱莉亞的懷孕狀況。

「預產期是什麼時候？」

「還有一個月。」茱莉亞嘆道，彷彿一個月有一輩子那麼長。「我準備好了，雖說環境不是最好的。」

「妳住在這一棟樓裡嗎？」

「不是，我們住舊猶太區。」她輕聲說。「馬立歐是醫生，但他失業了。我們家以前在佩魯賈……」她沒有說下去，伊娃也沒有追問。

「妳會留下來跟奧古斯托和碧昂卡一起住嗎？」茱莉亞客氣地問，把焦點轉移到伊娃身上。

「我不確定。」伊娃避重就輕地說，這不是個令人舒服的話題，但顯然沒那麼容易避開。

「什麼意思？」對桌的克勞蒂亞問。「妳當然可以留下，妳可以睡我的房間。」

「我已經替伊娃安排好了。」安傑羅打岔道，克勞蒂亞立刻皺起眉頭。

「可是……爲什麼？」

「伊娃留下來。」奧古斯托叔叔說，口吻不容分說。

「這不安全。」安傑羅輕聲說。「對你們任何一個人來說都不安全，這樣一來，你就得換地方住，奧古斯托，或是離開羅馬。」

「羅馬對猶太人來說最安全！德軍謹守分際，我們在這裡很好，教宗是我們最大的防護。德軍不會想打壞跟梵蒂岡的國際公共關係。安傑羅，你知道三分之一的德國人是天主教徒嗎？所以我才帶全家人來到這裡。」

「教宗現在進退兩難，他沒有權力命令希特勒。他救不了在德國的猶太人，救不了在波蘭和奧地利的猶太人，他更沒辦法拯救在羅馬的猶太人。」

桌旁一片緘默，伊娃眉頭緊蹙。安傑羅放下叉子，神情凝重地看著奧古斯托。

「你不想躲，那是你的選擇，但伊娃不能留在這裡。」他壓低聲音，以防隔牆有耳。「至少讓我幫你拿到假證件，萬一德軍找上門，你可以用。」

「像卡米洛用的那種證件？」奧古斯托駁斥，一臉嫌惡地推開椅子，但他沒有起身，而是一手指著安傑羅。

「我哥哥假裝成另一個人被抓到，現在他音訊全無。」

卡米洛前往奧地利尋找奧圖的一個星期後，義大利警方找上佛羅倫斯的奧斯特玻璃工廠盤問許多問題。蓋世太保聯絡他們。卡米洛在維也納被人認出他是猶太人，而不是他宣稱的那個人。卡米洛最好拿出自己的證件——當一名義大利猶太人，比當一個持有偽造證件的男人來得安全。

吉諾．索特洛一臉無辜，再加上卡米洛宣稱通行證是偷來的，老同事完全不知情，因此警察相信了。其實吉諾對整件事一清二楚，但唯有說謊，吉諾可以逃過盤查，卡米洛也不需告訴當局這是一份偽造證件，藉以掩護奧斯特工廠內部正在進行的偽造工作。

只是吉諾不得不面對伊娃。他來到別墅，手拿帽子，表情陰沉地告訴伊娃，她的父親短時間內不會回家。吉諾從警方那得到的唯一消息是，卡米洛．羅賽利及其他被捕的猶太人，都被送往了一處叫奧斯威辛的勞動營。

「三年了！」奧古斯托比出三根手指頭。「一點消息也沒有。不行，我不能做危害家人的事。不能用假證件。」他重拍桌子，小艾蜜莉亞像自己被打到般吐了吐舌頭。

「那是你的選擇，但伊娃不能留下。」安傑羅重申。

伊娃隱忍不發，她不喜歡被晾在一旁，但她保持沉默。奧古斯托叔叔總是把事情想得太簡單。樂觀往往要命。

兩人多留了一個小時，一日將盡，德軍來了之後宣告新宵禁。馬立歐．桑尼隨著安傑羅和伊娃來到門口，和他們一路走一路聊，在兩人離去之際，他拉住安傑羅的臂膀。

「我想要證件。」他低聲說。「給我的家人。等孩子一出生，我們就要離開羅馬，你能幫我嗎？」

伊娃和安傑羅同時點頭，伊娃抓著他的手。「得花上幾個星期，要是安傑羅幫不上忙，我可以。」

安傑羅瞪她一眼，沒有爭辯，至少不能在這裡。

馬立歐感激地點頭。「謝謝妳，謝謝兩位。」他在一張紙條上寫下他的號碼和地址，遞給安傑羅。

「伊娃？」馬立歐攔下正轉身離開的她。

「什麼事？」

「別再回來。」他低喃。「神父是對的。」

聖則濟利亞聖殿並不遠，十五分鐘就到了。走過鋪著鵝卵石的地面，往廣場遠遠的另一端走去，安傑羅帶著伊娃來到一座有柵欄大門的莊嚴建築。羅馬的教堂大大小小，華麗的、古老的、享負盛名的、沒沒無聞的，數以百計。安傑羅帶著伊娃穿過柵欄大門，進入玫瑰盛開的庭院；長椅一字排開，聖則濟利亞聖殿的拱門靜靜地迎接他們。四方形水池中央矗立著一座瓶狀雕刻，人們可以在此私語和冥想，只是此刻空空蕩蕩。成排的窗戶從兩側俯視庭院，其中一側有好幾則修女院的歷史由來，另一側則是一間古老浴室。

安傑羅說這間教堂以一個崇高的女子則濟利亞爲名，人們將她鎖在浴場裡三天三夜，想害死她，但三天後，她毫髮無傷，吟唱著走了出來。浴場被改造成禮拜堂，則濟利亞被奉爲聖女，音樂的守護者。伊娃無法想像一間浴場變成禮拜堂後是什麼模樣，日後如果修女不讓她看，她也要想辦法溜進去一探究竟。

兩人走進中殿大廳尋找女院長，大廳內寂靜無聲，和庭院一樣，中殿灰暗沉悶，低矮的拱形天花板稱不上宏偉壯觀，但祭壇上的雕像彌補了這點。有別於伊娃以往所看過的雕像，眼前的雕像栩栩如生，端莊優美之中透露著一股絕望。

女子看似沉睡，但面朝地，頭髮遮掩了她的輪廓，脖上一道傷痕道出另一個故事。

「她就是則濟利亞？她發生了什麼事？」伊娃問，目光轉向女子白皙纖細的頸項。

「人們在浴場殺不了她，不死心，試圖砍了她的頭。」

「試圖？」

「傳說斧頭砍了三次都沒成功，她慢慢地死去，在這過程中，改變了許多人的信仰。」

「她犯了什麼罪？」伊娃無法把眼光從雕像身上移開。

「政治因素。她是名直言不諱的女子。」安傑羅苦笑著說，彷彿認為伊娃也牽涉其中。他聲音中帶有笑意，但伊娃笑不出來，只是一個勁地盯著殉道聖人。

「喔，畢安可神父！我們還以為你會更早到呢！」一名女子驚呼，打斷了安傑羅的話。伊娃轉身，一名身材嬌小的女子，兩頰下垂，走起路來一點也不像她這個年紀該有的速度。女子穿過大門走進中殿，朝半圓後殿的左側走來。

「弗朗西絲卡修女，這位是伊娃。」安傑羅沒有多說，似乎已經把她的事告訴老修女了。

「你最好快走，神父。」女院長劈頭就說。「修女院碰上麻煩，一名朝聖者死了，現在院內有些意見分歧。」

「我明天再來看妳，伊娃。」語畢，安傑羅向院長微微點頭致意，拄著拐杖大步走回門口，一手晃著他的小行李箱。伊娃凝視著他的背影，懷疑自己當初為什麼要答應來羅馬。

「來吧。」弗朗西絲卡修女指示著伊娃，也不管她有沒跟上，逕自隨著安傑羅走出中殿進入庭院。安傑羅替她拎了一整天的大行李箱，現在伊娃得自己搬。她一手抓著大行李箱，另一手拎著小行李箱和小提琴，努力追上修女的腳步。修女帶著她穿過入口右側牆面的小門，沿著狹窄的階梯拾階而上，沿路說明修女院的歷史。

「這座修女院是由聖本篤女修會和聖母聖心方濟傳教女修會共有，但我們的人數已不如以往，修女院的全盛時期不再。」

伊娃納悶所謂的全盛時期已經過了多久？兩百年？三百年？

「這些房間是給兼職員工用的，但我們現在不需要那麼多人手。在這些牆後有隱世獨居的修女，也有積極傳道的修女。我們把這些房間出租給房客可以帶來一筆小收入，院裡現在很需要這筆收入。」

伊娃點點頭，暗忖身上的鈔票可以撐多久。票値不斷下跌，沒多久就跟衛生紙差不多了，但她還有珠寶，應該可以讓她住久一點。

院長打開門走進去，房裡有一張鐵床架，放了一張小床墊。上方牆面釘了一個木十字架。一張簡單的椅子，一個斗櫃，另一側的牆面上有個小衣櫃。弗朗西絲卡修女打開桌燈，說明這就是她的家。

「這是妳的房間，走廊盡頭是大家共用的浴室，但目前只有妳一個人留宿，可以獨享。六點有晚禱，妳必須參加。」

「可是……我不是天主教徒。」伊娃反駁。

「現在是了。」

一九四三年九月十八日

告解：我不喜歡修女。

我好疲憊，但睡眠就跟安傑羅一樣遙不可及。

修女院出奇地安靜，聞起來有種陳腐的味道。爲什麼羅馬到處都是老舊的氣息？或者是我自己的緣故，我渾身有股揮之不去的腐臭味。我感覺自己就像今天巴士行駛途中經過的古老廟宇牆垣一樣老舊不堪、搖搖欲墜。但至少廟宇不用像我一樣要躲藏。我來到這裡還不到十二個小時，就已經好想念佛羅倫斯，我好想漫步在佛羅倫斯的街上。佛羅倫斯充滿花香，聞起來有茉莉花、法比雅和父親菸斗的味道。家裡房間仍留有父親的氣息，帶給我安慰的同時也帶來痛苦。

我躺在陌生房間的小床上，聆聽著寂靜無聲的牆壁。我拉起小提琴，但房間的回音讓我全身泛起雞皮疙瘩，感覺自己成了吹笛人，正在喚醒死去的修女。我可不想召來鬼魂或老鼠，只好放下小提琴。

我按照吩咐參加晚禱，看著修女們唱歌，有一名老神父主持儀式。半圓前殿另一側小空間的後方有另一群不露面的修女，我猜想那就是安傑羅對我的期望。他認爲我可以一直躲在這座小修女院裡，直到戰爭結束，然後他就可以因爲拯救我而洋洋得意。

但得救了又如何？放眼未來，即使不用擔心害怕被蓋世太保抓走，但我仍無法心存希望。

伊娃・羅賽利

10 猶太區

一名「朝聖者」去世了。那是一名年邁的猶太婦女，當她的兒子帶著家人飛往熱那亞時，她被留了下來。修女院的修女收留她，她穿著白色頭巾，披戴著借來的黑色面紗，模樣和藏匿她的修女如出一轍，坐在窗前，在睡夢中安詳過世。

安傑羅答應一早就先去大猶太會堂拜訪拉比，看看是否能私底下舉辦一場祕密喪禮，否則的話，只能將她和修女安葬在一塊，墳上豎立十字架。她死在修女之間，也可以埋葬在修女之間，她們只能幫到這裡了。也許等戰爭結束之後，再移去十字架，放上大衛星（注），甚至恢復她的名字。某天她的家人回來之後，還能在她的墳上放石頭，就像伊娃以前會爲她素未謀面的祖先放上石頭那樣。諷刺的是，蕾吉娜·拉文納長眠於一個假名和無意義的十字架的底下，而知道這件事的人，只有修女院的修女和安傑羅。

安傑羅肩負著沉重的責任和事實，雖然有意記錄卻沒有勇氣。他想將人名和家屬分門別類做出清單，這樣他就能清楚每一個他經手過的人。但這份紀錄和名單牽連甚廣，因此，他想了一個方法，盡可能把必要的文件保存在梵蒂岡，祈求天主能讓他保有記憶，不至於忘記任何一個人。

他在宵禁開始之後才打道回府，所幸途中沒有被攔下。他有通行證，可以在職責所需時外出，但萬一遭到盤查，就必須替他要去造訪的老婦人撒謊了，因爲她是個沒有證件的猶太人。

這一、兩年充滿了接二連三的謊言，有時他很懷念在純樸小村莊的那段日子，那是他上任神父的前六個月，每天就是吃飯、禱告、睡覺和服務。而且街道狹小，通往村莊的路迂迴崎嶇，德軍的卡車就算來了，也只會卡在建築物之間而已。之後，他被召回羅馬，在短時間內學會如何在這座永恆之城裡服務和生存。

他的贊助者，多年來持續關注他的魯西安諾蒙席，將他帶在身邊，讓他協助教廷的工作。那是截然不同的經驗。他在教廷遇見歐弗拉帝蒙席，他是梵蒂岡的愛爾蘭神父，深入參與救援工作，這也從此開啓安傑羅的雙面人生。他四處奔波，各個城市、每座教堂、每位蒙席、每座修道院和修女院，以及每所大學。他記錄下數字、房間、可用性和管道。

人們開始找上門，一名猶太母親需要藏匿兒子；一位拉比擔憂自己成爲目標，不願意離開他的信眾，但仍想保護他的家人。消息傳出去，人來了，教堂開始著手尋人和藏人，安傑羅就是眼線，一名會多國語言又特別了解猶太人的年輕跛腳神父。他了解他們的飲食需求和敬拜慣例，同時也是神父群裡的生力軍，肩負藏匿被追捕者的重大任務。

最初的救援對象是外國猶太人，一九四〇年，他們被勒令離開義大利，可是他們就像菲力士一樣無處可去。七月之後形勢逆轉，炸彈和獨裁者來了，教堂也開始藏匿義大利人。

注 大衛星（Star of David），又稱六芒星，猶太教的標誌。

當蒙席指示他另尋管道藏匿難民，他想起了阿爾多．芬奇。他前往佛羅倫斯，請求這名個頭矮小的男人幫助他。兩人一共發出了超過兩百張通行證給猶太人，有了證件就能躲在顯眼的地方。這給了因外表和語言無法融入的猶太人機會。但猶太男人十分固執，他們不願意假裝成非猶太義大利人混入民眾裡。年輕的義大利役男照理說應該……上戰場，但即使是士兵也必須躲開德軍。猶太孤兒多到塞滿城裡三座修女院，有些孩子可以安置在其他家庭裡，但孩子本身就是特別難掌控的因素，只要說錯一個字、講錯一句話，不光是孩子，連同藏匿他的家庭都會曝光。就算鄉下有地方躲，如何把孩子送過去也是個麻煩。整體行動不但艱鉅，挑戰與日俱增。

安傑羅並非孤軍奮戰，成百上千的神父、修女、修士無視周遭的危險敞開大門。儘管如此，安傑羅不時感到格外孤獨。爲了安全起見，他不能跟任何人說，也不能相信任何人，牽扯到的人越少越好。他很努力在做了。

當天晚上，他匆匆禱告過後便上了床，他的腳在發疼，人也疲憊不堪，但思緒忍不住飄向伊娃。她不發一語地看著他離開禮拜堂，臉色慘白，手緊抓著小提琴，彷彿那是她僅有的東西。他頭也不回地走了，他只能這麼做，她安全了，而其他地方還有人需要他。這情景跟一九三九年太相像，當時，他把她一個人留在帕齊禮拜堂，自己一人走掉。

兩人從馬萊瑪回到家、回到了現實，對彼此關係和這個世界有了全新的認知。安傑羅清楚並達成自己的目標，只是往日情懷依舊縈繞於心。

九月二十六日，伊娃搬進聖則濟利亞聖殿和修女同住不到十天，在羅馬的德國親衛隊隊長卡普勒中校下令，必須在三十六小時內運送五十公斤的黃金，到位於塔索街的德軍總部，否則就要逮捕遣送兩百名羅馬猶太人。

欽契河岸的大猶太會堂外，心急如焚的猶太人大排長龍，把能捐的全捐出來，不讓德軍得逞。安傑羅要伊娃不要靠近大猶太會堂，但她置若罔聞，把她帶來羅馬的金飾全翻出來，加入隊伍裡等待捐獻。奧古斯托叔叔跟一群長輩協助秤重和計算，一看到伊娃便要她放心，他認為這次的勒索是「好現象」。

「德軍是有邏輯的人，拿走我們的黃金比帶走我們的人要更有意義。」他說。伊娃對此說法只是搖頭。對猶太人的迫害，沒有一件事可以稱得上邏輯和合理。但就像叔叔說的，她仍抱著一線希望拿出她的黃金。

伊娃正要離開大猶太會堂時，瞥見馬立歐和茱莉亞．桑尼帶著兩個孩子在排隊。茱莉亞大腹便便，伊娃說服在她前方的人先禮讓她，這樣她就不用站上好幾個鐘頭。桑尼家拿出婚戒，以及一只家傳三代的瑞士懷錶。茱莉亞打趣說，指頭上一條白色痕跡就足以證明她不是個放蕩的女人，但當她放下金戒時，眼中是閃著淚光的。伊娃在一旁陪著孩子，直到夫妻倆捐完東西，接著陪著他們走回到僅一街之隔的猶太區公寓。

「我們需要照片，要正式的。」伊娃低語，馬立歐輕點一下頭，立刻明白她的意思。

「我們會帶去給印刷師傅，這樣就可以直接印在通行證上，在通行證蓋印的同時也會涵蓋到照片。這樣做比較複雜，可是也比較眞實，等通行證出來時，再加上指印和簽名就好。但我們現在就需要照片，越快越好。」

安傑羅絕口不提他的策略，再三拒絕伊娃的自願幫助，鐵了心地要把她關在修女院裡遠離危險。但伊娃實在無法坐視不理。她知道桑尼家排在假證件名單最後頭，所以決定自己扛下這個責任。

「我有。」馬立歐說。「我還有社區裡其他十個人的照片，他們也需要通行證。」他一臉歉意。「我不是故意要佔便宜，但這些人求助無門。」

伊娃離開馬立歐和茱莉亞的公寓時，胸罩裡藏了十二張照片，並承諾只要通行證一完成就會回來。她只要不管安傑羅，自己回佛羅倫斯去找阿爾多就好了。她可以買一張往返車票，徹夜趕工，隔天早上回到羅馬。要是安傑羅願意，她還可以多帶幾張照片，幫他的難民拿到更多通行證。

回到大猶太會堂時，她發現安傑羅跟好幾名來自各地教區的神父也在排隊。安傑羅設法從非猶太羅馬人手上拿到一筆爲數可觀的黃金，他們也想捐獻，只是擔心被「有錢的猶太人」拒絕。看來，有些刻板印象還留存至今。

沒有一筆捐獻會被拒絕。每人平均只捐不到四克，眾人的恐慌顯而易見。親衛隊隊長甚至「大發慈悲」，把期限往後延四個小時，然後又再四小時。教宗來訪的傳聞甚囂塵上，如果猶太人交不出規定的數量，他會捐出天主教的黃金。奧古斯托叔叔笑不攏嘴地轉述給安傑羅聽。

「我不是說了嗎？神父，有梵蒂岡的庇佑，沒什麼好擔心的。」

最後，不需要梵蒂岡的捐助，猶太人奇蹟般地收集到超過一百一十磅，相當於五十五公斤的黃金。這些都是從原本貧困的人民身上所壓榨出的最後寶物，一點一滴匯集而來，趕在九月二十八日前運往德軍總部。羅馬猶太人歡欣鼓舞，奧古斯托開了一瓶紅酒，眾人的歡呼迴盪在鵝卵石鋪成的大街小巷中。

然而隔天，卡車轟隆而至，停在大猶太會堂前，搬光拉比圖書館裡的每一本書、神聖的卷軸和每一份珍貴的文件。接著搜刮所有辦公室，帶走裝滿資料、捐款人和社區成員名單的檔案櫃。猶太領袖只能眼睜睜看著德軍沒收所有文件資料，而這些人昨天才承諾過不會再干涉他們。

全城再一次屏息以待。一星期平安無事地過去，接著又過了一星期。伊娃買好前往佛羅倫斯的車票，也事先通知安傑羅。儘管外頭風平浪靜，但對桑尼家而言時間有限。安傑羅強烈反對，但她一意孤行，最後他只好陪她前往。伊娃來到羅馬不到一個月，兩人再一次動身前往佛羅倫斯。

一路順遂，沒人攔下或質問他們，也沒人多看他們兩眼。沒看到任何一張熟悉的面孔，除了阿爾多，沒有熟人瞧見他們。傍晚時分，阿爾多迎接兩人進入他的小工作室。他說佛羅倫斯一切和平，但表情卻不是這麼回事。三人感到同樣地惴惴不安。

三人徹夜趕工，排好版型，綁緊，放入鉛版，調整墨水、裝入紙張，印出一張接一張珍貴的卡片，接著貼照片，蓋印，打上徽章，填上德軍無從驗證的南方地名。他們烘乾、剪裁、堆放，然後依照不同區域的不同範本重頭來過。伊娃和安傑羅輪流在角落的小床打盹。漫長的一夜過了，三人帶著髒污的十指，合力生產出一疊希望。阿爾多手指上的髒污是永遠也洗不掉，但安傑羅和伊娃花了二十分鐘把手洗到破皮，以免留下證據。

兩人換上一身乾淨的衣服，雙手紅腫，匆忙趕搭清晨六點開往羅馬的特快車。他們沒去探望法比雅和桑帝諾，去了也不會有幫助。伊娃這時才頓悟，安傑羅過去兩年可能來過佛羅倫斯數十次，只是一次也沒來看她。

「我原諒你了。」伊娃低語，閉上眼睛。火車長鳴一聲，準時駛離車站。

「是嗎？」他柔聲回應，語氣和她一樣疲憊。

「是的。但也許我根本不該原諒你。戰爭爆發後，你來過佛羅倫斯幾次了？」

「很多次。」他坦承。

「我一次也沒看到你，一次都沒有。」

「是。」

「爲什麼？」

他睜開一隻眼看著她，她早已睜開眼睛。

「妳知道的，伊娃。」

肚子裡熱氣翻攪，她重新閉上眼睛，再說下去只會洩露她的慾望。她雙唇刺痛、掌心冒汗，甚至連呼吸都困難。過了好一會兒她才漸漸睡著，原諒的話題也就此擱下了。

一九四三年十月十五日，一個重達七磅的健康男寶寶誕生了，他叫艾薩克・桑尼。他的父親將他迎來這個世上，然後很快地就交給伊娃。伊娃替他洗澡、包尿布，用茱莉亞預先準備好的白色薄毯包裹起來。伊娃從未抱過嬰兒，更別說包尿布了，但在伊莎貝拉・朵納蒂的協助之下總算完成了。伊莎貝拉是住在走廊對面的老太太，原本自己做生意開了間店，因爲種族法的關係收起來了。丈夫已逝，兩個兒子在一戰中失去音訊。她說自己一無所有，沒什麼好怕的了。她給人的感覺宛如夏日微風般舒服寧靜，伊娃非常喜歡她。她暗自決定，要說服老人家搬到聖則濟利亞的修女院。安傑羅上個星期剛安置好兩個家庭，但還有空房間。伊娃會喜歡有她作伴，修女也會喜歡她做的湯，更重要的是，她本人會安全。

伊娃是在當天傍晚來到公寓，當時她帶著珍貴的通行證，萬事俱備只欠假名、簽名和指印。然而卻碰上茱莉亞正要臨盆，她只好藏起通行證，盡力幫忙，陪孩子玩耍、計算宮縮陣痛時間，終於在清晨時分親眼見證到一個寶寶誕生到這個世上。

朵納蒂太太半夜返家，但伊娃不能冒險在宵禁時出門，因此她留下過宿，把整晚睡睡醒醒的孩子哄上床。破曉前，睡眼惺忪的馬立歐笑迷迷地準備出門，他說因爲家裡多了一張嘴要餵，得趕緊排隊去領補給品。睡在客廳裡的羅倫佐和艾蜜莉亞則再次被吵醒，吵著要吃東西。

伊娃熱了些昨晚剩下的湯，填飽兩個小傢伙的胃，希望兩人可以繼續睡覺。孩子吃完後，她拿出馬立歐的小提琴，用自己的聽力來調音，一來一回地撥弦和轉緊。艾蜜莉亞等得不耐煩，求她拉首曲子。

「妳可以拉那首小鳥的歌嗎？」小艾蜜莉亞咿咿呀呀地用意第緒語(注)唱起歌，歌裡描述一隻自由自在的小鳥，和一個忠誠的小朋友。伊娃小時候也唱過，她心中的害怕減

注 意第緒語（Yiddish），屬於日耳曼語族。全球大約有三百萬人在使用，大部分的使用者是猶太人。

輕了不少。

「我不太熟悉這首歌，多唱幾遍給我聽，我就可以學起來。」

小女孩繼續唱，不久後，伊娃把弓搭在琴弦上，以琴音附和艾蜜莉亞的甜美歌聲。

「唱別的。」艾蜜莉亞突然說，小小年紀的她專注力有限。

「唱點快樂的歌。」羅倫佐咕噥著說，想要來點娛樂。

「可是你們兩個一整晚都沒睡，現在必須睡覺！你們媽媽也睡了。不然我拉點美國歌曲？可是你們必須躺下來閉上眼睛。」伊娃堅持地說。

孩子們窩進臨時床鋪上的被子裡，乖乖地閉上眼睛。

伊娃開了一盞最小的燈，然後坐在沙發上。她一定要在孩子父親回家前哄睡他們，而她自己也需要睡眠。這是她這輩子最漫長的一夜，伊娃好想閉上眼睛瞇一會兒。

她將琴放在肩上，下巴夾住腮托，演奏起艾靈頓公爵（注）的曲子，腦中浮起安傑羅第一次介紹爵士樂給她時搖頭晃腦的模樣，不禁莞爾。當時他們在海灘小屋，他眞正地吻了她，那也是唯一一段他愛她的時光。接著，他穿上神父袍，從此拒她於千里之外。

「It don't mean a thing if it ain't got that swing（沒搖擺就沒意義）。」這是她唯一會的歌詞，因爲安傑羅解釋過這句話的內容。每次她支支吾吾地想唱出那些含糊不清的歌詞時，他就會哈哈大笑。不過，反正她也不是歌手，這些歌詞也不重要。這是一首輕快愉悅的歌，但她不要愉悅；她改變節奏，琴弦帶出的另一種旋律，曲風迴異，甚至透出一股淒涼。安傑羅說過爵士樂是充滿哀傷的音樂。她現在體會到了。節奏更改過後，曲風驟變，宛如一首安息日上唱的歌。

「不是開心的歌。」羅倫佐打了個哈欠，眼睛依然閉著。艾蜜莉亞已經睡著了。

「可是很美，美麗的歌總是令人愉悅。」

「聽起來不像是美國的音樂。」他含糊地說，接著就安靜下來了。

伊娃繼續拉了一會兒，當她放下小提琴擱在大腿上時，她眼皮沉重，四肢無力，低垂著頭。就快破曉了，等馬立歐回來她就能回家了，在那之前，她可以先睡個覺。

她被劃破黑夜的尖叫聲驚醒過來，一躍而起。外頭傳來乒乒乓乓的腳步聲和一連串的槍聲。伊娃奔到窗前，推開窗簾向外眺望。窗外夜色深沉，一片漆黑，在細雨紛飛之中，她看見了納粹武裝親衛隊。他們身穿黑灰色雨衣，頭戴黑色鋼盔，和夜色融合在一起，成群列隊佔據巷弄，其中一人對空鳴槍，意味著任何人都休想跨越一步。不遠方接著響起應和的槍聲。

公寓的人都驚醒了。伊娃眼睜睜看著一個接一個家庭踉蹌地走進黑暗的大街上，身穿睡衣，手牽孩子，緊抱在一起。一群人都被趕上後頭的卡車。桑尼家在四樓，德軍很快就會找上門。

臥室裡的茱莉亞大喊，伊娃迅速跨過居然沒被吵醒的孩子們衝了過去。

注 艾靈頓公爵（Duke Ellington），對爵士樂以至於美國音樂都極富影響力，音樂涉及許多領域，包括藍調、福音音樂、電影配樂、流行音樂和古典音樂。

「是親衛隊，茱莉亞。他們包圍了這棟大樓，或者是整個猶太區，我不知道，但他們正在把人趕上卡車。」

茱莉亞小心翼翼起身，把寶寶放在兩顆枕頭中間，拉來一件長袍套在睡衣外，搖搖晃晃地走著。伊娃一手摟著她纖細的後背。她太瘦了，還得哺乳一個小嬰兒，但眼前這些都不是首要擔心的事。

「馬立歐回來了嗎？」她低聲說，探頭越過伊娃瞄了眼小客廳。

「還沒有，這樣也好，他不在，就不會被他們逮捕了。」

茱莉亞渾身顫抖，伊娃清楚且不安地知道，萬一蓋世太保抓走了茱莉亞，不管是她本人還是孩子們都活不過一個星期。

「我們得躲起來，茱莉亞，我們得找個地方躲，快想想，我們能躲在哪裡？」她堅強地說。

茱莉亞茫然搖頭，一瞬也不瞬地睁大眼睛。「沒有地方可以躲，伊娃。」

伊娃留下茱莉亞奔回窗前，大街擠滿人群，軍人吼著下令，不時傳出槍聲。伊娃祈禱這些槍聲就像第一槍一樣是對空鳴槍，意在製造恐慌，而不是瞄準特定對象。如果槍聲是爲了嚇阻，那麼他們達到目的了。幸好茱莉亞的孩子仍在沉睡中。

「我們就躲在這裡。」伊娃迅速說。可能沒有用，可能也行不通，至少要試試。

「這裡？」茱莉亞尖聲說。

「來幫我！」伊娃試圖推動沉重的大理石長桌，前一個房客因爲桌子太重搬不走，如果可以把桌子搬過去橫在門前，在德軍破門而入時還可以擋一下。這是她目前唯一能想到的辦法了。

茱莉亞立刻來到她身邊，用她微薄的力氣一起推。兩人死命地把桌子一點一點推過木板地。

離門口只剩兩呎，兩人試著輕輕翻倒桌子。沉重的桌子砰的一聲側倒在地，高度跟門把差不多，桌長比門框還長了好幾呎。

伊娃用力一推，把桌子塞進門把底下。她不禁納悶這張桌子以前是否也被用來擋門。

「門鎖上了嗎？」茱莉亞虛弱地說，氣喘吁吁。她的睡衣血跡斑斑，鮮血順著衣服流到地板上。伊娃不知道剛生完孩子的產婦流多少血算正常，但她假裝沒看到，現在沒有時間同情她了。

「鎖上了。我要妳跟孩子一起躲到臥室衣櫥去。無論如何，務必讓孩子們保持安靜，我會讓桌子繼續抵著門，說不定他們會以爲裡面沒人就離開了，但我們絕對不能出任何聲音。萬一他們進來了，我會說家裡只有我一個人。」

伊娃不等茱莉亞回應，奔向沉睡中的孩子們，一把抱起小艾蜜莉亞，跑到狹窄的衣櫃前把她塞進角落。她嬌小的身軀靠著櫃壁，彷彿依偎在母親胸前，一聲不吭。茱莉亞叫醒羅倫佐，扶著搖搖晃晃的他走進臥室，小男孩仍閉著眼睛。伊娃相信接下來茱莉亞能照顧好孩子們，於是關上了臥室門。

她跑向前門，坐下來背抵著門，兩腳撐在前面的牆上。這道牆隔出一個小走道，分出廚房和客廳。她緊繃著腿，閉上雙眼，喃喃地念誦站立禱詞（注）：「喔，王啊，幫助我們，拯救我們，護佑我們。祢是永遠大能，祢的大能足以拯救我們。」她無法像往常一樣站起身往後退三步，只能直接說出禱詞。要是神在這種特殊時刻還在意這種細節，那麼，祂也不會特地來拯救他們了。她繼續祈禱，並加了句：「解放我們！」

公寓大門被拳頭敲得砰砰作響。

「Öffne die Tür！」一個人操著德語喝令。伊娃一手摀著嘴，以免自己不小心尖叫出聲。前方臥室裡沒有任何聲響傳出。

「Öffne die Tür！」

「喔，王啊，幫助我們，拯救我們，護佑我們。祢是永遠大能，祢的大能足以拯救我們。」她隔著顫抖的手無聲地說。

「開門！」另一個聲音用義大利語凶狠地喊。拳頭再次猛打大門，有人在推門，但被門鎖和沉重的桌子擋住了。推門的力道再次傳來。伊娃努力撐住的雙腳開始顫抖。

頭上傳來兩道槍響，震耳欲聾，她一時間驚得縮起雙腳。門外聽得到德國人破口大罵的聲音，顯然開槍的人沒先預警他的同伴摀住耳朵。牆上的彈孔距離伊娃撐住的雙腳僅有一呎之遙。子彈輕而易舉貫穿大門，嵌進老舊的灰泥牆，揚起的灰塵飄落在她四周。恐懼的淚水流下伊娃的臉頰，禱詞哽在她的喉間，但她一動也不動，沒有發出尖叫。

「這裡沒人住！」走廊傳出一個聲音。「七月時的空襲毀了這裡，早被封了。」

「門後有人在擋門！」德軍質疑。

「都是些殘磚破瓦，還有多處天花板垮掉，人都死了。」伊娃突然認出那是伊莎貝拉．朵納蒂的聲音。老婦人不疾不徐地撒謊，而那模樣令人很難懷疑。她說住戶死了，這點應該可以說服親衛隊——他們沒必要搬動猶太死人。另一聲槍響在她頭上炸開，然後再一聲，背後的桌子撞了她一下。

一名德軍對著另一個人大吼，接著出乎意料的是，伊娃聽見他們走掉的聲音，移動腳步前往隔壁住家。她屏息以待，豎耳傾聽是否有人返回。時間彷彿過了好幾個小時，終於再也聽不到腳步聲和大吼聲，騷動平息，走廊悄無聲息，整個房間安靜得詭異，彷彿死神就在門外高舉鐮刀，等待毫無戒心的受害人轉過身。

她嘗試起身，雙腿卻不聽使喚，全身疼痛不已。她驚魂未定，站不穩身子，呻吟著抵著牆壁撐住自己，低頭看著被炸裂的桌子。最後的那顆子彈，那顆撼動她後背的子彈，要不就是卡在大理石裡，要不就是奇蹟般地閃過她。

她跌跌撞撞走過客廳，進入臥室，穿過狹小的空間，打開衣櫃門，迫不急待要宣告他們得救了。茱莉亞尖叫著一手摟緊著貼在她胸前的寶寶，想擋住任何可能的攻擊。在黑暗中躲了一個多小時，她眨眼適應光線。羅倫佐也同樣暫時看不見，他有如脫韁野馬衝出衣櫃，揮舞著拳頭攻擊伊娃，打算拚個你死我活。

「你不能抓我們！走開！」他大叫。

「羅倫佐！是我，伊娃。噓，他們走了，他們走了！」

她一把抱住拳打腳踢的孩子，等他平靜下來，眼睛再次搜索他的母親。茱莉亞蹣跚地走到床邊，癱坐在床上，一手扣上睡衣，另一手緊摟正在哭泣的嬰兒。

「他們走了。」伊娃向他們保證。「但他們在掃蕩整棟公寓，帶走所有人。」有多

注 站立禱詞（Amidah）是猶太教的一篇祈禱文，信徒背誦時，要雙足站立穩定，面向耶路撒冷。

少人？在猶太區住了數以百計的猶太人啊！

「喔，我的天啊。」茱莉亞驚恐地說。「馬立歐呢！要是他們抓走了馬立歐怎麼辦？」

伊娃莫可奈何地搖頭。「艾蜜莉亞人呢？」伊娃問，突然發現小女孩不在現場。

「她還在衣櫃。」茱莉亞苦笑。「她從頭睡到尾。」

前門突然傳來砰砰的重擊聲，羅倫佐驚叫一聲，茱莉亞搖晃地站起來，雙手懷抱著寶寶。

「安靜！」伊娃壓低聲音說，要他們回衣櫃去，自己奔向門前，決心捍衛到底。

「茱莉亞！茱莉亞！茱莉亞！」門後隱約傳來一個焦急的聲音。鑰匙開了鎖，馬立歐的臉貼在微微的門縫外。

「茱莉亞！」他大叫。

「是馬立歐！」伊娃如釋重負。「茱莉亞！是馬立歐！」

「爸爸！」羅倫佐喊著，比母親搶先一步衝出臥室。

「幫我搬桌子！」伊娃指示，在小男孩的協助下，兩人一起推開沉重的家具。

馬立歐從門口擠進來，一手抱著兒子，一手摟著妻子。伊娃從茱莉亞手中接過寶寶，抱在胸前，親了親他柔軟的頭，拍拍他小小的後背。寶寶立刻不哭了，但伊娃的一顆心依舊撲通跳個不停。度過驚心動魄的一個小時，她激動得難以自已。

「他們圍捕所有猶太人，挨家挨戶搜索。我一路跑回家，消息傳出時我正在排隊，所有人立刻四散逃逸，深怕沒命。我沒拿到補給品，茱莉亞。」馬立歐難過地說。「我還以爲自己來晚了，以爲他們已經抓走妳和孩子們，留下我一個人。」

「你眞的很幸運！」伊娃開口。「要是你回來時撞見他們，現在被抓走的人就是你，還會連累我們一起被抓。」

「妳是怎麼辦到的？」馬立歐喜極而泣。「大家都沒事吧？寶寶呢？艾蜜莉亞呢？」

「我們藏在櫃子裡。」羅倫佐小小的胸膛鬆了一口氣，雙手扠腰。「我們很安靜，他們以爲沒人在家呢！」

「你們藏在衣櫃裡？每個人嗎？」馬立歐輕聲說，打量妻子的臉龐，發現她此刻臉色慘白，緊抿著雙唇，神色緊張。

「伊娃沒有！她擋住門口。」羅倫佐說。

所有目光瞬間集中在伊娃身上，馬立歐敬佩地瞪大雙眼。

「是你們的鄰居告訴他們這裡沒人住，否則還不知道他們會不會走掉。」伊娃雙唇顫抖。

「朵納蒂太太也被抓走了。」馬立歐低聲說。「她家的門是開的，除了我們家。走廊上每戶人家的門都是開的，親衛隊一定是進入每個人的家裡，確定沒有遺漏任何一個人。看樣子電話也被斷線了。」

「他們沒有找到我們！」羅倫佐開心地說。

「他們會把所有人帶到哪裡去？」茱莉亞輕聲問。

「我不知道。」馬立歐懷疑地搖搖頭。「但不會只有猶太區，聽說他們手上有地址和名字，羅馬不再是猶太人的久待之地。」

「我姊姊的家！」茱莉亞驚喊，知道馬立歐平安無事後，她突然意識到還有其他需要擔心的人。伊娃也在想同樣一件事。必須趕緊去警告奧古斯托叔叔一家人。

「我得走了。」伊娃將寶寶塞回茱莉亞懷裡，轉身走向大門時，發現自己沒穿鞋子。她跑向皺巴巴的沙發，腳塞進鞋子，套上紅色長外套。這是她一向愛穿的外套，現在，她只希望有件不引人注目或讚賞的暗褐色外套，她不能被人注意。父親不是常說嗎，「要低著頭，守規矩」。一想到他，她的心就好痛。她好想他！老天！她眞的好想他。就像親衛隊今天帶走伊莎貝拉．朵納蒂一樣，他也是這樣被拖上卡車，從此人間蒸發嗎？

「伊娃，妳要小心！」茱莉亞提醒她。

伊娃親吻她的臉頰，擁抱了下羅倫佐後，抬眼看著馬立歐。

「我不在沒問題吧？」她柔聲問。「我會盡快回來完成你們的新證件。茱莉亞需要快點上床休息，可是你們不能繼續留在這裡。如果沒有地方去，可以來聖則濟利亞修女院。我們一定能想出辦法。」

「我會照顧好我的家人。」馬立歐堅定地說，眼睛迎上伊娃的目光。「謝謝妳，伊娃，別擔心我們。我們今天很幸運。妳有自己的通行證嗎？」她點頭，知道他所指的不是註明她是猶太人的眞正證件，而是僞造證件，聲稱她是從那不勒斯來的伊娃．畢安可。

「媽媽？」臥室門口傳來一個睡意濃厚的聲音。「我們在玩躲貓貓嗎？我要當鬼。」小艾蜜莉亞揉著眼睛，打了個大呵欠，完全沒意識到這一早上的凶險。他的雙親輕輕地笑了，留下感激的淚水相互擁抱，然後抱抱他們的小女兒。

伊娃悄悄走出門，留下這一個年輕家庭享受當下的團圓。現在，她的心思全放在她自己的家人身上，以及他們即將要面對的危險。

11 特拉斯提弗列區

通往奧克塔維亞門廊街的小巷冷清陰森，台伯河和馬切羅劇場（注）之間的四個狹窄街區已經人去樓空。鄰近廣場上的一座教堂圓頂居高臨下俯視她，她感到自己渺小且毫無遮掩，她裝出泰然自若的模樣漫步行走，內心其實很想東躲西藏，藉由門口、樹木和灌木叢的掩蔽前進。時候尚早，但大街小巷裡的羅馬人已經紛紛開始各自的一天。黎明前的驚滔駭浪彷彿只是一場海市蜃樓，變得模糊不清。她看見一台德軍卡車，厚重的布遮住了貨物。她沒有畏首畏尾，也沒有拔腿狂奔，她繼續走，告訴自己逃跑只會引來注目，但每踩出一步都令她更加膽戰心驚。她走過加里波第橋，進入廣闊的特拉斯提弗列大道，她對這裡的周遭環境太陌生，無法躲入小巷弄裡，花了好久，她才終於轉進一條小路，兩側是棕櫚樹和小店家。她已經嚇呆了。這條路跟奧克塔維亞門廊街一樣死寂，她開始邁步狂奔。

快到叔叔家時，一雙強而有力的臂膀從後一把拽住她，將她往後拖到暗處。她放聲尖叫，一隻手緊摀住她的嘴，她被困在一個男人的胸膛和牆壁之中。

「伊娃，噓，安靜。」是安傑羅。一度以為絕望了，強烈的如釋重負使她癱軟在他

注 馬切羅劇場（the Teatro di Marcello），羅馬一座露天劇院，是該地一處熱門旅遊景點。

身上。

「感謝老天！」他說，粗糙的臉貼著她的臉，隨後退開改用手捧著。安傑羅今早沒有刮鬍子，眼神焦躁，散亂的鬈髮遮住眉毛。兩人視線交纏，內心激動，滿懷感激。他必須證實，甚至是慶祝。他的唇貼住她的，他瘋狂擁吻她，急切地想要知道此時此刻的她確實平安無事。

伊娃愣了幾秒，隨即抓著他的臉，張唇迎合他，沉浸在短暫的亢奮之中。唇齒之間，舌頭嘗到眞實和活著的味道。拋開責任和矜持，不再虛僞矯飾，情感肆無忌憚發洩情感。兩人之間沒有空隙，沒有謊言。

但這樣的時刻無法持續太久，伊娃抽身喘息，立即恢復理智。

「安傑羅，親衛隊來了。」伊娃喊著，握緊雙手哀求：「我必須去警告我叔叔。」

安傑羅仍捧著她的臉，激情漸漸平復，目光硬是從那雙豐唇上移走，迎上她懇求的眼神。她立刻搖頭，拒絕看到他臉上露出令她害怕的同情。

「我知道，伊娃。親衛隊無所不在，正天羅地網掃蕩整座城裡的猶太人。」

「喔，不，安傑羅，不要。」

「我去過公寓，伊娃，我是第一個到的。修女說妳昨晚沒回家，我以爲我來晚一步，妳被抓走了。我以爲他們也帶走妳了。」他稍加喘氣，呑下當時恐懼帶來的噁心感，那種感覺到現在仍揮之不去。

伊娃閉上眼，彷彿這樣就不用面對他所知道的眞相。

「也許有人警告過他們，也許他們在親衛隊抵達前離開了。」伊娃心存一絲希望，唇角顫抖地說。

「他們走了，親愛的。」他輕聲說，無法隱瞞。「我看著卡車駛離，伊娃。我親眼看著妳叔叔爬上車。我猜他是最後一個，而他也看到我了。」

伊娃雙腿癱軟，全身無力地縮在安傑羅懷裡流淚。

「他們被帶到哪去了？」她抵著他的胸膛，氣若游絲地低聲哭喊。

「我不知道，但我們會找出來，伊娃。」

他顫抖著手撫平她的頭髮，將她緊摟在懷中。兩人沉默不語，什麼也說不出來。彷彿隕石即將墜落，注定毀滅一切，不管怎麼逃怎麼躲，結局都是一樣。他們只能彼此依偎著、呼吸著，無法將想法化為言語。直到腦袋開始運轉，這才一切恍然大悟。

「黃金。他們強徵的黃金……那是一個謊言對吧？他們故意讓我們以為沒事了。」伊娃說。

安傑羅後退一步凝視她的眼睛，隨即怒火中燒地用美國人用的字眼咒罵，那些髒話是好幾年前他教過她的。他放開她，手抓著頭髮破口大罵，眼冒怒火。

「沒錯，都是假的，他們把我們當拉線玩偶操控，看著我們隨之起舞。」

光天化日下，在羅馬被拘捕的猶太人被移送到義大利軍校，受武警監視。外頭聚集大批民眾，當中有好奇的旁觀者，也有目睹掃蕩的恐慌鄰居，一群人探頭探腦、竊竊私語，看著一台接一台的卡車運送膽戰心驚的囚犯進入校園；親衛隊大吼著沒人聽得懂的指令，粗暴地把人往前推。一千兩百名猶太人，有超過一半以上都是老弱婦孺。許多人還穿著睡衣，既沒有食物也沒有毯子，他們都要被送往東邊的勞動營，包括伊娃的叔叔嬸嬸和表弟表妹。

軍校距離梵蒂岡不過六百呎，教宗很有可能站在窗前，眺望聚集的群眾。安傑羅期盼教宗能出面居中協調，畢竟，他知道黃金的事情，也是他提議要補足五十公斤黃金。這些人大多都是羅馬猶太人，受義大利法律保護。但義大利法律已經蕩然無存，只剩下德國納粹元首法。德國納粹元首要送走所有猶太人，德國納粹元首要一個淨空猶太的領土——一個沒有猶太人的世界。

安傑羅和伊娃繞路回聖心堂，沿路打探消息。安傑羅認識所有人，所有人也認識他這名年輕神父。他安撫人心，給予指示，到處指派任務。他耐心聆聽且反應迅速，是天生的領導者，也是名好神父，這個工作很適合他。伊娃待在他身邊，但沒有人覺得奇怪或不成體統。戰爭打破了慣例。

兩人回到教堂，安傑羅堅決把她放在一間地下室，這間地下室之前住著一名管理員。他後來死在一場空襲中。空襲讓城市不少地方變成斷瓦殘垣，當時管理員驚恐地在大街小巷裡逃竄，人們發現他時，他沒穿鞋子，少了一隻手臂，背坐在教堂門前，尋求他已得不到的庇護。門口仍留有些許血跡，房內也沒那麼舒服。舊床架上有張床墊，一張華麗和褪色的維多利亞時代風格椅子，後頭一個小隔間，設有洗手台和馬桶，橫梁裝有一面有裂痕的橢圓鏡子。

「妳在這裡暫時安全，寢具和廁所都很乾淨，因為我們之前就預料會用到這個空間。我會告訴索拉．艾琳娜妳在這裡，讓她或其他修女幫妳準備食物。在我確定他們這次搜捕行動中不會找上修女院前，我不會帶妳回去。」

「沒有人認識我，安傑羅，一個也沒有，我不需要躲在這裡。我可以跟你一起去他們拘留我家人的地方。我會講德語！我可以幫得上忙。」

「不行，妳離得越遠越好。只要有人認出妳、指認妳，即使是一個人，伊娃，只要一個人透露給不該知道的人，妳就會一起被抓進學校裡。到時我想救妳也無能爲力。」

她隨著他要走出地下室。「我們可以找後門啊，找沒上鎖的門，把我的家人救出來，有——」

「不行！」安傑羅的怒吼打斷伊娃的話。她盯著他鐵青的臉，挫敗的淚水撲簌簌地落下。安傑羅將她往後推入狹窄的房間，將她壓制在最裡面的牆上，雙手環抱著她的頭。

「不行，伊娃。妳今天躲過兩次搜捕，兩次！上帝在各個方面眷顧妳，但我不會讓妳插手。我來就好，我會盡可能救出所有我能救的人。如果妳硬是要去，我會把妳綁那張床上，我們兩個都別想離開這間房間。」

「你說得好像你自己都沒有危險！」伊娃推著他的胸膛，想推開他，惱他對她生氣。「我知道有神父被刑求槍殺、被吊掛在橋上，甚至被送上火車，連同他們想拯救的猶太人一起被送走。事實上，非猶太義大利人在幫助猶太人的過程中，萬一被抓到，下場比猶太人還慘！」

「我最在乎的只有一件事。這世上最教我害怕的事只有一樣，那就是妳有任何萬一。妳知道嗎？我願意面對和承受任何事，只要我知道妳平安無事。我無法全心全意服務教徒，我做不了一名稱職的神父。我心懷恐懼，我的信仰因爲擔心妳而動搖。不是只有妳失去家人，妳的家人也是我的家人，伊娃，我也失去他們了！我不能失去妳，伊娃。拜託妳，如果妳對我還有感情的話，留在這裡等我回來，讓我知道妳沒有危險，可以放心去做我必須做的事。拜託。」

伊娃聽完只能點點頭。他的激動震撼了她，他的眞心令她動容。她坐在薄床墊上，再次點頭。

「我等就是了，可是你一定要回來。無論如何，不管再晚，你都必須回來，安傑羅。」

伊娃終究抵擋不住睡意，也就不需要在漫漫長夜裡無止境地等待。她裹著一條薄被，縮著腳抱在胸前，假裝自己是躲在殼裡的牡蠣、做玻璃的人，面對滴答漏水和嘎吱作響的牆壁陷入睡意，口裡喃喃唸著禱詞。早上的尖叫聲和槍響聲仍縈繞在她的腦海裡。

醒來後，她很害怕，昔日夢魘的陰影揮之不去。她和人群擠在一片漆黑之中，一心想跳窗，然而跳窗這件事就跟待在原地一樣可怕。她睜開眼睛，強作鎭定，告訴自己黑暗中空無一人，她也安然無恙，沒人拉扯她的衣服或抓住她的腳。光芒閃爍，她以爲是從縫隙射入的月光，其實是一盞油燈，微弱的燈火無法照亮四周。

「安傑羅？」

添了燈芯，熠熠生輝的燈火照亮了坐在維多利亞風格舊椅上的安傑羅，他隱藏在黑暗中，顯然不想吵醒她。

她坐起身，拿起索拉．艾琳娜送來的水杯。桌上還有麵包，她撕了一半給安傑羅，堅持要他吃下，他沒有拒絕。兩人默默吃起麵包，只是這麼一點麵包根本塡不飽飢腸轆轆的肚子。吃完麵包之後，伊娃堅持要他喝水。接著，她蹲在他面前，抬頭望著他。

「說吧。」

安傑羅不發一語，伊娃握住他的手，讓他有東西可以抓著。

「告訴我，安傑羅。」

他深吸口氣，彷彿需要鼓足勇氣才能開口。

「我繞學校走了一圈，像妳所說的，眞的找到一道沒上鎖的門。我是神父，梵蒂岡又在附近，我相信我可以直接走進去，被抓到了也可以編造出一個合情合理的藉口。」他停頓片刻，輕聲說：「我看見李維了。」

伊娃的心彷彿就要跳出胸口，希望讓她的臉上瞬間浮起笑容，然而燈火照耀下，安傑羅面露愁容。她斂起笑容，心情隨之沉重。

「他跟其他好幾名男孩都發現那道沒上鎖的門，他們站在附近爭論。我朝他們招手，小聲告訴他們要走隨時可以走，外面沒有警衛看守。他們大可以溜走，伊娃。」

「但他們沒有走。」她了然於心，可以想像表弟堅持不能離開家人的模樣。

「他們不走。其中一個人說，萬一他們逃走，其他人就會受到懲罰。」

「所以他們站在一道沒上鎖的門旁，不願意使用。」伊娃悲嘆著。

「誰能怪他們呢？伊娃，換做是妳會怎麼做？」他柔聲說。「如果救不了妳，我也絕對不會獨活。他們想跟家人在一起。」

「他們都會死的。」伊娃低聲說。

「也可能不會。」安傑羅不同意，聲音柔和。

「他們會被送去勞動營，你聽過那些報導，那根本是死亡營。」

「也有人說那些都是傳聞，是英國政宣。」他不想毀了她的希望。

「安傑羅，你明明知道！」伊娃泫然欲泣，顫抖著手擦去淚水。「你聽到那些軍人說的話，他們看到火葬場，還有一大堆的墳墓。」

「我們救了一些人出來，伊娃。」他說，他必須給她一點支撐，必須抹煞掉她的話在他腦海裡造成的影像。

「有些猶太人有義大利名字，非猶太義大利的名字，我們說服他們跟那些被誤捕的義大利人站在一起。其中一個人會說德語，他安撫人心，替德軍翻譯，告訴大家怎麼做才不會被報復。

「德軍說，撒謊的人就要立即處決，但冒險有了代價，軍官放走堅稱自己是非猶太人的人。我力保了好幾個人，說他們是我教區裡的教徒。」安傑羅打住，伊娃雙手環住他的頸項，緊摟著他，他這麼做實在太危險了，他的勇氣令人她動容。

「太可怕了。他們沒收所有人的財產，警衛說這是爲了給那些到了勞動營後不能工作的人，有的人病懨懨，有的人太老，有的人太小。但我看到值錢的東西都進了軍官的口袋。還有個女人直接就在水泥地上生孩子，伊娃，他們也不送她去醫院！她最後生下一個健康的女寶寶。」安傑羅聲音哽咽，好一會兒說不出話來。他想給伊娃希望，但自己早已絕望。他回抱住她，摟她入懷，將臉埋入她的髮間。

「我看得越多，就越難相信主。要是失去信仰，我這神父還像話嗎？」他聲音沙啞地坦承。「有時候，信仰實在教人難過。」

「沒有信仰更難過。」伊娃輕聲說，輕撫他的頭髮。「我開始相信我們還能活著是因爲神。」

他圈緊雙臂，抵著她的頸項沙啞低語。

「我得送走妳，伊娃，我必須讓妳離開羅馬。但妳只有一個人，我不知道該送妳去哪裡，我不知道哪裡才算安全。如果沒有每天親眼看到妳平安無事，我會瘋掉。」

「沒有所謂安全的地方，我在這裡一樣安全。我離開了佛羅倫斯，但我不要離開羅馬，我不要離開你。」她輕聲說，眼見他情緒崩潰。她想變得堅強，就算是爲了他也好。她想變得直率，面對巨大的死亡威脅，沒有時間繼續自欺欺人。兩人默然無語，在彼此的懷抱裡找到短暫的平靜和安慰。她倚靠在他肩頭上沉沉睡去。

黎明前的黑暗總是格外深沉，安傑羅走回距離他舊教區和聖心堂僅有幾條街之隔的公寓房間。一天之內的第二次，他把伊娃留在聖心堂。天亮後，她可以自己走回聖則濟利亞修女院，有假證件，她應該沒事。白天的搜捕行動沒找上修女，安傑羅稍微鬆了口氣。親衛隊至今沒有掃蕩到他藏匿難民的修道院、修女院、教堂或會堂，不管是猶太人或天主教徒，他幫助的人至今全安然無恙。今日過後，想必會有更多需要藏身處的人。

安傑羅想先睡上幾個小時，之後再回到義大利軍校去，想方設法拯救被拘禁的猶太人。

他回到家，拐杖和帽子放在門邊，迫不及待脫掉長袍，洗完澡後撲到床上睡著。有人在客廳呼喚他的名字，他瞬間驚醒。魯西安諾蒙席身穿睡衣，外披晨袍，坐在沒必要升起火來的壁爐旁。他手裡的聖經是闔上的，彷彿光是書的重量就足以給予安慰，而他已經累到無法翻書。

「蒙席！你是剛醒來，還是整夜沒睡？」

「都有。」魯西安諾蒙席說，聲音裡帶有一絲笑意。「經過糟糕的一天，我很難睡得安穩。」

安傑羅不想坐下，他需要睡眠，但導師似乎一直在等他。他在蒙席對面落坐，閉上眼。

「安傑羅，你去哪了？」他口氣溫和，雖然不是在指責他，但安傑羅依舊感到一股沉重的壓力。

「伊娃的叔叔、嬸嬸和表弟表妹們今天都被逮捕了。我努力了一整天，我必須告訴她，我沒辦法讓他們獲釋。」他說的是實話，但事實沒這麼簡單，言語根本難以形容今天的恐怖和絕望，他痛苦地認知到自己沒有能力拯救任何人。

「我擔心你，年輕的朋友。」魯西安諾蒙席輕聲說。

「爲什麼？」安傑羅有著一樣的擔憂，但和蒙席的出發點恐怕不同。

「那個叫伊娃的女孩，使你質疑自己要成爲神父的決定。」魯西安諾蒙席顯然沒忘記安傑羅的懺悔和他給予的建議。那是在一九三九年八月，安傑羅剛結束一場痛苦而美妙的旅行。

「是的。」安傑羅望著導師點頭。

「你愛她。」

「是的，但愛一個人沒有罪。」安傑羅說，是事實也是謊言。

「沒錯。你的心已經奉獻給天主，不該三心二意。」

「天主胸懷所有人，我卻不能同時愛兩個人？」

「你是神父，所以不行，你知道的，安傑羅。」魯西安諾蒙席嘆道。「那是危險的。」

「我從小就已愛上她，不是一時興起。我的心屬於天主。」這絕對是事實，但仍舊是謊言。

「現在是戰時，戰爭會剝奪一個人看事情的角度。戰爭是生死問題，很多事變成今天不做就永遠不能做。『永遠』這個字眼聽起來很嚇人，活在當下才能心安理得。我們來吃喝吧，因為明天我們都會死。」

「你引述《以賽亞書》（注），想必你真的很擔心。」

魯西安諾苦笑。「別改變話題。」

「你認為我是在找藉口。也許吧，但我知道一件事，因為她，我更能好好服侍天

注　《以賽亞書》（Isaiah），由先知以賽亞執筆，記載關於猶大國和耶路撒冷的背景資料，以及當時猶大國的人民在耶和華前所犯的罪，並透露耶和華將要採取判決與拯救的行動。

主；事實上，她就是我服侍天主的理由。」

魯西安諾蒙席眉頭一挑，彷彿一向好脾氣的父親耐著性子聽孩子強詞奪理。

「我在每張猶太人的臉上都能看見她。我大可以對他們的困境視而不見，或者像某些人說的，早在他們將天主釘在十字架上時就已經注定了。眞的有人這麼說，蒙席，你是知道的。」

魯西安諾蒙席微一點頭，安傑羅突然意識到，蒙席一定也在某個時間點說過同樣的話。

「將天主釘在十字架上的人不是伊娃，也不是她父親，更不是這世界上任何一個猶太人。」安傑羅感到頸部發熱，怒火中燒。他停頓片刻，深吸口氣，提醒自己迫害猶太人的人並不是蒙席。

「他們只是普通人，絕大多數都是好人。卡米洛和伊娃愛我，給了我一個家。他們就是我的家。雖然羅賽利先生從不承認，但我知道他給了教會一大筆錢，讓我得以進入神學院。我相信他後來又捐了一次，所以當我一成爲神父，就立刻有個空缺等著我，我連排隊都不需要排。跟許多人不同，在接受聖職後，我馬上被分派到教區，是因爲金錢和您的影響力，不是我自己的關係。

「卡米洛給我爺爺奶奶一個家，當那些荒謬的法律頒布後，卡米洛把所有財產讓渡給他們，只要求哪天法律廢除了，再還給他一部分，如果不行，至少希望他們能好好照顧伊娃，在他走了之後，給伊娃一個她需要的家。

「當我看到有一家人無家可歸，既沒國家也沒任何人保護他們，只能四處逃命躲避追捕時——我看到伊娃，這讓我更加努力，拚命祈禱，因爲我看到伊娃，所以我有了目標，蒙席。」

「你該試著看到天主，而非伊娃。我們的天主也是猶太人，安傑羅。」蒙席動之以情，試圖把安傑羅拉回到安全的地方。

「是的，他是猶太人。若他活在現今的時代，德軍一樣會逮捕他、逮捕他母親和十二門徒。他們會被送上往北的火車，沒地方可坐，一連好幾天只能站自己的大小便堆中，沒有食物沒有水，好不容易到了目的地，不是工作到死，就是立刻被毒氣毒死。」

「安傑羅！」蒙席嚇壞了，安傑羅叛逆的發言令他驚駭不已。安傑羅差點笑出來，但他沒有。他沒有抱頭痛哭，儘管他很想。儘管荒謬，但他說的都是事實。

「蒙席，差別在於耶穌自願犧牲。他可以得救，但他是神，他做出選擇。伊娃只是個女孩子，她別無選擇。猶太人被剝奪了選擇和自由，同時也被剝奪了尊嚴。他們救不了自己。」

隔天，安傑羅整天都在觀察拘禁猶太人的軍校。軍校近在咫尺，從魯西安諾蒙席位在梵蒂岡的辦公室窗戶望出去，他可以看到部分學校的庭院。取得上級同意，他盡可能到處湊齊食物送去給囚犯。軍人讓他們把食物放在庭院裡，他不確定關在裡面的人是否有收得到這些食物。

校園有些動靜，佩戴衝鋒槍的德軍嚴密看守，沒人離開。直到十月十八日清晨，距離猶太區大搜捕過了四十八小時，一輛接一輛的軍用卡車開始駛出義大利軍校。黎明時分，安傑羅設法弄到一台梵蒂岡的車，遠遠地跟蹤卡車。卡車沒有一如往昔地前往火車站，也沒讓囚犯坐上客運列車。授權給他運送食物的愛爾蘭人，歐弗拉帝蒙席跟著他一起躲在遠處觀察。卡車魚貫進入提布提納車站的卸貨平台，男女老少仍穿著被捕時的睡衣，大夥兒全擠進運畜車廂，密密麻麻，幾乎連站的地方都沒有，接著車門緊閉上鎖，清空的卡車離開，就這樣來來回回好幾次。

兩人觀察了一整天，一輛接一輛的卡車停在卸貨平台前，重複著相同的流程。在溫暖的天氣底下，車廂門從未再開啓過。從沒送水給裡頭的人，更別說運畜車廂裡根本沒廁所。安傑羅和歐弗拉帝蒙席兩個穿著神父長袍的特務，只能躲得遠遠地，共用一個望遠鏡觀察。他們聽不到孩子的哭聲，擁擠的車廂裡照理說該有質疑聲，但唯一的聲音只有他們自己兩人。

爲什麼要特地把人運到百英哩以外去殺掉？到底有什麼必須殺掉這些人的理由？情況完全莫名其妙，得出的唯一合理結論是，他們一定都會被送去工作。

但安傑羅知道，一群來自捷克斯洛伐克的難民形容過火車的情況，如今，血淋淋地證據擺在眼前。他腦中回想起幾天前他對魯西安諾蒙席說過的話：他們會被送上往北的火車，沒地方可坐，一連好幾天只能站自己的大小便堆中，沒有食物沒有水，好不容易到了目的地，不是工作到死，就是立刻被毒氣毒死。

「爲什麼教宗一點作爲也沒有？」安傑羅看著又一輛卡車抵達。「他就不能出面調解一下？這些人是羅馬猶太人，說好不對他們下手，現在卻做出這種事！而我們只能站在這裡束手無策。」

歐弗拉帝蒙席放下望遠鏡，抹抹疲憊的面容，在胸前比劃十字，喃喃地禱告後，轉向安傑羅，神情哀戚。

「我無法回答，安傑羅。我只知道每個人都只能看到自己身處的地獄，但教宗必須審慎思考。他的決定牽一髮動全身，如果他爲猶太人說情，希特勒會怎麼做？

「安傑羅，許多人命懸一線，每個決定之間都能破壞這個平衡，那是更多的生命。教會藏匿了數以千計的猶太人，照顧遍布世界各地的人。萬一梵蒂岡成了目標，我們還能繼續這樣做嗎？」

安傑羅啞口無言，只能眼睜睜看著這片地獄越來越大。直到下午兩點，距離第一輛車抵達的八小時後，拉著二十個車廂的貨運列車，車上載滿超過一千兩百名羅馬猶太人，駛離了提布提納車站。

一九四三年十月二十日

告解：關於長音的事，菲力士舅舅說得對。

菲力士舅舅以前常用長音練習折磨我，全世界的小提琴手都知道，長音是最枯燥乏味的練習，要把一個音持續到天長地久，沒有強弱沒有變化沒有顫音。爹地跟我一樣討厭長音。家裡的音樂室就在他書房對面，有一次，我練習長音練了一個多小時，我聽見他把書扔向牆壁的聲音。聲音打斷了我的專注力，我就此打住，沒能達到目標。

菲力士舅舅大吼：「芭希娃，要是妳駕馭不了長音，妳永遠別想駕馭得了這個樂器。」

我惱羞成怒地反駁：「要是你都講德語，你永遠都說不好義大利語。」爹地聽到了，我爲此被禁足了一個星期。

我現在一個人在修女院的房間裡，我拉起長音，有史以來第一次，我感覺如魚得水，我能夠駕馭一個持續的聲音了。儘管手臂痠痛，但我的心靈渴求音樂。

人生就像長音一樣延伸，沒有變化、沒有顫動、聲音沒有中斷、拍子沒有暫停。我們必須主宰生命，否則就會被生命主宰。生命主宰菲力士舅舅，雖然有人會說，他只是放下了琴弓。

我夜復一夜在房裡拉著長音，不曉得修女對我的練習做何感想。我在想，要是有誰最了解持之以恆的力量，想必就是聖則濟利亞的修女們了。

伊娃・羅賽利

12 塔索街

搜捕行動之後過了兩天，一些宵小之徒知道猶太人被抓時，身家財產都留在家裡。他們跑進猶太區徹底搜刮，拿走所有值錢的東西。第三天破曉之前，馬立歐攜家帶眷，趁著夜色走到聖則濟利亞聖殿，按下大門門鈴。

「安傑羅神父要我們來這裡。」馬立歐說。弗朗西絲卡修女透過柵欄大門往外看著他。

「還有伊娃。」小女孩開心地說。「伊娃在這裡嗎？」

弗朗西絲卡修女瞄了一眼疲憊的母親，她懷抱著一名嬰兒，兩個孩子則牽著父親的手。修女領著一行人入門，拾階而上，進入伊娃隔壁的房間。

嬰兒的哭聲和修女在走廊上來回走動的腳步聲吵醒了伊娃，她們正在替新房客整理房間。她跳下床，摸黑穿好衣服。

修女搬來另一張床放在小房間，另外用一個大箱子充當嬰兒床。馬立歐和羅倫佐住在樓下，同樓層還有另外兩名猶太男人。修女有修女的規矩，但馬立歐感激地點頭同意。他原本已經做好打算，只是來不及執行。

「逃跑的路被封了，德軍關閉熱那亞港口。而且瑞士邊界太危險，就算可以去，旅途艱辛，茱莉亞和孩子們也撐不到那裡。我不知道還能上哪去，伊娃，我們有假通行證，可是無處可去。光靠我的通行證也躲不了。」

「我很擔心你們。我當時應該回去查看你們的狀況，可是安傑羅就是不肯。他說猶太區太危險。」伊娃一邊說一邊幫茱莉亞取出小行李箱裡的東西。

「是很危險，不過別擔心，安傑羅神父來了，是他要我們在天亮前來這裡。夜裡走在大街上才安全。有個醫生，他是我的前同事，他願意讓我們躲藏在他家，可是這樣太危險，我們要小心的對象不光是德軍而已。」

伊娃明白他的意思。黑衫軍、OVRA（注）和法西斯黨，幾乎所有義大利人都在向蓋世太保回報，他們積極揪出猶太人，並監視其他義大利人。

「我不想拖累他的家人，」馬立歐打住，突感愧疚地垂下視線。「結果卻來到這裡拖累這些女士。」他哽咽低語。

「你在這裡很安全，修女也不會有事。」伊娃語氣堅定地說。「你做了對的選擇。」

接下來幾天，安傑羅送來一對小姊妹，分別是十五和十六歲，兩人逃過搜捕，她們的大哥逼他們從二樓窗戶往外逃到屋頂上，承諾會緊跟在後，結果自己被槍殺了。緊接著是一對老夫婦和一對年輕夫婦，年輕夫婦有兩個小兒子，年紀跟羅倫佐差不多。另外還有一對二十歲出頭的兄弟，再加上一個帶著小女兒的男人。隨著房客的增加，小修女院人滿爲患。

沒有合法文件，留人過夜是違法的。所有人當中，只有伊娃和桑尼全家人有證件，

注 義大利法西斯祕密警察組織的簡稱，全名爲警惕與鎮壓反法西斯主義組織（Organization for Vigilance and Repression of Anti-Fascisim）。

不至於立刻遭到逮捕。同時，沒向官方登記住宿名單也是違法行爲。話說回來，在羅馬，猶太人本身的存在就是違法。弗朗西絲卡修女爲了這些增加的人數發愁，萬一警察找上門，她還得想辦法拿出官方註冊。安傑羅私底下提醒她，聖母瑪利亞也曾多次被拒於門外，最終在馬廄裡誕下救世主。

「我們不能趕他們走，修女，他們無處可去。」

安傑羅也收到來自樞機主教的書信，信中要求所有的宗教機構要敞開大門接納難民，盡一切力量庇護他們。他毫不猶豫地善用這封書信。他對伊娃說，羅馬各地鄉村的神父提醒教徒，耶穌就是猶太人，藉此說服他們敞開大門。安傑羅和他的弟兄利用天主教徒心中的愧疚感，一點也不會良心不安。

接下來幾天，安傑羅和修女院長在教理問答和禮拜儀式時間，教導難民如何唸誦天主經和聖母經，務求在短時間內使大家熟悉天主教，好應付一連串的盤問。伊娃會帶著有假證件或外表口音不會露餡的難民，一起去村政府領取糧票和眞正的居留證。阿爾多幫馬立歐弄到了僞造文件，包括義大利軍隊的釋放令和醫生工作許可證。這些文件備而不用，萬一有天他被發現或逮捕，可以用來隱藏身分。

伊娃跟部分房客可以去登記領取配給卡，但食物配給量遠遠不足以供給羅馬各地修女院和修道院裡的人。馬立歐知道李維之前是在哪個黑市買東西，他和安傑羅則涉險了幾次，私下透過管道設法拿到奶油和牛奶。茱莉亞現在急需這兩樣東西，她的狀況不太好，沒有足夠的奶水可以餵哺嬰兒。

安傑羅簡直可說是神通廣大。羅馬搜捕行動之後兩個星期，他的舊教區有個婦女在一場火災中失去她的寶寶，安傑羅得知消息，把可憐的婦女接來聖則濟利亞修女院，充當小艾薩克的乳母。只要有需要，他就會找到方法。他當守門員的本領完美地呈現在當一名戰時神父身上——敏捷、護衛和防守。

安傑羅贏得尊重，也激發眾人起而跟隨，而且他從不停歇。即使引起當地義大利警方的關注，不只一次被攔下來盤查，但他總能化險爲夷、逃過一劫。他盡可能待在梵蒂岡行動。在梵蒂岡裡，羅馬的法律不能動他，只有一件事他絕不妥協，那就是伊娃。在情勢沒有完全失控前，他絕對不會讓她去涉險。

一名德國軍官意志消沉地獨坐在長椅上，一手拿著帽子，對自己引起的不便及周遭恐慌和嘲弄的眼神渾然不覺。

伊娃一整個早上都在冗長的排隊人龍裡等著領取配給，這是安傑羅唯一允許她去做的事，沒什麼大展身手的機會。

這天早上，她按照吩咐，帶著馬立歐的小提琴來到這裡，想看看能不能換點東西，結果一無所獲。幾個小時後，她等著搭電車回家。

她既疲累，腳又痛，但至少還得等上十五分鐘。眼看那個大塊頭男人佔據了整張長椅，她火大了，而她蠻橫的脾氣連爹地看了都會發抖。她彷彿可以聽見他的聲音。

保持低調是我們的最佳武器，芭希娃！

卡米洛．羅賽利可以保持低調，他是一個上了年紀又有點駝背的瘦小男人。但伊娃是個漂亮的女人，低調是行不通的，她很早就認知到，她的最佳武器就是吸引別人注意，把她的存在當作理所當然。她坐到男人身邊，挺直背脊，小提琴盒放在腿上，高昂著頭，提醒自己眼前的人是入侵者，是這個國家的不速之客。要是他感到不自在，他可以離開。

他詫異地抬起頭，她感覺到動靜，轉頭覷了他一眼，隨即別開頭。他死盯著她。

「妳會拉嗎？」他用德語問，伊娃佯裝聽不懂。他嘆氣，靠過來敲了敲琴盒。

「妳會拉嗎？」他再問了一次，做出拉琴的動作。伊娃這才發現他神情委靡，兩眼空洞無神。

她生硬地點頭，再次別開眼。

「拉。」他不斷敲著琴盒。

她搖頭。她才不要爲他演奏。他不悅地退開，正當她以爲事情結束時，只聽到他說：「我父親會拉琴，他熱愛音樂，貝多芬、莫札特、巴哈……他最愛巴哈。」

他的聲音細若蚊蚋，伊娃本來不想理他，但他說到最後語帶哽咽，悲傷之情令伊娃幾乎同情起他來。

「拉！」他揚高聲音喝道，逼近她，一把搶走她手裡的琴盒。伊娃立馬起身退開。幸好這不是她那把名貴的史特拉迪瓦琴，就算是，她也不會傻到要搶回來。

他把琴盒放在地上打開，拿出小提琴和琴弓，起身塞給她。她差點失手把琴摔在地上，但他一點也不在意。

「拉！」他大吼，蒼白的臉瞬間面紅耳赤。孩子哭了出來，伊娃這才發現他們兩人成了眾人焦點，但沒人走向前，沒人願意介入。「低調」儼然就是當前的流行語。她目瞪口呆，把琴弓當成劍擋在身前。

「妳是笨蛋嗎？拉！」他狂吼，從身側拔出槍來對準她的臉。她二話不說調整好琴弓的鬆緊度，匆匆調好弦音，將小提琴架在肩頭上，臉從堅定不移的槍口前別開，下巴夾住腮托。

他剛才提到他的父親喜歡巴哈。伊娃沒多看那名德國軍官一眼，開始演奏起巴哈和古諾的〈聖母頌〉。這首曲子曾讓她想起母親，當時的她潸然淚下，爲了了解她、親近她，她誓言要學會小提琴。

眼角餘光中，槍口低垂了一點點，就一點點。伊娃緊閉雙眼，專注在拉出清澈的音色，控制顫音。她的腳止不住地顫抖，但不影響她的演奏。不保持低調的下場就是這樣，她現在唯一的武器就是完美地演奏。

第一個持續音要內斂且飄忽不定，但伊娃加重力道，緊抓著樂器，像擁抱情人般，下巴抵住褪漆的琴身，琴弦勾勒出的旋律逐漸攀高，衝向天際，即便是訓練有素的女高音都相形失色。然而，琴音和伊娃之間彷彿隔著一層瀑布，她的心跳聲淹沒美妙的滑音和顫動的強音，一部分的她恍若從遠方看著這一幕，腦中只有一個念頭——這莫非是她最後一次演奏。她是否對得起舅舅的犧牲和他所付出的時間，她練習了那麼久、聽老爸的嘮叨和安傑羅再來一首的要求，這一切值得了嗎？

曲子結束，伊娃放下琴弓，抬眼望著脅迫她的人。他早已放下槍，淚流滿面。他小心翼翼將槍收回槍袋，轉身離開。接著，他腳步停留，背對著她，伊娃以爲他可能是想再聽一首曲子。她胸口一陣灼熱，這才發現自己需要呼吸。對方沒有轉身，遠遠地，只聽他輕聲說了句：「Vergib mir。」原諒我。

他往前走了幾步，挺直背脊，雙臂在身後交疊。接著，彷彿找到了方向，義無反顧快步向前。電車來了，車輪行駛過軌道的聲音甚是悅耳。德國軍官頭也不回筆直走向電車，彷彿以為他可以像脅迫她拉琴一樣，揮舞著手槍喝令電車停止。車子越來越近，他帶著從容加快腳步，伊娃當下驚覺他的意圖。下一刻，他投身到電車前，在一陣刺耳尖銳的摩擦聲之間，電車直直朝他撞過去，他整個人飛了出去。

人群尖叫，指指點點，一下子，或者有過了一會兒？警車鈴聲響起。在這種大好日子裡，又一個讓人感到刺耳的聲音。

伊娃僵硬地走向躺在地上、敞開的琴盒，小心翼翼將小提琴放進去，關上盒子，跌坐長椅上。她要等的車就在前面，但那輛車已經無法載送她到任何地方了。她雙手顫抖，反胃想吐，每呼吸一口喉嚨都像火在灼燒。她強做鎮定，隱藏恐懼，骨瘦如柴的胸腔底下是一顆飽經戰爭蹂躪的脆弱心臟，以及千瘡百孔的肺。

德軍帶著哨子和警棍來到現場，推開圍觀的人，大吼著沒人聽得懂的話。但伊娃聽得懂。

「他是被推出去的！」一名軍官大叫。「誰推的？」

群眾驚慌失措，四處環顧，彷彿想找出罪魁禍首，一名婦人手指伊娃，彷彿在說：「就是她！」

「她跟他在一起。」她用義大利語說。「那個拿著小提琴的女人，她跟他在一起。」

一時間，好幾名軍官和恐慌的民眾紛紛指向伊娃坐的長椅。德軍或許聽不懂婦人的話，但看懂她的手勢。

伊娃起身搖頭。

「Nein，不是！他不是被推的，他自己走到電車前面。我親眼看到的。」她用德語大叫。兩名軍官推開人群走向她。

「妳的名字？」他怒吼，一手握著槍。

「伊娃。」她嚇傻了，一時居然忘了自己的全名，也幸好她忘了才沒有不小心說漏嘴。

「證件？」他伸出手等著。

她翻找皮夾，連忙把假證件交出去。他細看好一會兒後還給她。

「妳跟我來。」

「什、什麼？爲什麼？」她發現自己用了義大利語，改用德語重問一次。

「元首有令，一個德國人的命要用十個公民來償還。妳看到事發經過，不抓妳抓誰？」

「他是自殺的。」伊娃反駁。

「那是妳說的，跟我來。」

「他自己走到電車前！」伊娃大叫，這一次，她說的是義大利語。她掃視圍觀群眾，裡面一定也有目擊證人。群眾擠成一團，瞪大雙眼，緊閉嘴巴不發一語。

「根本沒有人靠近他！他自己走過去的，一定也有人跟我一樣看到了！」伊娃不死心。

有個女人點頭了，接著另一個人鼓起勇氣附和，沒多久，好幾個人都加入聲援伊娃的行列。那名軍官要不聽不懂，要不就是不在乎，他一把抓著伊娃的手臂，將她拖向臨時停在馬路中間的吉普車。他先朝兩名軍官怒吼，接著又喝令另外幾個，然後把伊娃塞入軍車後座，在眾目睽睽之下揚長而去，包括她在內，在場沒有人拿他們有辦法。

德警開車繞過塔索街上成排的建築物，轉進他們的總部。選這裡設總部甚是奇怪，這只是一條普通的馬路，路旁是公寓大樓和學校，路的一端是頹圮的拱門，另一端是聖階（注）。一棟最大的建築物頂端掛了一條大紅布，上面是一幅巨型旗幟，印上大大的納粹卍字黨徽，對比暗黃色的建築外觀，顯得格外突兀肅穆。

裡頭正在施工，由一群佩戴機關槍的士兵看守。德軍佔據羅馬快要六個星期，看樣子，他們計畫要長長久久待下去。牆被拆掉，重新規劃出幾間辦公室，其中一個通道都是黑暗的牢房，房裡沒有馬桶或床鋪，許多間都已經有人了。伊娃被鎖進其中一間比衣櫃大不了多少的房間，裡頭烏漆抹黑，她的眼睛花了好一陣子才適應過來。她不時可以聽見哭聲和吼聲。她摀住耳朵隔絕外界聲音，專心思考如果有辯解的機會，該如何脫身才好。她不斷回想起那名憂鬱德國人死前的最後一刻。

她第一眼見到他就討厭他，當他拿槍指著她的頭時更是恨他入骨。直到看到他的淚水，她感覺到他的絕望。她現在不恨了，她做不到。她太了解他的心情。

「原諒我。」他說。

她眞心眞意地原諒他，同時也對舅舅釋懷了。三年來，她拒絕想起他，如今，在一片黑暗之中，她能感覺到他就在身邊。

她被關在牢裡過了好幾個小時，沒辦法知道時間，而且急需上廁所。她口乾舌燥，就連吞口水都會痛。

一名士兵終於帶她出去，給她一杯水，允許她上廁所——空間同樣昏暗狹小，空空如也的水泥地上只有一個滿溢著大小便的桶子。接著，她被帶往二樓辦公室，跟一樓相比，這裡簡直是另一個世界。

一間偌大的辦公室裡，一個中等身高，身材精實，身穿制服的男人正站在一張紅木大桌旁等著她，彷彿坐下會有失他的身分。制服筆挺，態度自信，眼神銳利，語氣更是嚴厲。

「我是馮伊森上尉。女士，妳叫什麼名字？」

「伊娃．畢安可。」她已經反覆練習台詞好幾個小時了。

「畢安可小姐，爲什麼到羅馬來？」

「我哥哥是梵蒂岡的神父，我來這裡依親，找工作。」

「妳哥哥的名字？」

「安傑羅．畢安可。他在羅馬教廷工作。」

注 聖階（Sanctuary of the Scala），一共二十八階，相傳耶穌基督在接受羅馬帝國總督審判之前，走上的就是這個階梯。

「在那不勒斯沒有工作？」

她搖頭。「沒有。」

「妳的德語很流利，但聽起來有奧地利口音。」

她點頭。

「在學校沒辦法學到一口流利的德語吧？」

「我在學校學的，但我的音樂老師是奧地利人。」

「是嗎？」

「是的。」

「哪一種樂器？」

「他教我拉小提琴，我跟了他很久。」

「妳的老師現在在哪？」

「他死了。」她說，正當她以爲他會繼續追問下去，而他似乎也有這個打算時，他卻話鋒一轉。

「一名德國士兵死了，他是盡忠職守的軍官。我實在不相信他會走到電車前。」

「但他就是。」伊娃輕聲說，語氣堅定。他直視她的眼睛，坐下來，十指交扣陷入沉思。

「妳沒推他？」

「沒有！」

「也沒看到有人推他。」

「沒有，沒人推他，他看起來很……煩躁。」

「妳怎麼知道？」

「他用槍指著我的頭，命令我拉小提琴給他聽。」伊娃簡單地說。

馮伊森上尉的金色濃眉一挑，傾身向前。

「妳拉了嗎？」

「是的。」

「拉來聽聽。」他指著門，她的琴盒就靠在門口左牆前方。她被帶來此地時，小提琴連同證件都被收走，爲何他還要明知故問。

她強振精神，取回琴盒。一天之內，她第二次被迫演奏，就像驚奇盒裡的小丑，轉緊發條隨時準備跳出來表演。

「妳會拉華格納的曲子嗎？」上尉好奇地問。

伊娃全身一僵，腦中響起菲力士的聲音。不要華格納，他不在乎猶太人，我也不在乎他的曲子。

「沒好到可以演奏。」

「嗯，可惜了，不過還有很多優秀的德國作曲家，像是莫札特、蕭邦……」

「莫札特是奧地利人，蕭邦也是。」伊娃糾正他，得意自己居然還可以語帶挑釁，天知道她要到何時才可以不再害怕，說不定是坐在黑暗中決定自我了斷的時候吧。

「妳一定知道奧地利已經不存在了，奧地利和德國現在是一體的。」他說明。

伊娃只是點點頭，沉默是金。

「拉蕭邦的曲子。」他命令。

伊娃順從地拿起小提琴，將上尉拋在腦後，搜尋回憶中她為菲力士舅舅演奏的變奏曲，在蕭邦的原曲中加入羅賽利，還有一點點阿德勒，再添加怒氣。

「Genug。」上尉簡短地說，意思是可以了。她的演奏似乎沒有令他滿意，伊娃立刻中止。

「有人證實妳的說法，妳沒有做錯事，可以走了。」他再次起身，彷彿從頭到尾不過是做做樣子，把她關在三坪大的房間裡只是一時疏忽。她傻眼地瞪著他，感覺自己好像被耍了。

「妳會打字嗎？」他突如其來地問。

伊娃茫然地看著他，試著將腦袋從蕭邦切換到獲得自由，再切換到這個新問題。

「會。」她的回答帶著問號，滿腹疑惑。

「我需要一名會德語的祕書。」

伊娃驚呆了，坐著不動。

「你要我在這裡工作？」

「是的，妳會得到一筆優渥的報酬。工作內容就是跑跑腿、歸檔打字、送送咖啡，不難。不會有人拿槍指著妳的頭，或是逼妳拉小提琴。」他沒笑，儘管伊娃認為他有意幽默一下。「妳說妳需要一份工作。」

「是，是的，我需要。」她的腦袋轉著各種可能性和恐懼。

「那就這麼說定了。一星期工作六天，星期天休息。星期一早上八點報到。妳哥——

神父到了，他在等妳。告訴他這裡沒人錯待妳。」這可不是建議。

伊娃再次目瞪口呆。安傑羅來了？

「現在是宵禁時間，我們會派車送你們兩個回家，妳星期一記得回報。」他等她放好小提琴後，將假證件還給她。到目前爲止，證件救了她兩次，她得告訴安傑羅才行。

一名士兵護送她到接待處，兩名德軍帶著衝鋒槍守在門口兩側，另外兩名守在大桌子後方。安傑羅低垂著頭坐在金屬椅上。他取下帽子，雙手緊握十字架，大概是一整天下來失望太多次，當她走下樓梯時，他漫不經心地抬起頭。

他彈跳起身，緊盯著她的臉龐，仔細端詳她的表情是否有受到任何脅迫。她想一笑置之，但牽扯嘴角的努力讓她有一股想哭的衝動。她咬緊牙關，跟著帶路的士兵走。

「外頭有輛車會送兩位回家，」年輕士兵對安傑羅說。「請跟我來。」說完，他自顧自地往外走，認定他們兩人會跟上。安傑羅緊抓著伊娃的手臂，力道大到她都快瘀青了。他想怎麼抓都可以，但她不禁覺得諷刺，她從德軍總部出來，身上唯一的瘀青卻是安傑羅造成的。

武裝士兵打開福斯汽車車門讓兩人上車，等到兩人都坐入後座後，他俯身，灰色龜殼紋鋼盔朝著他們。

「地址？」

安傑羅給了一個地址，伊娃猜想應該就是他和魯西安諾蒙席姊弟一起住的公寓。士兵挺直背脊，雙腳併攏，有力地關上車門。他指示了司機一番，沒多久車子便駛離路邊。

街道悄無聲息，羅馬人乖乖躲在家裡，等待朝陽升起，重新開始新的一天。她和安傑羅沒有交談，德國人司機從後照鏡好奇地瞄了他們一眼，先是打量了下伊娃，接著又瞧瞧安傑羅，最後才收回視線。安傑羅一上車就放開她的手臂，再也沒碰她。

「今天有個女人被吊死在街燈上，是個反叛份子。」司機用德語隨口聊起，安傑羅和伊娃都沒有回應。「她要求要有葬禮，神父，您知道這件事嗎？」他追問。

安傑羅點頭，雙手握拳。

「您說您妹妹被帶進去時，神父，大家都在傳那個塔索街的反叛份子就是她。總部裡的女人不多。至少現在是這樣。幸好我猜錯了。」他吹起口哨，彷彿這是件好事。

馬路空無一人，十五分鐘就抵達目的地。伊娃和安傑羅下了車，踏上黑夜裡的人行道，面前是一棟伊娃沒看過的大樓。他們目送著黑色福斯車駛離。

一九四三年十一月十日

告解：我就是不習慣祈禱。

我還小的時候，從沒把禱告這件事放在心上，既然對父親來說不重要，對我來說也是一樣。但從某一天開始變得重要了。我開始傾聽，我開始祈禱。

猶太人的禱詞是代代相傳，對我來說，這些禱詞唸起來就像童謠，我感覺到我父母的存在，還有父母的父母，還有父母的父母的父母。大家都在爲我吟唱，他們沒有死，只是走遠了。我們分開了，但總有相聚的一天。因此我會繼續祈禱，永遠不會停止，因爲如此，我永遠都會是猶太人。

安傑羅的祈禱跟我不同，他用另一個名稱呼喚神。但我相信，神不分我的或安傑羅的，祂就是神，如果祂只庇佑部分子民，那祂就不是神了……不是嗎？這跟祂的子民有沒有使用統一稱呼沒有關係。我對父親叫爹地，安傑羅則是對他父親叫爸爸，名稱重要嗎？只要夠虔誠，只要對神的愛可以讓我們心中充滿愛與寬容，成爲一個更好的人，用什麼方式祈禱重要嗎？

應該是吧，而悲哀的是，這是事實。因爲我的禱告很有可能會讓我喪命。

伊娃．羅賽利

13 聖心堂

「跟我來。」安傑羅輕聲說，轉身就走，沒牽她的手，也沒抓她的手臂，彷彿大樓長了眼睛一樣。他走得很快，拐杖喀喀喀敲打著鵝卵石地面，繞進一條狹小的巷道。他沿著大樓後方的陰暗處行走，最後來到一棟被高牆包圍的大教堂後門。伊娃這才發現他們走另一條路來到聖心堂。

安傑羅在筆挺的白領底下一陣摸索，掏出脖上掛著的一串鑰匙，選了其中一支開了門鎖。鎖鏈想必經常上油，門悄無聲息地開了。他輕輕關上門，帶伊娃沿著一條小徑來到教堂後門，用另一支鑰匙開門，悄悄走進去。

焚香和蠟油味撲鼻而來，一陣濃郁的香氣之中，有古老石頭和潮濕角落的味道。晚禱已經結束，留下壁燈獨自散發微弱柔和的光芒。安傑羅在十字架前屈膝下跪，接著坐到長椅上，示意伊娃也一起坐下。

「我們來這裡做什麼？」她知道安傑羅不會帶她回修女院，因爲他已經給士兵一個陌生的地址，但她以爲他會帶她去他家。

「我不知道還能帶妳去哪裡，沒有一個地方可以讓我暢所欲言。」

「你不相信魯西安諾蒙席和他姊姊？」

「我相信他們，我只是不想拖累他們。每次我一轉身，就會有新威脅。」他十指交扣，擱在前方椅背上。「伊娃，今天發生了什麼事？」

「我看到一個男人死了，一個德國士兵。他是自殺的，就像菲力士舅舅一樣。當時我在等車，他拿槍指著我的頭——」

「我的天啊！」他低呼，頭抵著前臂。

「他拿槍指著我的頭，安傑羅。」她重述。「他要我拉小提琴，我照做了。」整起事件怪異地宛如一齣希臘悲劇，由一群陌生演員在臨時舞台上演出。

「我拉完之後，他要我原諒他後就走掉了。」

「他是怎麼死的？」安傑羅問。

「他跑去給電車撞，他知道自己在做什麼。」伊娃用手摀著眼，她要如何才能忘記那一幕、那個聲音。「大家都在尖叫，我就坐在原地，然後莫名其妙就被人帶走。我告訴士兵事發經過，但沒人相信我。」

「他們相信妳，否則妳就不會活到現在。妳會像今天那個女孩一樣，被他們吊死在街燈上。」安傑羅神色凝重地望著她，一雙藍眸閃爍著陰鬱的暗影。

「她是誰？」

「反抗組織的一員，年紀比妳還小，在大街上被殺了。」他別開眼，雙手抹著臉。伊娃發現她不是今天唯一受到驚嚇的人。

「安傑羅，你怎麼知道我在那裡？」她問，眼睛望著角落的藍袍處女，她包容地看著他們兩人。

「一名聖則濟利亞的修女也在配給品排隊行列中，她看到妳被抓走，來梵蒂岡找到我。」他抓著頭，聲音顫抖。「我這一輩子從沒這麼害怕過，伊娃。」他低聲說。

「我有。」她輕聲回應。「好幾次。」他抬眼直視她，就這樣盯著她不放，仔細端詳她。她迎視他的目光。

「我有工作了，安傑羅。」

「什麼？」他驚呼，兩人間的魔咒被打破了。

「審問我的那名上尉叫馮伊森，他需要一名會說德語的祕書。」伊娃指著自己。「我會。」

「我的天啊，伊娃。」安傑羅再次搖頭。「不可以。」

「我非做不可，我有什麼理由拒絕？修女院需要錢。」

「不可以！妳躲起來，妳沒去，他會再找其他人。他不知道妳住在哪，他沒辦法找到妳。」

「但他會找到你，安傑羅，他知道你工作的地方，他知道你是誰。」

「我不會有事。」他厲聲說。

「不，你會。我要接下這份工作，這樣我就能幫得上忙。假如還有搜捕行動，我可以事先知道——」

「伊娃！」安傑羅抓著她的肩膀猛力地搖晃，她的牙齒因此格格打顫。「妳瘋了。」

「我沒有！這是戰爭！我要盡一份心力。我不要坐視不管，看著別人死掉。只要有我能出力的地方，我就要去。」

「妳該做的事就是好好活著。」他大叫，沒有鬆開她的肩膀。他的臉近在咫尺，怒氣騰騰，但隱藏在怒氣背後的，是她再熟悉不過的絕望。當初父親說要去奧地利找外公時，她也是一樣的心情。事到如今，她總算能理解父親了。他必須行動，行動才有活著的感覺，即便最終迎來的是死亡。

「安傑羅，我不能只是好好活著。我要的人生不是躲藏，也不是等待，不是期盼一切都會結束。你不能叫我不要戰鬥，安傑羅，就像我不會插手你的事一樣，你不能要我連試都不去試。」

「伊娃——」

「如果不能戰鬥，我寧願像菲力士舅舅一樣飲彈自盡，或是像那名德國士兵一樣跑去被電車撞。我跟絕望的距離只剩這麼一點點，安傑羅。」她用手比出一吋距離。「你還不懂嗎？我只能反抗了。」

他垂首凝視她的臉龐，想要安慰她，想要安慰自己，他得救她，同時也得救自己。「反抗。」他重複著這句話，彷彿這句話是出自他口中。他用額頭抵著她的額頭，閉上眼，強迫自己退開。「反抗。」他說。「我明白，我完全明白。」

他無力反對下去，放開伊娃的肩膀，從長椅上站起身。

「我不希望妳走夜路，現在是宵禁時間，而且距離也太遠，妳今晚就留在這裡好嗎？」他疲憊地問，凝視她良久，直至她點頭同意後才走開。但他並沒有離開教堂，而是走向祭壇，點燃蠟燭，拄著拐杖面對十字架雙膝下跪，把臉埋進手中，禱告了好久。

他不知道伊娃有沒有在看，或者已經留下他一個人，回到她之前住過一次的小地下室。

他只知道，他已卸下武裝，再也抵抗不了她。

將臉埋在手中是他一貫的祈禱方式，一直以來他都是被如此教導；看不到就不會分心，像這樣把臉包起來，就像把自己包起來一樣，隔絕一切外界干擾，只聽得到自己說的話。不久後，他崩潰了，就像在自己的授聖職禮上一樣伏倒在地，伸長雙手朝向掛在祭壇上方的十字架。

他只是個男人，一個心存恐懼、殘廢的年輕男人。爲了伊娃，爲了所有他努力想拯救的人，他可以付出自己的生命。這是有意義的吧！一定有！他打破誓言，擁抱了伊娃，而且是心甘情願，明知故犯。他吻了她，是的，他很脆弱，是的，他很害怕，是的，這是情有可原，可以被理解的。但每一個被打破的誓言背後都要付出代價，他害怕那個代價就是一條無辜的生命。不是他的命，而是某個依靠他的人。

「請別讓我的軟弱成爲祢離開我的理由，請別讓我對伊娃的愛危害到她，或收回祢賜予她的恩惠。」他無聲地禱告。

這是他心底最深沉的恐懼。萬一他的罪過導致主不再施予恩典呢？他不能冒險，太多人仰賴他。

在接受聖職前，他去拜訪了魯西安諾蒙席。蒙席唸了一段聖經裡大衛王和拔示巴的故事，他對拔示巴（Bathsheba）這個名字印象特別深刻，因爲伊娃也叫這個名字——芭希娃（Batsheva）。當時，他很驚訝爲何大衛王看到沐浴中的拔示巴時不移開目光，爲何不避開她的美麗。在知道她是有夫之婦後，爲何還不離開；在知道她的丈夫是忠心耿耿爲國爲民的烏利亞後，爲何還不停止；在她的懷孕引來軒然大波之後，爲何還執迷不悟；在把烏利亞逼上絕路後，爲何還不懸崖勒馬。他一錯再錯，讓兩人的處境雪上加霜。

安傑羅也走上同樣的路嗎？因爲接近伊娃而罪孽深重？在他應該視而不見時反而沉迷於她的美麗？問題是，他不知道如何遠離伊娃，這也不是一個選項。她不是某人的妻子、另一個男人的責任，她是他的責任。他已在主前立下誓言，但他也給過卡米洛承諾。伊娃是他的，從兩人相見的那一刻起，她就是他的人。

主啊，求祢爲我創造一顆純粹的心，使我內心正直堅定。
不要背離我，不要收回祢的聖靈。
求祢使我仍得救贖之樂，許我樂意之靈扶持我。
我必以祢的道指引有過之人，罪人必歸順祢。

他深有同感地引述大衛的禱詞，終於結束後，他站起身，目光流連在點燃的蠟燭和上方的十字架，這是唯一能把他從絕望迷途中拉回的兩樣東西。

現在多了好幾根蠟燭，伊娃坐在附近垂首祈禱。他沒有打斷她，而是在一旁端詳她禱告的模樣。她朝自己點燃的蠟燭張開雙手，當她抬頭發現他的目光時，她縮回手指，凝視自己的掌心。

「妳在做什麼？」他輕聲問。

「今天是安息日。」

他點頭，她在十字架前唸禱詞，如果她本人無所謂，那他也沒什麼好在意。她唸唸有詞，目光集中在縮回的手指上。

「用我們的手，我們去追求不該擁有的東西，去緊抓不屬於我們的東西，我是這樣地渴求你。」她抬眼筆直望著他。*我們渴求我們不該擁有的東西，緊抓著不屬於我們的東西。*我是這樣地渴求你。安傑羅心跳加速，但他沒有別開眼。

她看向自己的手，一根指頭畫著另一隻手的掌心，彷彿在模仿授聖職禮時主教在安傑羅手上塗油一樣。

「我們用十指碰觸周圍的污穢，指甲滿是污泥，掌紋變得骯髒，然而當我們高舉雙手祈禱或懇求時，我們演示了遭到世界玷污的雙手，依然可以接觸聖靈。因此，在安息日這天，我們朝蠟燭張開雙手，然後縮回手指，讓火光映照在指甲上。如此一來，即使是我們身上最骯髒的部分，也可以映出神之光。至少，我是這樣理解的。」她淒然一笑，手垂落到大腿上，目光仍緊鎖著燭光。

安傑羅依樣畫葫蘆，伸出手，掌心朝上，縮起手指，凝視映照在指間上的光。雖然他夠格，但他這雙手永遠都不會是學者的手，這雙粗糙的大手看上去是雙農夫的手，而不是屬於一位神父。這一刻，他突然領悟到，這是父親的手。腦中浮現出某段回憶。爸爸錯了，他該做的不是神父，而是鐵匠。這雙手就是證據。

「淨化的火。」他輕聲說，凝視污穢的掌心，十字架前方的地板也該好好擦一擦了。伊娃點點頭。「當我們早上洗手祈禱時，我們用右手倒水到左手，象徵仁慈大於權力。洗手時，我們也會記得安息日結束，以及淨化的火焰或力量。」

他移動雙手，指尖不再朝著蠟燭，而是指向她。

「我也在渴求妳，伊娃。」他坦承。「我一直想要抓住不屬於我的東西。」他放下手，試圖站起來，拖著一隻原本就顯得笨拙的殘肢，再加上精疲力盡，起身對他而言更難了。

伊娃跟著站起來。

「我始終屬於你，安傑羅。」她說，一字一句都是他祈禱時迴響在腦海中的。她屬於他。「但你從不屬於我。」

這是眞的，她一向排在第二。可是現在呢，與其說排第二，倒不如說他快精神分裂了，神父和男人兩個身分在互相爭執。他想起聖經裡描述侍奉兩個主人的段落。（注）

「安傑羅？」

「什麼？」

「人生好難。」伊娃輕聲說，聲音小到勉強才能聽到。然後她無聲笑了，毫無笑意，難以置信地笑了。「光是一句人生好難也未免太輕描淡寫。我們遇到的麻煩不是一句好難就可以簡單帶過。人生充滿絕望，苦不堪言、荒謬離譜、醜陋險惡。」她打住，他等著。當她再度開口時，聲音不再細若蚊蚋，輕柔之中帶著堅定的信念。

「但有些事沒有那麼難，安傑羅。愛我沒有那麼難，跟我在一起沒有那麼難。你不用渴求我，努力不去想我，不用因爲愛上我而日復一日求主寬恕，唸上十幾二十遍的《玫瑰經》。不用那麼難，這可以是世界上最簡單的事。這可以是我們人生中唯一一件

注　出自《馬太福音》，一個人不能服侍兩個主人；他若不是恨這個愛那個，就是忠於這個輕視那個。你們不能服侍神，又服侍金錢。

不困難的事。你不做神父沒人會死，沒人會失去靈魂，這世上沒有一個人會因此受苦。你可以屬於我，我也可以屬於你，事情可以很簡單。」

宛如七小時前聖心堂本堂老神父在晨禱中的讚誦聲，她的話震懾了他的腦袋和心靈。他搖搖頭，完全不相信，不可能那麼簡單的。

「那主呢？」他問。

「主會寬恕。」

「我的誓言呢？」

「主會寬恕。」

「妳就這麼清楚主的性格？」安傑羅溫和的語氣中帶點自嘲，但眉頭緊鎖，神情憂鬱。

「安傑羅，有兩件事我可以確定，其一，我愛你，我永遠愛你。我現在愛你，未來五十年也會愛你。我愛你。其二，沒人知道上帝的性格。不管是你、我、還是魯西安諾蒙席。我父親不知道，卡蘇托拉比不知道，就算是教宗庇護十二世也一樣，沒人知道。」

安傑羅牽動嘴角，放聲大笑。他無聲地笑了好幾分鐘，徹底發洩白天的壓力和痛苦，笑得幾近歇斯底里。伊娃淺淺地笑著，等待他恢復冷靜。他終於平復心情，嘆口氣，擦了擦淚水。

「那麼現在那些依靠我的人該怎麼辦？美麗的女先知。教廷、教區居民、我藏匿的猶太人、我們建立的救援網呢？要我就這樣脫掉長袍，跟妳一起遠走高飛嗎？」

「你繼續做你的事，我繼續做我的事，直到戰爭結束，一切告一段落為止。」

「也就是說，妳繼續假裝是天主教徒，而我假裝仍是神父？」

「不，我假裝我不是猶太人，而你就像以前一樣，在別人面前假裝不愛我。」伊娃勾起嘴角，慧黠一笑。

「啊，芭希娃。」他柔聲說，傾身吻了一下她的額頭，就連這麼一個簡單的動作他都不太敢做。「眞不知道妳是聰明還是狡詐。」

她凝視著他，若有所思。安傑羅疲憊不堪，無法再築起防備，無法再壓抑自己的感情，面對一股無法控制的力量，他深怕就此失去她。世界波濤洶湧，他難以力挽狂瀾。

「我不聰明也不狡詐，我只是沒有閒工夫去良心不安。我可以選擇坦誠以對，也可以選擇自欺欺人，我猜我們兩者都需要。晚安，安傑羅。」她轉身，走向半圓後殿左方的小門，前往地下室。

他只能目送她離去。

一九四三年十一月二十五日

告解：我是間諜。

不是所有葡萄農家都想自己釀酒，許多人會將葡萄賣給酒商，酒商生產紅酒，貼上自家標籤。我父親靠賣酒瓶給酒商致富——他們可以挑選自己中意的酒瓶。他有各種大小、形狀的模子，可以製造跟紅酒一樣獨一無二的酒瓶。這是一個很大的賣點，用奧斯特酒瓶裝的酒格外甘醇。「外型很重要。很多人不知道這點。但相信我，外型就是一切。」他說。

每天去上班，我覺得自己就像父親工廠裡的玻璃模子。來到塔索街工作已經兩個星期，我小心翼翼扮演完美的祕書，安靜有效率地完成份內的工作，這樣才能保持低調不引人注目。安傑羅擔心我就像奧斯特酒瓶一樣，因為美麗的外貌而被選中，目前看來，馮伊森上尉看中的只有我的德語能力。安傑羅每晚回家前都會先繞到修女院，確認我又活過一天。

羅馬人不把塔索大道稱之爲德軍總部，出於厭惡和恐懼，大家都說是「那個地方」。眾人竊竊私語：「某某和某某被帶到那個地方。」

我很少離開辦公桌，出了上尉辦公室，頂多就是去走廊上的茶水間和廁所。工作不外乎是跑腿、傳話、打不完的報告、煮咖啡和聽從上尉的吩咐。但我聽得到也感覺得到，這是一個可怕的地方。儘管辦公室和那惡夢般的監獄不在同一區，但我親眼見過，也親身體驗過，即使沒受到虐待，但我相信很多人已遭遇悲劇。因此我豎直耳朵，察言觀色。但願有天我所知道的事能派上用場。

伊娃．羅賽利

14 佛羅倫斯

安傑羅踏出抵達佛羅倫斯的火車，阿爾多穿著長袍扮成神父來找他，神情慌張。那件長袍是安傑羅以防萬一特地給他的。今天是一九四三年十一月二十七日，輪到佛羅倫斯的猶太人躲藏了。

他們搜索奧斯特公司，阿爾多家被洗劫一空，印刷機也毀了。他們在找他，不只是他，義大利和德國武裝親衛隊正鋪天蓋地掃蕩佛羅倫斯所有猶太人。

「卡蘇托拉比被抓了。」阿爾多說，眼神驚恐，兩人走出車站，在宛如人間煉獄的這座城市裡，不知該何去何從。「現場還有一名神父，和好幾名地下成員。我很擔心那個人是你，所以才來這裡。」

安傑羅來到佛羅倫斯就是爲了見卡蘇托拉比，送來卡米洛最後一筆錢。他在檢查哨耽擱了，錯過今早的班車，也許就是因爲這樣撿回一命。安傑羅摟住阿爾多的肩膀，讓他安心，但這個消息令他心情沉重。他透過猶太援救組織認識納桑．卡蘇托。菲力士死後，卡米洛介紹兩人認識，好讓這名年輕拉比在需要資金時知道如何聯絡安傑羅。

拉比是名眼神溫柔、身材高䠷、風度翩翩的英俊男子，他原本是名醫師，但種族法通過後，他無法執業。因緣際會之下，他拿到拉比二等學位，可以轉換人生跑道，卻在最糟的時期成爲拉比。他沒有屈服於壓力，或是像許多猶太領袖和教徒一樣消極觀望；

他不厭其煩地警告他的信眾，要大家躲起來或逃出去，但他自己卻留下來陪其他人。結果現在他被抓了。

街頭陷入混亂，德軍手拿擴音器，地毯式搜索每棟社區，喝令住戶——所有的住戶——都必須出來，且不准攜帶任何東西和武器——除了警察，攜帶槍械是違法的，而且三分鐘內必須出來。倘若被德軍發現有人躲在家中，當場槍斃。

羅馬搜捕事件重新上演，只是這一次不再偷偷摸摸，而是在光天化日之下，大張旗鼓地進行。

距離車站三條街的地方，一家人高舉雙手趴在牆上，一家之主的父親比手畫腳、語氣激動，試圖和士兵理論。一名士兵操起步槍槍托，直接朝他的頭狠敲下去。男人倒下，揮舞的雙手癱軟在地，再也沒有抬起。歇斯底里的家人被就地處決，男人已然倒臥在血泊之中。士兵朝他的頭又補了一槍，確保一家人能共赴黃泉。

安傑羅和阿爾多看到猶太孩子硬生生被拉離母親的懷抱送上卡車，哭泣的雙親則送上另一台。距離安傑羅拿到學位的神學院不遠處，角落裡一名青少年試圖逃離義大利親衛隊時，被人朝背後開了一槍。安傑羅不得不繞過他的屍體，護送阿爾多進入門內。賽巴斯提洛神父和好幾名修道士召集修生一起垂首禱告。德軍來了又走，沒人受傷或被抓，但安傑羅知道這些修生裡面藏了幾名猶太男孩。

「在這裡等我。」安傑羅指示阿爾多。「你得跟我回羅馬，但我得先確定我爺爺奶奶平安無事。我要你遠離街道。」

「我有證件的版型，每隔一段時間我就會毀掉，但有樣本和省印就可以重建版型，我也有一疊印好的文件，另外還有一百多份需要照片和名字。我把這些東西都放在行李箱，鎖在車站的置物櫃裡。如果你可以幫我在羅馬弄到一台印刷機，我就可以繼續工作。」

安傑羅不知道該如何辦到這些事，但就算是擺在修女院裡，他們也非得要找到一台。他親吻了下矮小男人的臉頰，承諾很快就會回來。他大步走過街頭，心跳異常急促，目光落在別墅。

親衛隊已經搶先他一步抵達了。

他到家時，好幾名士兵正在翻箱倒櫃、開衣櫃、敲牆壁、查看陰暗的角落，隊長、桑帝諾和法比雅一起站在院子裡，他的手上拿著資料板夾。有個人帶頭問話，從一身的黑制服來看，顯然是黑衫軍警官，但他的翻譯技巧實在有待加強。安傑羅的爺爺奶奶被帶出來問話，他們想知道卡米洛和伊娃·羅賽利的下落。他走向前，面對一把對準他的槍，仍客氣有禮地打招呼。

「你是安傑羅·畢安可嗎？」親衛隊員問。安傑羅頓時不寒而慄，他已經四年沒住在佛羅倫斯，他們居然知道他是誰，知道他跟這棟宅邸的關係。

「是的。」他用德語回答，就讓那個義大利黑衫軍去猜他們在說什麼吧。他看起來很眼熟，一個眼熟的的敵人通常不是什麼好事。

「可以告訴我芭希娃·羅賽利在哪嗎？」義大利人立刻跳出來。

「我們已經好幾個月沒看到她了。」

「我不相信，你是她的家人，她一定會說她去哪裡了。」黑衫軍警官說得斬釘截鐵，安傑羅相信這個人一定認識伊娃。

安傑羅倏地認出他。多年前這人追求過伊娃，伊娃說喜歡他，因爲他穿上制服的模樣帥氣，舞又跳得好看。雖然安傑羅從不承認，但他確實嫉妒。神父長袍跟男子氣概沾不上邊，跳起舞更是彆扭，他沒辦法配合伊娃的興趣這點曾經讓他耿耿於懷。

種族法通過後，黑衫軍警官也跟她繼續約會了幾次。如今，他上門來找人，詢問她的下落，協助德軍逮捕和遣送她。他想起他的名字——喬治。他叫喬治．迪盧卡。

「喬治，是你！我一時沒認出你來。」安傑羅刻意放軟態度，抓著他的手，熱情地拍拍他，彷彿兩人是多年老友。接著轉向親衛隊員，用德語暗示黑衫軍警官跟他們現在找的女人曾有過一段戀情。

「我還以爲喬治和伊娃會結婚呢。他們兩人以前老是膩在一起。」他誇大其辭，德軍則眉毛一挑。

「你不知道伊娃人在哪？」義大利人立刻回敬，惡狠狠地看著安傑羅，他不喜歡有人挑撥他和德軍之間的信賴。

「我們聽說她嫁到那不勒斯，定居在那裡。」安傑羅謊稱。「但你也知道，近來南北聯絡困難，我們很久沒有她的消息了。」

德軍不喜歡被排除在外，意有所指地清清喉嚨。安傑羅隨即翻譯。

「有意思，九月時，我明明在車站看到她和你在一起。神父，你們正要搭上往羅馬的火車。」

安傑羅沒有翻譯這一段，他只是搖頭聳肩，不管義大利人如何挑釁，他依舊一貫的態度，聳肩再聳肩。我不知道，別問我。

德國親衛隊警官似乎有點動搖。他的人手回到院子後，他揮手命令所有人回到卡車上，轉身對安傑羅說：

「藏匿猶太人是違法的，神父，希望你沒藏匿羅賽利小姐。這對你或你爺爺奶奶不會有好處，多考慮一下他們。」

安傑羅立刻點頭。「當然，你儘管放心，我只想做對的事。」他順從地微微躬身，轉身面向喬治。「喬治，很高興再見面，如果之後我們跟伊娃聯絡上了，我一定會告知你來過。」

喬治面紅耳赤，氣呼呼地回到吉普車上。德國警官兩腳一併，眉頭深鎖地跟在後頭。安傑羅、桑帝諾和法比雅渾身顫抖，默默目送兩人離開院子，走出柵欄大門。

房子經過徹底搜索，貴重物品以「支持帝國」為名被搬走了，幸好祖父母毫髮無傷，房子也沒被徵收。倘若伊娃還留在佛羅倫斯，她現在已經被抓走了。他們是為了她而找上門。

「爺爺，你得離開佛羅倫斯了。」安傑羅對祖父說。「去找叔公。」他有預感，蓋世太保會再回來的。

§

「畢安可小姐，妳住在哪？」馮伊森上尉某天早上突如其來地問，當時伊娃正送上咖啡和一疊打好的報告。

她大吃一驚。到職前，員工資料上就已經寫上她的地址，他只消看一下資料就可以知道。她猜想他已經知道答案。

「我住在聖則濟利亞聖殿修女院的客房。」她據實以告，沒理由撒一個容易被戳破的謊，再說，住在修女院合情合理，畢竟是透過她的神父哥哥安排的。但她不想太過招搖，她可不是唯一一個住在那裡的人，或者說，躲在那裡。

上尉臉上閃過一抹異樣的神情，敢情沒料到她會這麼老實。

「我以爲妳跟妳哥一起住。」

「沒有，他是教廷魯西安諾蒙席的助手，魯西安諾蒙席和姊姊是本地人，從小到大住在家裡。照理說，安傑羅應該跟其他助手，以及梵蒂岡的神父一起住在天主教學院裡，但魯西安諾蒙席近年來健康有些狀況，安傑羅希望能就近照顧他。」她流暢地回答，但仍不安地感到胃痛。

「我明白了。」上尉笑著點頭。「教堂在哪裡？我對這座城市不是很熟。」

「在特拉斯提弗列區，台伯河西側。你聽過特拉斯提弗列嗎？」她打開話匣子，對老闆毫不隱瞞。

「喔，特拉斯提弗列呀。」他說，聽口氣彷彿一切都說得通了。「那不是一個猶太社區嗎？」

伊娃茫然地望著他，聽出他的弦外之音。「我沒見到猶太人，就算有我也不知道。修女院裡住的都是天主教徒。」她簡單地說，這回答有點愚蠢。上尉大笑著拍拍她的手。

「妳每天通勤的路有點遠，天黑得越來越早，我得記得讓妳早點下班，免得妳宵禁前回不了家。」

昨天安傑羅也說過一模一樣的話，擔心她沒辦法在天黑前回家。

「你人眞好，我正擔心會被拘留。」

「那就這樣辦吧，妳今天四點半就可以下班了。」她轉身要走，被他叫住。

「還有，伊娃？」這是他第一次直呼她的名字，而不是畢安可小姐。他的熟稔令她全身一僵，但不忘帶著微笑轉身。

「如果妳看到猶太人，或聽到有猶太人在妳住處附近出現……告訴我。」這不是要求。「當然，我們會獎賞妳。」

伊娃點點頭，膽汁湧上喉間。她迅速放下他的咖啡。昨天才偷聽到士兵們在談論一名羅馬猶太女孩，她舉報了數十名自己的猶太好友。她最喜歡挑熱門時間到超市去繞一繞，或路過領取補給品的排隊行列，向朋友們和鄰居揮手打招呼，洩露他們的身分，接著尾隨在她身後的親衛隊就會一擁而上，逮捕那些被自己人出賣的可憐傢伙。她的大力協助同時爲自己贏得金錢和自由。

伊娃納悶那個女孩子可曾想過，倘若只剩下她最後一個猶太人，她對蓋世太保再也沒有利用價值時，她會有何下場？伊娃暗自發誓，如果被她找出那個女孩子，她非殺了她不可。當她告訴安傑羅這件事時，他厭惡地搖頭，但告誡她要原諒，就像好神父會做的那樣。

「恨意只會傷害妳。」他說。

「我也可以傷害她，我非常非常想傷害她。」

安傑羅哈哈大笑，彷彿兩人又回到小時候，他搓揉著她的頭髮。

「要是有人在大街上舉報我，我就那樣死了，到時你會怎樣，安傑羅？你也可以說原諒就原諒嗎？」她說出心中疑惑。

他憂傷地望著她，笑容淡去。

「還記得我要妳別再跟奶奶一起來神學院看我嗎？」

「當然，你說我不是你妹妹，也不是你親戚，而且你太過愛慕我了。你講得很不客氣。」她嘲諷地說，他當時眞的傷她很深。

「我是想保護妳，伊娃。」

「這跟原諒有什麼關係？」

「我要妳別來，是因爲有些男生在注意妳，他們問東問西，想要認識妳。他們以爲妳是我表妹，不懂我的保護欲爲什麼這麼強。」

伊娃輕聲笑了，但安傑羅笑不出來。

「我揍了其中一個人。他的嘴唇裂了，眼睛腫起來。因爲他說，如果他有像妳一樣的表妹，他會好好跟妳獨處一番，越久越好。」

伊娃眉頭微揚。

「賽巴斯提洛神父以爲他們是在嘲笑我的腿。我將錯就錯，但我認知到一件事，我不只是把妳當成妹妹看待。那一刻，我知道我必須保護妳……遠離我。我可以原諒傷害妳的人，重點是，如果保護不了妳，我一輩子都不會原諒我自己。」

毫無疑問，安傑羅的確保護欲過強，伊娃整天都在煩惱該怎麼告訴他上尉已經在詢問她的地址，以及她是否在當地看到或聽到猶太人。安傑羅光是爲了他們兩人的關係就憂心忡忡。因爲神父的身分，安傑羅立刻遭到懷疑；因爲她是安傑羅的妹妹，所以她也被懷疑。

羅馬的德軍親衛隊隊長卡普勒中校盯上歐弗拉帝蒙席，懷疑他就是羅馬地下組織的首腦。很遺憾，他是對的。卡普勒中校在每條街設下檢查哨，嚴格盤查梵蒂岡的通行證。歐弗拉帝蒙席的幫手之一，一名義大利神父以謀逆之罪，被遭到刑求並且處決。

歐弗拉帝蒙席被迫跟組織成員只能在梵蒂岡城牆內見面，以免他們成爲中校的目標。大家都取了代號，歐弗拉帝蒙席的步兵處於高度戒備。他自己的代號叫「奧莫利」，出自著名的愛爾蘭海盜。

伊娃已經見過魯西安諾蒙席和歐弗拉帝蒙席，一次是在她剛抵達羅馬時，一次是在德軍逼迫猶太人交出黃金時。傳聞歐弗拉帝蒙席經常出入時尙派對和宴會，是個挺有女人緣的男人。他打趣說，人多才安全，再說，想要打探消息就得跟消息靈通的人多來往。他笑容可掬，跟她聊了很長一段時間，雖然聽不太懂他那愛爾蘭口音的義大利語，但她立刻喜歡上他。魯西安諾蒙席可就沒那麼親切了，她總感覺他不太喜歡她。第一次引見時，他就像許多神父一樣張開雙臂，但從不碰她。

伊娃很早就發現許多天主教神父都是這樣，擁抱都是點到爲止。她感到悵然若失。也許是猶太人情感外放，比較喜歡身體接觸，也或者，只有卡米洛和她的家人如此。父親每天見到她，一定會親吻她的雙頰，沒有一天例外，直到他離開的那天。那一天，他搭上火車，揮手要她放心，然後一去不回。

她知道卡米洛不會回來了，這個事實就像一顆惱人的沙粒藏在她的內心深處。她每天都在祈禱，希望他沒有受苦。這是另一顆沙粒，每當她允許自己想起他時，便折磨著她。如果他不在世上了，她會學著接受，也正在學著接受。但她無法容忍父親受苦。她摯愛的人就是她的要害，這樣看來，她所愛的人只剩寥寥無幾也是好事，至少她可以無所顧忌地去當間諜。

十二月中旬，伊娃被交代要清空垃圾桶，並找到一箱已經送達、但沒人知道在哪的辦公室用品。為此，伊娃蹣跚地跨進一間荒廢的儲藏間，裡頭沒放清潔工具、紙張、信封或打字機色帶。

房間甚至沒上鎖。

在一排空櫃後的小角落裡放著一個桶子，裡頭堆滿了金子。那些都是羅馬猶太居民收集來的金子，就連桶子都一樣。伊娃難以置信地撈起那些首飾、別針和金鍊。當中還有金牙、罕見的金幣和婚戒。她拿起一枚精緻的戒指，發現這是茱莉亞的戒指。茱莉亞為了不讓羅馬的猶太人遭到屠殺，犧牲了自己的戒指。到頭來，大家還是被抓走，有人化為灰燼，而茱莉亞的戒指躺在塔索街的儲藏間裡蒙灰——被當初勒索的人棄如敝屣。

伊娃的眼淚瞬間潸然落下，沿著臉頰滴落在桶子裡。大家都被抓走了，這些是他們唯一留下來的東西。他們被耍了，這是一場惡毒的勒索鬧劇，他們根本不需要黃金，甚至根本沒運回德國。這些金子就跟猶太人一樣微不足道。她難以忍受。

她怒氣沖沖地套上茱莉亞的戒指，決心要物歸原主。接著，她伸手探入桶中翻找家人的東西，任何東西都好。奧古斯托捐出了一只金錶、數個領帶夾和一只金戒指。碧昂卡更是有過之而無不及。她攤開雙手，盯著這些寶物，滿腔憤恨，淚流滿面，淚水朦朧之中看不清手中的物品是哪一件。

她放開寶物，倒退一步，眼前的畫面令她作嘔，而她不知所措。可能得花上一整天才能找到碧昂卡的首飾，而她人已經不在了。可是又不能把金飾留在這裡，這些東西不屬於德國人。她憤恨難平，只想拿回被偷走的東西，不假思索就把東西往窄裙的口袋裡塞。

抓了兩把之後，她倏地醒悟這是行不通的。她清空口袋，把小垃圾桶裡的垃圾倒出來，抓了四把金飾放進桶底，再用垃圾蓋住。她撈到一把鍍金指甲銼刀，愣了一下，當下就往鞋裡塞，讓銼刀卡在腳左側邊。雖然是沒多大用處的防身武器，但心裡立刻感到踏實許多。她擦乾眼淚，理理衣服並撫平頭髮，接著打開門、關上燈，挺直背脊，昂首闊步地走上樓梯，回到三樓的辦公室，一手隨意地晃著垃圾桶。

求助的人絡繹不絕，父親留下來幫助難民的錢老早就花光了，安傑羅又拿不到美國帳戶裡的錢。如果安傑羅和歐弗拉帝蒙席需要錢幫助難民，她可以隨時再來儲藏間。這些金子足以撐上好長一段時間，耶誕節快樂，光明節(注)快樂。

注 猶太人相信神但不信耶穌（Jesus），所以不過耶誕節，因為那是慶祝耶穌誕生。他們過的這個節因為和光亮有關，稱之為「光明節」。

一九四三年十二月十五日

告解：我是個執迷不悟的小偷。

我在塔索街找到猶太人被勒索的金子，拿了一些藏在帽子裡，並把帽子別在頭上搭公車回家。除了拿下帽子時金鍊會叮噹作響外，過程一切順利。我把金子拿給安傑羅看，他沒像我一樣哭泣，而是大吼大叫。他大罵說沒見過像我一樣蠢的女人。我吼回去，說我會一直拿一直拿，因爲這些金子不屬於德國小偷。他咒罵一聲，用義肢狠狠踢了一腳牆壁，接著緊抱住我，緊到我差點不能呼吸。我的臉頰感受到他急促的心跳。我不想讓他擔心，但我並不後悔拿了金子。我會繼續拿，拿到一件不剩爲止。反正他們無關痛癢，他們偷走的是我們需要的。他們甚至忘了金子的存在。

我把婚戒還給茱莉亞時，她哭了。我把金子的所在告訴她和馬立歐時，他們和我一樣憤慨不平，而且他們不氣我偷拿，相反地，他們開始籌劃如何從德軍總部搬走整桶金子。馬立歐主張可以拿金子到黑市交易，不管是牛奶、鞋子，甚至是前往瑞士的安全通道。他堅持要安傑羅收下金子。他有太多人要照顧、要擔心，但我認爲他收下的最主要原因是，這樣我才不會自己跑去交易。

馬立歐想必是察覺到他的猶豫，他告訴他這些金子可以拯救數以百計的生命。

安傑羅點頭同意，只是他也說，他更擔心我有生命危險，風險太大。

我提醒他，現在最重要的不是我。他沒有反駁，但從他注視我的表情，我知道我才是他的第一優先。不知道從什麼時候開始，我成了他的第一優先。

從桶子裡找到的金銼刀依然塞在我的鞋子內側。銼刀儘管銳利，但拿來當武器確實太牽強。然而，它提醒我發生過的事，給予我勇氣。

伊娃・羅賽利

15 耶誕節

耶誕夜前一天早上，安傑羅第一件事就是跑到辦公室，把歐弗拉帝蒙席拉到角落，要他隨他到梵蒂岡後方的卸貨碼頭。這裡是廚房和服務入口所在。

「我有個驚喜，蒙席，我們的祈禱應驗了。」

「哪一件？安傑羅，我最近祈求了不少事。」

「食物、衣物、日用品還有禮物。」

「禮物？」

「你不是說過，耶誕節到了，我們的小小朝聖者需要一點激勵？」

「你施了什麼魔法？」歐弗拉帝蒙席眼裡燃起一線希望。

「我什麼也沒做，是我們其中一名難民找到一桶金子。」安傑羅裝出彆扭的愛爾蘭口音。

「什麼意思？」歐弗拉帝蒙席驚呼。

「你見過伊娃，就是她在蓋世太保的總部工作。」

「喔，對，伊娃。」歐弗拉帝蒙席瞄了安傑羅一眼。「魯西安諾蒙席也有提到她。」

安傑羅不曉得魯西安諾蒙席說了什麼。

「她找到卡普勒向猶太人勒索的金子，整整五十公斤。就放在塔索街儲藏間的角落裡，彷彿沒人知道要怎麼處理它。」

蒙席比劃十字，呼了口氣。「主啊，太荒謬了。」

「她找到她嬸嬸姊姊的戒指，她就在我們藏匿起來的人裡面。伊娃拿了好幾把金子，隔天又回去拿了一次。」

蒙席目瞪口呆地看著他。安傑羅不禁在想，他從伊娃口中得知的當下是否也是這副表情。她實在是太不怕死了。

「金子的確不屬於德國人。」歐弗拉帝蒙席搖著頭，彷彿依然難以置信。

「沒錯，但她不是爲了自己。她把金子給我，我用來買了這些東西。」他掀開卡車車蓋，歐弗拉帝蒙席緩緩吹了個口哨。車裡堆滿了食物、玩具和各式各樣的生活用品。

「耶誕節到了，蒙席，我們得送禮物了。」

蒙席大笑著轉圈，冷不防將安傑羅一起拉下來跳起愛爾蘭吉格舞。

「神父，我不會跳舞！」他大喊，努力不跌個四腳朝天。

「你當然會！」蒙席朗聲大笑，不過放開了安傑羅，一個人開心地踢著腳跟。

「伊娃已經逐個包裹好、標註名字，這樣我們就能正確送達。猶太人慶祝光明節，不是耶誕節，不過她說無所謂，今年是耶穌的教會在保護她的人民，所以可以讚揚他。」

「我喜歡這個女孩子。」歐弗拉帝笑著多跳了幾步舞。

安傑羅也喜歡她，但他無需置喙。

「我們得開始進行主的業務囉。」歐弗拉帝蒙席拍拍他的背。「我們走！」

兩人穿越大街小巷，把禮物和祝福傳達給每個躲在修道院和修女院裡的孩子。這些孩子永遠吃不飽，物質匱乏，缺少歡樂。

離開梵蒂岡對歐弗拉帝來說有點冒險，但他經常冒險；再說，畢竟是教廷的人，和安傑羅一起到修道院和修女院傳遞耶誕祝福也是理所當然，沒什麼好懷疑的。

「跟我聊聊你的伊娃吧。」副駕駛座上的蒙席說。安傑羅正在享受開車的樂趣，他不常有這機會，也不會讓義肢阻止他開車。

他望向蒙席，思忖他所謂「你的」的意思，但沒有糾正他。

「我們從小一起長大，比一般人更親近。我的爺爺奶奶在她父親家裡工作，我十一歲來到義大利，不在神學院的時候就住在她家。我愛她勝過我自己的性命。」他平鋪直敘，沒有加油添醋。

「但你成了神父。」歐弗拉帝若有所思地說。

「是的。」

歐弗拉帝望向窗外，沉默半晌，彷彿無法理解安傑羅異常的選擇。

「她是個漂亮的女孩子。」他輕聲地說。

「是的。」安傑羅打起精神。

「聽說她會拉小提琴。」

「是的，她受過正統訓練，非常有才華。」

「不知道她會不會凱爾特的曲子。」歐弗拉帝喃喃自語，安傑羅放下心來。「我想聽。」

「她只要聽過就能拉出來，我來問問她，看她能否爲您獻上一曲。」

「她耶誕節不用上班吧？」

「不用。」

「那就讓她明天跟我們一起去送禮物吧，我們一天送不了這麼多，耶誕節當天我們要去學校，讓她親眼看看她勞動的果實吧。」

「偷來的果實。」安傑羅莞爾一笑。

「也是！」

伊娃爲了送禮物，特地借了修女頭巾和面紗。城裡到處是檢查哨，如此一來，即便被攔下盤查，跟兩名天主教神父坐在梵蒂岡貨車裡也不顯得突兀，到了神學院和學校也不必大費唇舌解釋。

兩人替她引見給修道士和修女時，介紹她是伊娃修女。歐弗拉帝蒙席是全場焦點，伊娃和安傑羅跟在後頭，看著他和其他人擁抱招呼、談天說笑，吸引在場所有人目光。而伊娃儘管戴著頭巾、蒙著面紗，她的美依舊令人難以忽視。

最後一站是桑維托里神學院，大男孩瞪大眼，滿心期盼開懷大笑。小男孩團團包圍著她，圓睜著眼，小心翼翼觸摸她借來的長袍，彷彿把她當成在耶誕節這天降臨的聖母瑪麗亞。

一大群孩子列隊等著剪頭髮，年紀較大的學會刮鬍子。伊娃雄心壯志地開始整頓這幾張骯髒的小臉蛋，用肥皂洗乾淨，替他們「刮鬍子」，要他們乖乖坐著，用奶油刀的鈍面刮除泡泡，最後以乾淨的毛巾擦乾，收獲一張潔淨的小臉蛋和笑容。完工後她會親親孩子的臉頰，獎勵他一顆糖果。

彌撒過後，大家一起烤栗子，爲了在耶誕節這天有栗子點心吃，修道士囤積了好幾個月。烤栗子的香味濃郁，嚐起來更是美味。烘烤過程中，必須用刷子不斷沾濕栗子，之後，把烤好的栗子放入籃子內反覆甩動，烤焦的外殼碎掉後，底下白色的佳餚就會顯露出來。伊娃聲稱這是她吃過最好吃的東西，安傑羅也同意。伊娃出身有錢人家，享盡榮華富貴，因爲她家的關係，他自己也不愁吃穿，但有些東西是金錢買不到的。

火烤栗子的香味，孩子稚嫩的笑聲，這一晚，一群窮苦的人其樂融融地聚集在一起，這光輝幸福的畫面令安傑羅永生難忘。一個年約三、四歲的孩子爬上安傑羅的大腿，他是如此地小，安傑羅不敢抱得太用力。孩子一頭剛修剪整齊的短鬈髮貼在安傑羅的胸前，他的雙親死在七月的一場聖洛倫索區空襲中。修道士和修女經營的神學院和學校成了孤兒院，收留流離失所的孩子。

伊娃帶來自己的小提琴，每到一個地方就會演奏〈齊來崇拜歌〉和〈星光灑落〉，離開簡陋的學校前同樣會拉上這兩首曲子。蒙席潸然落淚，修道士垂首致敬，孩子們輕聲吟唱。即便是猶太孩子也能朗朗上口，與出生貧寒的天主教孩子齊聚一堂不分彼此，在這短暫的時刻，他們忘卻恐懼和失去的一切，沉浸在歡樂的氣氛當中。

祢從滿天繁星降臨，

喔，天主，

祢來到洞穴，
來到冰天，來到雪地。
祢來到洞穴，
來到冰天，來到雪地。

喔，我美好的孩子，
我看見你瑟瑟發抖，
喔，神聖的主啊，
喔，祢付出了多少來愛我，
喔，祢付出了多少來愛我。

「妳怎麼會這些歌？」蒙席問伊娃，三人正擠在貨車的駕駛室裡，一路顛頗返回梵蒂岡。他隨口哼了幾段，想起美妙的耶誕旋律立刻熱淚盈眶。「妳是猶太人。」

「同時也是義大利人。」伊娃說。「凡是義大利人都要知道〈星光灑落〉。」

「啊，原諒我這個愛爾蘭人犯的錯。」他刻意用愛爾蘭口音強調。「唱給我聽，小姑娘。」

她輕聲吟唱，歌聲宛如小提琴般清澈動人。她熟悉每一句歌詞，其中一句令安傑羅哽咽，紅了眼眶。喔，祢付出了多少來愛我，喔，祢付出了多少來愛我。

安傑羅緊抓方向盤，眼睛盯著馬路，內心沸騰。他望向星光璀璨的黑夜，感覺到蒙席停留在他臉上的目光。

一九四四年一月和一九四三年十二月一樣陰沉潮濕，淪陷的羅馬城裡，修女和神父和所有羅馬居民一樣，用偷來的收音機聆聽新聞。美軍從義大利南部登陸，直進羅馬，卻節節敗退。當貝多芬的〈第五號交響曲〉響起時，BBC晚間新聞開始報導盟軍動向，通常都不是好消息。德軍勢如破竹，屢傳捷報。

但仍舊有個小勝利。歐弗拉帝蒙席心生一計，將猶太居民聚集到拉特朗聖格勒孟聖殿的地下教堂進行禮拜。聖殿就位在羅馬競技場附近，受到愛爾蘭外交保護，可以作爲聚集難民的安全之地。聖殿一共三層，第一世紀時還只是個單層的住家，到了第四世紀，往上增建成了教堂，提供被迫害的基督徒一個進行禮拜的空間。猶太人都記得這段歷史的重要性及庇護他們的人。儘管濕氣嚴重，潮濕的牆壁聽得見地下水流動的聲音，這裡依然是一個和平的教堂空間。

即使情勢險峻，倘若情況允許，伊娃和桑尼一家會和其他躲藏的人齊聚一堂進行禮拜儀式。在古老聖殿的右側走廊，眾人聚集在一幅褪色的舊約聖經人物多俾亞（注）壁畫下方，相互依偎，信仰使得他們被驅逐，卻同時將他們團結在一起。

注　多俾亞（Tobias），多俾亞爲行善助人成了瞎子，經歷苦痛仍不減篤信天主的心，天主垂憐，使眼瞎的多俾亞復明，在拉斐爾的幫助下，趕走撒辣身邊的惡魔，後來撒辣成了他的妻子。

伊娃陪坐在茱莉亞、小艾蜜莉亞身邊，羅倫佐則和父親及其他男人們同坐一塊。齊聲合唱，朗誦優先重要的禱詞，努力維持傳統，牢記猶太人的精神——美麗、象徵和家族。

艾蜜莉亞稚嫩清澈的甜美嗓音蓋過其他人的聲音，她的歌聲裡涵蓋了未來和過去。伊娃牽著她的手，齊聲歌唱。在歌聲中，她想起父親和菲力士、母親和祖父母；她想起自由和陽光、愛與希望，她渴望那段有著沙灘和海洋的日子，爹地經營玻璃事業，生活單純美好。

塵砂與礫石——這些構成玻璃的原料，將平凡無奇脫胎換骨到不可方物的美麗。爹地總是讚嘆不已，她則是無法理解。從灰燼之中重生出一條嶄新的生命，每一首歌、每一次祈禱、每一次的小叛逆都讓伊娃感到神采奕奕，煥然一新。她誓言要持續反擊，從砂礫之中淬煉出玻璃，擁有這樣的勇氣就是一種勝利。

伊娃不斷從塔索街偷渡金子，安傑羅從神父變成走私犯，用金子換取食物。但最大的勝利是透過格蕾塔·馮伊森的好奇心，陰錯陽差替阿爾多弄到一台印刷機。

格蕾塔是馮伊森上尉的漂亮妻子，她非常喜歡伊娃，也許是因爲在她百無聊賴的日子裡，會說德語的伊娃是少數能陪她聊天的對象之一。格蕾塔年近四十，外表亮麗但膝下無子，終日整理家務和培養興趣以打發時間。她常來塔索街拉著伊娃一起午餐，分享她和「威廉」的私密生活等伊娃不是很想聽的話題。

某天午餐，酒水下肚，她崩潰地對伊娃哭訴，說她讓丈夫失望，對祖國不忠。

「增產報國是我們的本分，但我一個孩子也沒有，威廉顏面無光，他認定我的不孕就是他無法快速升遷的理由。」

伊娃拍拍她的手，安撫了幾聲。格蕾塔提議餐後要繞到新開的小商店逛逛。可以把她的注意力從威廉和不孕的話題上轉移開來，伊娃當然再樂意不過。兩人走過幾條路，來到一處繁華的街區，沿街是服飾店、縫紉用品店、香料店，還有一家特色小書店，櫥窗上一排金色花邊字母，門上扣著掛鎖，門前擺放一疊報紙。

格蕾塔熱愛收集古物和珍寶，她大剌剌地趴在窗戶上想要一窺究竟，店內一應俱全，只是沒有開門營業。

「上面寫什麼?」格蕾塔指著窗戶上的字。

「Libri nuovi e rari——新書和珍本。」伊娃輕聲翻譯，上排更顯眼的大字是「魯札托書店」，伊娃感到一陣反胃。她相信魯札托一家人永遠不會回來了。魯札托是猶太裔義大利人的名字，書店也許在十月圍捕之後就關門至今，德軍彷彿宣示主權般在門上加了鎖，但格蕾塔相信她可以從丈夫那裡弄到鑰匙入內探索。

「也許可以找到價值連城的書籍，妳也知道希特勒熱愛藝術和奇珍異寶，想想看，要是我找到寶物，威廉就可以呈上獨一無二的寶物給元首了耶!」

伊娃寧死也不想看著格蕾塔找到竊取的寶物，讓威廉上尉獻給元首，但她保持沉默，一言不發。而她的忍耐有了回報。

三天後，伊娃陪著格蕾塔和一名德國士兵回到書店。士兵似乎很開心能出來放風一陣子。馮伊森太太身穿毛皮大衣，一頂花俏的網帽遮蓋住她的湛藍大眼。一進到灰塵滿布的店內，她脫掉大衣和帽子，一股腦兒鑽進書堆裡尋寶。伊娃只想躲得遠遠的，士兵顯然也是同樣的心情。他走到店外的人行道上，從口袋裡掏出一個打火機，顯然比起成堆的舊書籍，他寧可吞雲吐霧。

伊娃隨意瀏覽架上的書籍，在灰塵最厚的一座高書櫃後方，她發現一道小門，門後是一排樓梯，類似聖則濟利亞聖殿的地下聖器室。她小心翼翼拾階而下，在下面找到了她的寶藏。魯札托不單只是名書商，他還是出版商。在洞穴一般的地下室裡，放置了一台功能齊全的印刷機，阿爾多一定會很開心可以大展身手。

更棒的是，這間地下室有另一個出口通往書店後的小巷，門旁的釘子上掛了一串鑰匙，她試了一下鑰匙，確定可以使用之後，暗自感謝魯札托先生，將鑰匙收入大衣口袋，走上舊梯，鎖上小門。他們要開工了！

16 二月

「阿爾多有另一批證件要送出。妳今天下班後，他會跟妳在電車站附近一家餐廳碰面。點個糕點，他會排在妳後面。妳丟下手提包，他會連同證件一起還給妳。領到糕點後就離開，別跟他說話，也別跟他有任何互動，你們彼此是陌生人。」安傑羅說。

伊娃點點頭。安傑羅一點也不想給她這個任務，但眼前他哪也不能去，再說距離書店比較近的人是她。

「餐廳，丟手提包，離開，我做得到。」她保證。

「別回去聖則濟利亞聖殿，跟我在聖心堂會合。如果妳先到，就點燃蠟燭祈禱。」

「今天是安息日。」

「我知道。」他淺淺一笑。「我會趕在天黑之前到，好讓妳可以回家，不然的話就在那裡過一夜。」

「為什麼不要我回聖則濟利亞聖殿？」

「聖心教堂離塔索街比較近，我也方便過去。」

「萬一我被跟蹤或逮捕，就不會牽連到任何人了。」

這也是理由之一。但安傑羅不願去想這個可能性。想必她看出了他臉上的擔憂，她隨即改變話題。不久後，兩人分道揚鑣，伊娃穿越城鎮前往塔索街，安傑羅則往反方向回到梵蒂岡。

~

伊娃遲到了。馮伊森在四點半時給了她一份所謂的「高度重要」報告，叮嚀她完成後要放在他桌上。他總是忘記自己曾說她可以四點半下班。他交代完後，自己帶著一班菜鳥巡邏去了。她之前就發現這人喜歡巡邏。他穿著一身筆挺的親衛隊制服，全副武裝，踩著一雙潔亮的靴子。但光鮮亮麗的外表維持不了多久。整天陰雨綿綿，沉悶的午後彷彿沒有盡頭，令人感覺度日如年。

她在五點半離開總部，比約定的時間晚了半個小時。她把圍巾套在頭上遮雨，開始往小餐廳狂奔，但願她看起來像是趕著去搭巴士或電車。希望阿爾多還在等她。她緩下腳步，照計畫走到隊伍裡等候點餐，但沒出現阿爾多的蹤影。她買了一份肉桂捲，站在滴水的條紋雨棚下，掃視四周，嘴裡啃著包覆肉桂和砂糖的人間美味。但她無心品嚐，索然無味地吃完。六點——宵禁時間到了，她得離開大街了。

然後她看到他了。阿爾多匆匆忙忙朝她走來，手裡緊抓著一疊對折的報紙。她拍掉手中的糖粉，丟掉紙巾，故作悠哉。她把冰冷的雙手塞入大衣口袋，離開餐廳，沿著黎加大道朝阿爾多走過去。哨音響起，後頭有人大吼。宵禁時間剛到，那聲吼叫不會是針對她，她沒停下腳步，甚至沒有回頭。但阿爾多瞄向聲音來源，她看見他把報紙塞進外套內。文件一定藏在裡面。

「繼續走！」他低聲說，擦身而過時沒多看她一眼。哨音再起，伊娃依言繼續往前走。

「晚安，長官。」她聽見阿爾多拉大嗓門說，愉快緩慢的聲音聽起來像喝醉了。「要來一杯嗎？我請客！」

沒事的，阿爾多不會有問題。他是個老人，還帶著自己精心製作的證件。他會沒事的。長官用德語說了幾句話，阿爾多哈哈大笑。她認出這個聲音，他不是普通長官，他是馮伊森上尉。

她腦中警鈴大作，但腳步不曾停歇。她穿著黑色大衣，頭用圍巾覆蓋，從背影不可能認出她。她的高跟鞋喀喀地踩在鵝卵石地面上，她保持沉穩的腳步，筆直看向前方。至少拉開三十呎距離了，五十呎，五十五呎。

走、走、走、走，她反覆對自己說，再加上高跟鞋的喀喀聲，催促她愈走愈快。一彎進轉角，她立刻躲進一棵粗壯的橄欖樹後，回望阿爾多。她不能就這樣離開，她必須確定他的安危。

時間毫不留情，沒有預警、一分一秒地滴答前進。馮伊森站在阿爾多身後，槍口對準阿爾多的頸項，看起來就像用武器在替他調整雨衣領口。

接著他按下扳機。

阿爾多．芬奇彷彿瞬間失去兩腳支撐，直接癱軟倒地。沒有任何批判的聲音——不管是阿爾多，或是三三兩兩圍過來的士兵，或是伊娃。沒有尖叫，沒有驚呼，只有子彈出膛的聲音。

男人抵達了他的時間盡頭，但時間沒有絲毫的眷顧，維持原本的速度，仍舊滴答滴答，分秒不差。

馮伊森將槍收回槍套，從胸前口袋拿出一個銀色香菸盒。菸盒打開，一秒。火柴劃過，再一秒。火焰彷彿吸了口氣又吐出般，瞬間膨脹後轉消弱。上尉點燃香菸，熄滅火柴，將之扔在腳邊的屍體上。一縷輕煙從了無氣息的男人身上升起，宛若一道靈魂隨之飄散在悶濕的薄暮之中。

伊娃僵住不動，她是唯一的目擊者。德國巡邏隊一來，所有人立刻鳥獸散。

「他是猶太人。」馮伊森簡單地說，聲音響遍大街，他甚至沒試圖壓低聲音。何必麻煩？阿爾多是猶太人，他只是殺掉一個猶太人。

「你怎麼知道？」他的同伴用靴子戳戳阿爾多，彷彿要把他叫起來證實一下上尉的話。

「我叫他脫掉褲子。」馮伊森說。

士兵用腳把阿爾多翻過身。

「藏不了割過包皮的屌。」噗哧大笑，哈哈哈。滴滴答答。

「丟著不管吧，讓義大利人看看違法的下場。幾個月前就警告過猶太人一律都得報到，他沒有，現在他死了。」

一行人沿著原路折返，不把這件事放在心上。聲音隨著腳步聲漸行漸遠。

直到再也沒有聲音了，伊娃仍佇留在原地。她轉頭望了最後一眼，顫抖著雙腳走向阿爾多，搖搖晃晃地宛如喝醉，就像阿爾多原本計畫的那樣。四十呎，三十呎，二十呎，然後是十呎。夜幕籠罩，雨停了，空氣中仍有股山雨欲來的氛圍，黑壓壓的潮濕馬路閃閃發光，有如阿爾多的鮮血，但她不敢直視鮮血。

她緊盯著阿爾多的臉，他一臉祥和地閉上雙眼，眼鏡微微歪斜，猶如一個讀書讀到一半睡著的孩子。她蹲下來找他塞入外套裡的報紙，找到了，報紙被文件塞得鼓鼓的，摸起來仍還有熱度。

「喔，天啊，我的天啊。」她哽咽，感到一陣反胃。她不能再想了，她把整捆報紙放入衣服裡面，報紙黏答答地貼著她的肌膚，腰帶防止報紙直接滑落到她腳上。接著，她拉起阿爾多的外套，蓋住他的赤裸，想保住他最後的尊嚴。她扶正他的眼鏡，起身，拉緊大衣蓋住鼓起的報紙。強迫自己一步接一步地走，躂躂躂躂，滴答滴答，一刻不緩。

安傑羅在等他。在長椅間的通道反覆踱來踱去，十指緊扣，低垂著頭。她拖得太久，他一定擔心了好幾個小時，以爲她出事了。

的確是出事了。

他察覺到她來了，抬起頭，見到她站在教堂後頭，表情如釋重負。

「我回來了，安傑羅。」她吶吶地說。「我帶來……補給。」這句話暗指任何不能明言的事物。畢竟隔牆有耳。補給是很含糊的用詞，文件可不是。

她轉身，通過小門來到教堂地下室。她得清理掉阿爾多的血跡。不久，她聽見安傑羅下樓的聲音，咚、躂、咚、躂——一聽就知道是他。她想起殺害阿爾多的凶手離去時的腳步聲，不寒而慄。她的手指不聽使喚，解不開大衣的鈕扣。

「伊娃！怎麼回事？妳怎麼這麼晚才回來？」他說，聲音裡有掩不住的驚慌。

他伸出手，伊娃避開他的手，不敢直視他的眼睛，專心地想讓鈕扣穿過鈕洞。總算解開到第五顆鈕扣，她從領口伸入衣內，拿出報紙丟給安傑羅。他輕而易舉地接住，轉頭就放在小斗櫃上，看也沒看報紙一眼，目光集中在她的臉上。伊娃在想他的手上是否也沾上血跡了。

她呼吸不過來，拉扯著胸罩想緩口氣，撐著不讓自己倒下，但只要一深呼吸，胃液就湧了上來。

「我得用走的。」她遲來的回答顯得很不自然。

「一路走回來？」

「是的。」

「現在是宵禁時間！伊娃，妳會被抓的。」

「我不得不走，我手上、衣服上都有血，我不敢冒險搭電車。」

「血？妳受傷了嗎？該死，伊娃！看著我。」

他抓起她的手反覆查看，伊娃順著他的目光，無法再迴避。血跡意外地不甚明顯。她把手一路插在口袋裡走回來，口袋裡應該會有血跡。她抽回手，脫下外套。

「聖母瑪利亞！」安傑羅驚呼，黃色上衣血跡斑斑，鮮血滲入薄薄的棉布，像漏斗一像，沿著胸部流入腰際。

安傑羅激動地抓住她，鬆開腰帶，扯開衣領，鈕扣四處彈飛。他急著想找到出血的傷口。

她沒有試圖阻止他。

染血的胸罩更是怵目驚心，他解開胸罩扔在一旁，雙手滑過她的肌膚、胸口、肚子，四處摸索傷口。臉色和她身著的內褲一樣慘白。她的衣服滑落腳邊，雙手遮掩胸部。

「不是我的血。」

他抬起眼迎上她的目光，雙手靜止不動。

「不是我的血，是阿爾多的血，他死了。」

「喔，不。」他呻吟。「不。」

「是的，他死了。」伊娃哽咽地重申。

「仔細說給我聽。」安傑羅要求，帶著她來到水槽。

她一邊訴說當時的慘況，一邊任由他慎重且迅速地清洗她身上的血跡。

「我把他丟在馬路上。」伊娃嗚咽著說，恐懼逐漸超越震驚。

「不，妳沒有。是他們。他們把他丟在馬路上。」

「我試著不去看血。他脖子以下全是血，子彈一定貫穿了他的身體。」她一陣反胃，全身發抖，離開水槽衝到馬桶去。

安傑羅握著她的頭髮，靜靜陪在她身邊。等到她把胃裡的東西吐光了，再用毯子包裹住她，帶她回到小床上。在伊娃心底某個小小的女人角落，她清楚意識到一件事。安傑羅看到她沒穿衣服的樣子，還是他親手脫掉，清洗她的身體。她哀怨地想，她的第一次就這樣被戰爭給毀了，或者說因爲戰爭而得以發生。他端來一杯水，要求她喝完。伊娃樂於從命。當冰涼的水流進空空如也的肚子，她皺了一下眉。

「深呼吸，妳得呼吸才行，伊娃。」

「馮伊森沒有要求看證件，他連問都沒問。他只想羞辱他，然後就殺了他。」她的牙齒格格打顫，冷得受不了。她渾身顫抖不已，毯子滑落，露出她的肩膀、胸部和一部分爬滿雞皮疙瘩的肌膚。

安傑羅拾起毯子，強迫她躺下，拉起毯子確實包覆好她，接著躺到她身邊，緊緊摟著她，直到她平息顫抖，牙齒停止打顫。這段時間，他只是說話，同時也鼓勵她說話。彷彿明白她需要徹底傾訴一切。

「這種事很常見，猶太男人在這方面比女人脆弱，外表很容易洩露他們的身分。」

「所以阿爾多爲了送一堆沒有用的文件死了，那些文件根本救不了他？」伊娃難以置信地拔高聲音，情緒開始激動起來。

「噓、噓，伊娃。」安傑羅輕撫她的頭髮安慰她。「阿爾多的文件救了很多人，妳救了很多人，伊娃，妳知道的，對吧？」

伊娃搖搖頭，她沒辦法同意。她走開了，反而是阿爾多救了她。

「事情發生得很突然……太突然了，我接近他的時候，就只差十步而已，有個聲音突然從我背後響起。阿爾多要我繼續走，所以我就照他的話做。阿爾多則走向他的死亡……」

安傑羅默不作聲，她可以感覺到他的恐懼——和她一樣的恐懼。但他穩重的大手不住地撫摸她的頭髮，安撫她的心情。就這樣過了好久好久，伊娃蜷縮在破舊的毛毯和安傑羅的懷抱中，感到既溫暖又安心，身體一放鬆，疲勞便一湧而上，她開始昏昏欲睡。但她不想睡，她好怕一旦睡著安傑羅就會離去，她就得一個人面對那些惡夢。

一想到這，她的心跳加快，呼吸再度急促。

「伊娃？」安傑羅語帶擔憂，察覺她的緊繃。

她翻身而上，唇貼住他露在白領外的脖子，黑暗中，他的白領宛如光環般發亮。他一時沒有反應，彷彿沒料到她會有這一步。她輕啓紅唇，吸吮他喉間粗糙的肌膚，他似乎差點罵出聲，或者是呻吟，她不確定。

她抬起臉，往上吻遍他稜角分明的下巴，渴望他的嘴，渴求那會令她意亂神迷的情慾。她需要他的吻來讓她暫時忘卻一切。她探尋到他的唇，他瞬間熱情如火地回應她，卻又立即抽身而退。

「伊娃，不行。」他輕聲說，起身放開她。她也想起來，但被困在被窩裡動彈不得。她拚命掙扎，喘不過氣，驚慌失措地想要脫離束縛。她不停扭動，手掙脫之後，包覆的毯子鬆開，她往下一推，腳一踢，整個人得以自由伸展，無拘無束。

她躺在床上，上氣不接下氣，眼睛盯著低矮的天花石墻，享受冰涼空氣接觸肌膚的感覺。接著她往下看著自己，以一種全新的目光，一種安傑羅會看她的方式，打量自己的身體。白色內褲上方的肚子一片平坦……太平坦了。戰時窘迫的生活條件帶走了她的玲瓏曲線，女人味全失，就像個小女孩一樣。但在陰影之中仍顯得無比誘人，雙峰依舊飽滿堅挺，蒼白的肌膚襯托出暗紅色的蓓蕾。

伊娃將目光從自己的身體移向安傑羅的臉龐。他眼中充滿渴望，緊咬牙關，彷彿正對抗著在黑色大街上奪走阿爾多性命的惡魔。他抬眼，迎上她的目光，臉上寫滿了赤裸裸的愛意，她頓時血脈賁張，長久以來，她一直無力抗拒他。

她拉起安傑羅的手，湊近嘴邊親吻他的掌心，帶著他的手指滑過她的唇、下巴，沿著頸項劃過胸部。她彷彿聽見他喊了她的名字，但耳裡只聽到一聲咆哮。她沒有回應，也無法回應，把他的手壓在自己左乳上，他的掌根抵著她狂跳的心臟，他的手指摩擦著她敏感的肌膚。她渾身哆嗦，閉上眼睛，感覺既安心又溫暖，滋味醇厚醉人。他沒有抽手，但也沒有變得主動。

她不在意。

她情慾高漲，將他扁平的掌心移往另一邊胸部，乳峰豎起。他的手貼著她的肌膚顫抖，她的腹部宛如琴弓緩緩拉過琴弦般顫動，身體的鳴唱一波比一波強烈。伊娃拉著安傑羅的手往下沿著肋骨、腹部滑落髖骨之間，將他的掌心往深處壓入，嬌喘出聲。

她可以感覺到自己的脈動——持續的抽痛——彷彿她的心臟追隨著安傑羅的手。也許是因為和死亡擦身而過的緣故，眼睜睜看著一條性命就這樣沒了，也或許是每分每秒都在逼近的威脅。絕望加上渴望，光是安傑羅放在她私處的掌心重量就足以使她慾火焚身。她夾緊他的手腕，眼角泛淚，繃緊身體，抵著他溫暖的手心不住地顫動。

直到伊娃清醒過來，慾火冷卻之後，伊娃恢復理智和拘謹，這才強烈意識到安傑羅始終既沒出聲也沒動作，心不甘情不願地參與了整個過程。

極度的狂喜變成嚴重的羞辱。

她忙不迭放開安傑羅的手，翻身想要躲離他時，他的手指劃過她的臀。她摀住脫口而出的嗚咽，但隨即因羞愧而大哭。她做了這種事，她讓他看到這種事，而且還強迫他做了這種事，即便如此，她的身體依舊不由自主地興奮起來。

她感覺身後的動靜，他拉起鬆脫的毛毯圍在她的肩膀上，蓋住她赤裸的身體和羞愧。他一手擦去她臉上的淚水，撥開凌亂的髮絲。

「別哭，伊娃，請妳別哭。我能明白。」他低語。

她哭得更加厲害，一點也不相信他的話。

他再次摟緊她，使她翻身，臉貼住他的頸項，她的雙臂環抱住他的頸項。他呼吸沉重，全身僵硬，彷彿一觸即發。

「我很抱歉，安傑羅。」她哽咽地說。

「沒什麼好抱歉的。」

他親吻她的太陽穴，持續撫摸她的頭髮，像她父親往日會做的那樣安撫她。

「噓，伊娃，我能明白。」

但她的淚水止不住地落下。

伊娃昏昏沉沉地睡去，臉枕在他的頸項間，他的手擱在她的髮間，她的臉頰仍留有淚痕。確定她熟睡之後，安傑羅抽身離開。慾望使得他渾身疼痛，維持同樣的動作太久，他左臂麻木，背脊僵硬。他不想讓她知道她對他造成的影響，也不想讓她知道他的意志力正在瓦解。

他說他能明白並不是謊言，她迫切需要感受到存在，而只有強烈的感官體驗能做到這點——也就是性愛、危險、痛苦。他聽過不少告解，厭戰的士兵屈服於自衛、性愛甚至自甘墮落。這是非常自然的反應，所以他能理解。但他靠著信仰和自制力，竭盡全力不讓自己淪陷，不讓自己趁人之危。但他也沒有阻止她，或是別開視線，就像大衛王一樣目不轉睛地看著拔示巴洗澡。他猜想自己終究會付出代價。

結果，先付出代價的人是她。她道歉，而他只想謝謝她。他不該這麼想，但這是不爭的事實。眼前是前所未見的最美畫面，她更是他生平見過最美的女人。他沉溺在夢幻般的想像中，直到見到她的沮喪和羞愧，連他自己都想哭。

他一再讓她失望，他不知道如何是好。他不知道如何消除她的痛苦、如何擁抱她又能如何拯救她。也不知道他該怎樣才是她需要的人，他只知道自己愛她愛到難以自拔。

他疲憊地走上樓，來到寂靜無聲的教堂。他點亮蠟燭，滿臉倦容地埋首於餘留有伊娃髮香的雙手之中，吐露心中的恐懼和挫敗，祈求天主不要因爲他的懦弱而捨棄他。他感謝阿爾多，無論他魂歸何處，是他捨命救了伊娃。

一九四四年三月八日

告解：我喜歡格蕾塔．馮伊森。

我不由得喜歡她。她既親切又可悲，不得不讓人心生同情。我們在何處成長，就會成爲那個地方的樣子。有愛我們的人，也有控制我們的人，我們在耳濡目染之中長大。

我們的信念不見得來自個人經驗，只是一旦根深蒂固就難以改變。格蕾塔總是聽別人說她是美麗的失敗品，失去身爲女人的唯一價值。而她無法反駁。

格蕾塔是個膚淺的女人，但我有種感覺，她之所以膚淺，是因爲深度只會讓她窒息，她只能隨波逐流，對人生和結髮一生的男人一笑置之。我任由她像母親般照顧我，並非是因爲我需要一位母親，而是因爲她需要一個孩子。老實說，她給了我小小的安全感，也可以作爲我和上尉之間的緩衝。

我喜歡格蕾塔．馮伊森，但我討厭她丈夫。當我一閉上眼睛，就可以看見他冷酷無情地扣下扳機，槍殺阿爾多的模樣。

伊娃．羅賽利

17　三月

星期五一大早，卡普勒中校派人捎來訊息給馮伊森上尉。上尉響徹雲霄的怒吼傳遍周遭的辦公室。蓋世太保總部的人一到中餐時間都在聊這件事。伊娃很少看到中校本人，也不想看到他，但馮伊森上尉相當崇拜他，竭盡所能取悅他。看樣子，希姆萊（注1）親自來到羅馬，轉達了首領的失望，因為卡普勒中校無法控制義大利反抗組織進出羅馬，也無法擊潰庇護士兵、反叛份子和猶太人的地下組織。

卡普勒和馮伊森籌劃一整個星期，計畫中包括地圖，並和一名身材瘦長的義大利達官貴人討論。這個義大利男人有個德文名字，叫彼得·柯赫，他建立了一支自己的義大利法西斯軍樂隊。那些地圖令伊娃緊張，法西斯領袖則使她毛骨悚然。幸好今早沒有看到柯赫的人影。一個小時後，馮伊森上尉面紅耳赤、目光炯炯地回到辦公室，剛才跟蓋世太保頭目大吵一架，看起來餘怒未消。

「跟我來。」他經過伊娃桌前時命令。她一把抓起筆記本和筆，小跑步跟過去。不管他在氣什麼，但願不要牽連到她才好。他開門見山就說。

「希姆萊到城裡來了。中校想要討好他。明晚的宴會，所有義大利的重要人士都會參加，富豪美人、紅酒佳餚，以及一流的表演。」

看樣子，晚宴的重擔落到了上尉身上。如果上尉夠聰明，他應該打電話給老婆。

「羅馬最棒的飯店是哪間？」他問伊娃。

「是美第奇別墅飯店，上尉。可以俯瞰西班牙台階（注2），鄰近羅馬許願池（注3）和精品店，是一間很漂亮的飯店。」

伊娃第一個想到的飯店是她早上搭電車時偷聽到的。當時兩名女士正在討論這間飯店重新整修，聘請了聲名遠播的主廚。她只是把聽來的說出來而已，但願那兩位女士不是在胡扯。

上尉立刻打電話要求接通到美第奇別墅飯店。伊娃匆匆告退，但依然可以聽見他喝令的聲音。

「畢安可小姐！」他一喊，她立刻從桌前跳起身，趕往他的辦公室。「短時間內，我可以上哪去找表演？飯店有小型晚宴樂團，但我要的是更特別的。」

伊娃被難倒了，她現在能安排的只有天主教兒童唱詩班或修道士合唱團，但她不認為上尉會喜歡。

「妳！」他突然從椅子上站起身，繞過桌子，一手指著她。「就是妳！」他幾乎是

注1 希姆萊（Himmler），納粹德國重要政治人物，曾為親衛隊隊長，被認為是屠猶太人的的頭號劊子手。

注2 西班牙台階（The Spainish Step），位於羅馬的一座户外階梯，總共有一百三十五階，是全歐洲最長且最寬的階梯。

注3 羅馬許願池（The Trevi Fountain），又稱特雷維噴泉，羅馬最大的巴洛克風格噴泉，也是羅馬著名的景點。

用吼的。

「什麼？」

「希姆萊喜歡古典音樂，而妳是傑出的小提琴家。不管是巴哈、貝多芬還是莫札特妳都可以拉。義大利美女演奏小提琴，太完美了。」他歡呼，戴手套的手拍打一下桌子，立刻拿起電話，彷彿事情已經有了定論。

伊娃目瞪口呆。

「可是我得練習！我很久沒演出了。我也沒有適合的禮服可以穿。」她反駁。

「我聽過妳的演奏，妳會很出色。晚宴是明晚八點，在那之前妳還有時間練習。格蕾塔會幫妳打理服裝。」他朝門口一擺手，示意不必多說了。

「我做不到！拜託，上尉。」

「妳可以。妳沒有選擇，難道要我用槍抵著妳的頭命令妳嗎？」他挑挑金眉，歪著頭等她回應。

伊娃驚恐萬分，他覺得很好玩嗎？

「我絕對相信妳可以達成任務，親愛的伊娃。」他柔聲說。「我知道妳不會讓我失望。好了，當個乖女孩，離開我的辦公室吧。」

格蕾塔興奮無比，拉著伊娃一家接著一家店逛，打算將她從裡到外、從頭到腳徹底改造——如今，不管是蕾絲內衣還是絲質褲襪，都跟一杯用真正咖啡豆萃取出來的濃縮咖啡一樣罕見。現在大部分義大利人都是喝菊苣咖啡（注）。

她讓裁縫師把伊娃塞進一件超級緊身的低胸紅禮服裡，害伊娃困窘到不肯走出試衣間。

「我得穿適合上台的優雅禮服，格蕾塔，拜託！妳不了解，我不能呼吸了。如果我不能呼吸，我就不能思考，不能思考就不能演奏。如果我不能演奏，妳丈夫和我都要被槍斃了。」

格蕾塔笑了笑，彷彿她的話是無稽之談，但她改挑了件能襯托出伊娃身材的無袖貼身小禮服，方領低胸設計，合身而不緊身。

「指甲上個顏色，還要擦點紅色口紅，把頭髮放下來，我們得好好展現出妳義大利人的美麗。」

千萬不行啊，格蕾塔。伊娃心想，引人注目是再危險不過的事。

格蕾塔彷彿能讀出伊娃的心聲，她打趣說：「要是希姆萊看到妳，肯定要妳做他的情婦。」格蕾塔大笑，接著眉宇一凝，彷彿突然想起伊娃正爲她的丈夫工作。伊娃的胃又痛了。

「別嚇我，格蕾塔。」伊娃輕聲說。「沒有比吸引希姆萊注意更糟的事了。」

「他是個有權有勢的男人。」格蕾塔聳聳肩，眼神眞摯。

注　菊苣咖啡（chicory）起源於法國大革命時期，因當時的咖啡豆價格昂貴，有人發現菊苣根磨碎曬乾後加進咖啡中，可以當作咖啡的代替品。

「我不想跟一個有權有勢的人在一起。」

「妳喜歡什麼樣的男人?」格蕾塔問，取下伊娃的髮夾看看效果。她一手撫過鬈髮，將頭髮撥到一旁，瞇起眼睛若有所思。

「好人，親切的人，愛我的人。」安傑羅的臉浮了上來，她立刻把他推出腦海。她在他面前出盡洋相，一想到他，她就全身火燙，情慾高漲的身體變得不像是自己的。他們沒有談論過阿爾多死後發生的事，她不說，安傑羅也不提，兩人假裝什麼也沒發生般地繼續過日子。

「妳戀愛了!」格蕾塔打破她的遐想，她直勾勾盯著伊娃瞧。「全寫在妳臉上，妳都滿臉通紅了!快告訴我。」

「什麼?我才沒有。」伊娃結結巴巴。

「明明就有。妳有喜歡的人。我會問到妳說出來爲止。」

「是我家鄉的男孩，沒什麼。我不想提到他。」伊娃說。

「妳最後一次見到他是什麼時候?」格蕾塔不死心。

「格蕾塔!拜託。我不想聊他。」她沒辦法不去想他，沒辦法不感到絕望，她愛上一個不會回頭的人，她的人生都在躲藏和僞裝。就算戰爭結束，她回到了佛羅倫斯，然後呢?她感到更加害怕，難以想像得重回到那段好幾年見不到他的日子;相較之下，死亡、塔索街、安靜的修女院和默不吭聲的修女都算不上什麼了。

格蕾塔噘著嘴，模樣可愛，伊娃相信她就是這樣對付丈夫的。「不然還能聊什麼?女人唯一有趣的事就是愛情了。」

「也許等戰爭結束之後我會想到愛情，但目前我怕得什麼也不敢想。我只想活過明天晚上。」伊娃話鋒一轉。

「有比害怕更糟的事。」格蕾塔語重心長地說，她突如其來的哀傷讓伊娃卸下防備。

「是什麼？」伊娃輕聲問。

「是放棄，哀莫大於心死。會害怕代表妳仍想活著。」

「這麼說，我一定很想活著，因爲我現在非常害怕。」伊娃輕聲說。

格蕾塔摟著她的手臂，視線對上鏡中她的眼睛，兩人形成鮮明的對比——格蕾塔是一頭金髮，高䠷豐滿。伊娃則是一頭黑髮，纖細嬌小。

「我眞羨慕妳。」格蕾塔惆悵地說。「妳還有大好的人生。」

「沒人知道自己能活多久，說不定我的命只到明天。」

「所以更應該穿得美美的，好好演奏一場美妙的音樂。」格蕾塔眨眨眼，一掃剛剛的陰霾。「記得邀請妳哥哥來，他一定會以妳爲榮。順便讓其他人看到妳身邊有個護花使者。」

和格蕾塔買完東西，伊娃一想到明晚會悲劇收場，立刻馬不停蹄地奔回家，徹夜練習小提琴，也對忍受魔音穿腦好幾個小時的其他難民感到抱歉。夜深了，她撤退到教堂繼續練習和祈禱，還給修女院一個清淨。她瘋狂練習，彷彿命懸一線。她是眞心如此相信。

剪裁俐落的衣服、亮黑色絲綢裹住她玲瓏身段，高雅端莊。頭髮精心捲燙，梳理成側分髮型，其中一邊全塞在耳後，一轉頭，鑽石耳飾若隱若現。紅唇淡眼妝，烏黑禮服襯托凝脂般的蒼白肌膚。

當天早上，她站在他住的大樓前等他，眼神疲憊，整個人侷促不安。她說出晚宴的事時是那樣地害怕，他只能壓下自己的恐懼，把要她躲起來的話吞回肚裡。長久以來，他的腦中只有一個念頭：把她藏起來，把她藏起來，把她藏起來。但一再被她拒絕。如今多說無益，他必須替她堅強。

「伊娃，妳怕什麼？妳拉了一輩子的小提琴，是個傑出的小提琴家，有過無數的表演經驗。這次才這麼一點觀眾，沒問題的。」

她把臉埋進手中，他則把手塞進長袍口袋裡掩飾他的顫抖。她會害怕，是因爲她一個猶太女孩要走進一個全是德軍的房間裡。他也害怕，他只想把她帶走，鎖到修女院中。

「我不想跟他們一起分享。」她低語。「天賦是我的，琴技是我的，都是我和菲力士的，我不想娛樂他們、取悅他們，我只想在他們的湯裡吐口水、摔盤子、在酒裡下毒。我不想替他們演奏。」

他必須笑才能不哭出來。「妳會演奏，而且會非常出色。妳是贏家，妳是伊娃．羅賽利，他們鼓掌的對象是一名猶太人。」

她顫動的唇角咧成一個大大的笑容，當場就在大街上對他屈膝行禮。她直起身，調皮一笑。「我的白色天使心裡居然住了一個小惡魔，一定是被我帶壞了吧。」

他是被帶壞了，她讓他操壞了心，一個小時就老了十歲。她演奏時，他就站在房間後頭，儘管香味讓他飢腸轆轆，但也吃不下飯。他婉拒原本安排好的座位，緊握十字架，眼睛盯著她的臉龐，心裡既恐懼又覺得驕傲。他想飛奔過去帶她到安全的地方，同時又希望全世界聆聽她的演奏。他想見證她的勝利。一旦在場的人知道她的眞實身分，不是對她棄而不顧，就是直接殺了她。然而，演奏時的她是那樣地神采飛揚、耀眼奪目，儘管渺小卻強大，獨自一人贏得整場戰役。聽眾毫不知情自己被擊敗了。

表演結束，她放下樂器，對聽眾一鞠躬，將小提琴和琴弓夾在身側，目光對上他的視線。即便她正笑容可掬地對觀眾點頭致意，他也能看出她的恐懼。她端莊地步下小舞台，馮伊森上尉迎上前來扶她走完最後幾個台階，護送她到一旁，似乎正在大力讚揚她。這是當然的，伊娃替他掙足了面子。他湊近她的耳邊竊竊私語，他的嘴靠太近了，安傑羅看見伊娃全身僵硬，搖了搖頭——似乎是笑著婉拒他。他逼近她，顯然很堅持，塞了封信到她手中。

安傑羅怒不可遏，但形勢比人強，他只能隱忍不發。這些阿諛奉承的上流人士在想什麼他很清楚。接著，他鬆了一口氣。馮伊森上尉退後一步，放伊娃走了。她走向出口，一路和珠光寶氣的賓客微笑致意。在一座處處是飢民的城市裡，桌上盡是美味佳餚和上好的義大利紅酒。她逕自朝他走來，她接近後，他隨著她走出大宴會廳，進入她放小提琴的衣帽間。

「他說了什麼？」安傑羅的聲音有些尖銳。伊娃先是檢查每件大衣和包裹後面，查看了每個角落，接著才回答他。

「格蕾塔要我今晚住在飯店裡，也安排好了。馮伊森上尉說這是我應得的。」她拿出鑰匙，信封裡裝滿鈔票。

他勃然大怒。

「他是想跟妳開房間嗎？」

伊娃瞄了他一眼，隨即搖頭。「不，我認爲他沒有那個意思。格蕾塔跟他在一起，安傑羅，你也看到她了。我很清楚他的能耐，但他從來沒有逾矩過。」

「妳不能留下來，伊娃，我不相信他。」

「我也是，但我不認爲他別有意圖。我擔心的是其他事。」

安傑羅狐疑地一挑眉。

「我認爲他們今晚要搜捕聖則濟利亞聖殿。他知道我住在那，所以不希望我在場。」

「妳怎麼知道？」他問道，腦中千頭萬緒，設想各種可能的後果。

「他今天在辦公室和卡普勒中校通電話時，說了些類似今晚行動的話。我本來以爲他說的是這個。」她指向宴會廳，再比劃自己一身穿著打扮。「但有個叫柯赫的男人，這星期就來了辦公室三次，他是某個黑衫軍的頭目。」

安傑羅一聽到這個名字，罵髒話的同時還比劃十字。接著又比了一次十字，抵銷之前的動作。他有時會想，他有張這麼不乾淨的嘴，眞的適合當神父嗎？都怪他有美國人的血統。

「柯赫是惡名昭彰的猶太獵人，過去幾個月一直想抓歐弗拉帝蒙席的小辮子。卡普勒中校也是。可是爲什麼針對聖則濟利亞聖殿？」他說。

「我不認爲只針對聖則濟利亞聖殿，可能是特拉斯提弗列區的每一間教堂、修女院和修道院。」

「妳爲什麼覺得是今晚？」

「馮伊森上尉要我住在飯店遠離麻煩。我問他能否派台車給我，他說特拉斯提弗列區今晚不安全。」

「我們得通知修女們。」安傑羅說。美第奇別墅飯店離特拉斯提弗列區有一段距離，梵蒂岡就更遠了。

「我剛在化妝室，有女生很興奮地聊到飯店裡的每間套房都有電話，我猜她們一定很想偷聽彼此的通話。」她拿出鑰匙。他看著鑰匙，心中忐忑。

「我們去要求換房間。跟我來。」他倏地說。

兩人來到接待櫃檯，伊娃躊躇不前，安傑羅溫暖的手摟住她的手臂。

「我去吧。妳站在這裡，裝出很害怕的樣子。」他輕語。

「這一點也不難。」她喃喃。安傑羅完全明白，他長袍底下一顆心撲通狂跳，但他仍泰然自若地對接待櫃檯後的男人笑了笑。接待員牽起他的手親了一親，彷彿不確定安傑羅是否爲重要人士。

「先生，有事麻煩你。」安傑羅輕聲細語地說。「我妹妹住在這間飯店，她是有名的小提琴家，在今天的晚宴上爲達官貴人演奏。如你所見，她非常漂亮。」他打住，讓對方自行意會。

身材矮小，黑色油頭，留著小鬍子的男人探頭看了眼安傑羅身後的伊娃，眼睛微微瞪大。「喔，是的，我懂了。」他語帶尷尬，彷彿猶豫該不該附和。

「其中一位賓客太關注她了，雖然不是什麼重要人士，不過，可以的話，我希望能替她換個房間。那個人看見她走出房間，我妹妹有點嚇到了。」

「喔，好的，神父。我明白。」接待員從安傑羅手中收下鑰匙，查閱了一下明細本。

「您會跟令妹一起住嗎？」他委婉地問。安傑羅努力不去多想話中的含意。

「我會待一下子，確定她沒事。」

「是的，神父。」接待員迅速取出兩副鑰匙，點頭致意後在胸前劃十字，看樣子他很久沒做告解了。安傑羅哭笑不得，人們見到他很容易侃侃而談或是緊張。會緊張也好，要說服對方就簡單了。

「需要我們把女士的行李搬到新房間嗎？」

「不用了，她原本怕得想直接離開飯店。她演奏時，我把她的行李放在衣帽間。我們直接拿過去就好。」

「好的，先生，我是說神父。太好了。」接待員點點頭，再次於胸前比劃十字。

雙開門後是一間奢華大套房，小玄關直接面對雅緻的客廳，再過去是一間設備完善的浴室。一大面窗戶可以直接眺望西班牙階梯。但安傑羅無心欣賞窗景。

在特拉斯提弗列區，收容猶太人的修道院、修女院和教堂加起來共有十座，而在同一區裡，還有零星散布在二十戶家庭中的猶太人。如果搜捕範圍是整個西區，那麼他們就得警告整個西區。電話轉接到梵蒂岡，他聯絡到一名歐弗拉帝蒙席的助理。安傑羅要求助理，務必通知歐弗拉帝蒙席今晚要在特拉斯提弗列舉行子夜彌撒。子夜彌撒是暗號，意思是夜搜。

他已經事先安排好幾名有電話的線人，一收到他的暗號，就去警告附近收容難民的修女院、修道院和宗教機構。除了少數幾間，大部分的修女院和修道院都沒有電話，要有人接聽電話、聽懂警告，然後傳遞出去，這整件事幾乎是一種奇蹟。這是個艱鉅的任務，必須透過接線生，而且使用的不是私人線路而是公共線路，訊息很可能被任何一個人聽到。但他終究逐一聯絡到每個線人，把警告傳送每個地方，除了聖則濟利亞聖殿。他必須親自跑一趟。

「你不能去。萬一搜捕的時候你在場，馮伊森上尉看到你了怎麼辦？」

「我必須去。」他說。「我一定得去。妳留在這裡，我保證一定會回來找妳。」

她點了一下頭，神情緊繃，圓睜著眼，臉上寫滿恐懼。他看得出來，她認爲這一趟凶多吉少，彷彿父親前往奧地利的悲劇又要再一次上演。但她沒有阻止他，她的勇氣令他動容。她起身隨他走到門口，黑色禮服的修長剪影，宛如黑暗中的一根蠟燭。

「今晚，我以妳爲榮。菲力士也是。妳是個了不起的女人，伊娃．畢安可，太了不起了。」他眞心誠意地說。

她強忍淚水的模樣讓他直想擁她入懷，但他忍住了，趕在心軟之前轉身關上門。他走下樓梯時才發現，自己剛剛稱她爲伊娃．畢安可，而不是羅賽利。彷彿在他心裡已經認定，她就是他的女人。

18 地下聖堂

安傑羅離開飯店，拄著拐杖極盡所能地快步前進，才走過一個街口，就有一台黑色長型車開到他身邊，車窗降下，露出馮伊森上尉的臉。他一個人坐在後座。

「相信你知道現在是宵禁時間，即便是你這樣身分的人也是會惹上麻煩的，畢安可神父。」他優雅地說。

「我得到許可，而且住的地方不遠。神父的工作總是沒完沒了。」安傑羅嘆道，笑了笑，心跳加速。上尉殺了阿爾多，他給人一種詭異的感覺，也許是他那整齊俐落的風格，以及語氣溫和也掩蓋不住的得意，他相當以身爲德意志國的成員爲傲。他是那種會在施虐時一臉遺憾地告訴受虐者，都是他們自己的錯。

「我載你一程，神父，上車吧。」

安傑羅不想搭車，他猶豫不決，不知如何拒絕。

「我堅持。」上尉輕聲說。「就當是我給令妹的回禮。你今晚到場支持她，結果變成得在宵禁時間走路回家。」

安傑羅繞過車子，司機搶先一步下車開門。畢恭畢敬的舉動讓他稍微寬心了些。

「上尉，我記得今晚有看到尊夫人跟你在一塊。」安傑羅在車門闔上後說。她不在車上，這讓安傑羅再次緊張起來。

「是的，她想去拜訪幾個朋友，我則有要事在身。軍人的工作總是沒完沒了。這點我們倒是一樣。」

「這是眞的。」安傑羅客氣地說，雙手合十擱在大腿上。

「伊娃今晚表現得相當出色。」上尉低語。「太神奇了。聽她演奏非常享受。希姆萊和卡普勒中校都讚不絕口。」

「是的，她很優秀。」安傑羅不能多想希姆萊、卡普勒中校或兩人對伊娃的關注，否則容易做出傻事或險事，不管是哪一個，後果都不堪設想。

「你們兩個很親近？她說自己來羅馬是爲了接近你。我跟我姊姊也非常親密，她就像我的第二個媽媽。當然，這跟你和伊娃的情況不同，對吧？畢竟你可是神父，是爸爸啊。」他大笑著用雙關揶揄。

安傑羅怒火中燒，但他只是搖頭聳肩。「不是那樣的，我們只分開了兩年。」

「幸好你是神父，不然，大家可就誤會了。」上尉輕聲說，接著默不作聲，凝視窗外。安傑羅看著車子轉過一個又一個彎，他不知道車子要往哪去，但肯定不是他家。車子大剌剌地直接停在聖則濟利亞聖殿前，儼然把整個大廣場當成停車場。上尉伸手要開門，安傑羅心頭一沉。

「我有點事要處理，也許你可以幫我，神父。你的德語也相當流利，而我會的義大利語有限。我需要一名口譯人員。」一台卡車停在賓士車後頭，幾名佩戴步槍的親衛隊員跳下車。

「你要做什麼？」安傑羅驚呼，迅速下車，奔上前伸手擋住那些武裝男人，要求他們停下，暗自祈禱裡頭的人有時間躲藏或準備。

「我們要搜捕，神父。」馮伊森開門見山地說。「天主教會公然藐視我們的法律，我們有理由相信，猶太人藏匿在羅馬各地的修女院，就像這一間一樣。」

「沒有猶太人！我知道這間修女院，也認識這裡的修女。」

「當然了，你自己的妹妹就住這裡。但你也明白，我們得親自搜查。」

「不，我不明白。這是敬主的聖地，牆後是修院禁地，不管是神父、德國人或猶太人，沒人可以褻瀆禁地。」

「天主教會——就算是教宗本人，都沒辦法命令任何一名親衛隊隊員。神父，這個你是知道的吧？」

上尉面帶微笑，眼神冰冷。他歪了歪頭，他的手下立刻衝向大門，用槍托敲打柵欄大門，鏗鏗鏘鏘的刺耳聲音迴盪在冷冽的空氣中。安傑羅透過欄杆，望向平靜的庭院，環繞瓶狀雕刻的池水如鏡面般平靜無波，映照著月光和漆黑的天空。夜已深，房客應該都就寢了。安傑羅只能祈禱大家還沒睡著。睡到迷迷糊糊可不是件好事。

他在腦中逐一計算難民的數量。桑尼一家有證件，但馬立歐的外表很有可能在上尉面前洩露他的身分；逃過十月圍捕的一對姊妹沒有證件，但修女指導過兩人的行爲舉止，有機會展現的話，應該就能安全；一對兄弟有證件和軍方聲明，問題在於他們的口音，他們會面臨和馬力歐相同的威脅，想要活下來的最好辦法就是躲起來；帶著兩個小男孩的家庭沒有通行證，另一對父女也沒有假證件，他們的證件上明白標示他們就是猶太人。也就是說，萬一被找到，一共有八個人會當場逮捕。其他好幾個在經過偵查之後也會曝光。

「神父，請你叫他們開門。」馮伊森指示。「否則我們只能破門而入了，我們可不想這麼做，我們是文明人。」

親衛隊停止敲門。安傑羅抬高聲量叫喚弗朗西絲卡修女，同時暗中祈求聖則濟利亞能保護在她聖殿之中的無辜百姓。

「弗朗西絲卡修女！我是畢安可神父，跟我一起來的人還有德警馮伊森上尉，他堅持要查看院裡有沒有猶太人。」幸好他可以明目張膽地示警，就不知道除了嚇壞裡面的人外還能幫上多大的忙，時間令人措手不及。

弗朗西絲卡修女慢吞吞地走出來，她向來都是來去匆匆，忙著處理天主的工作，現在卻像拖著腳在走路一樣，雙手虔誠交握，神情肅穆。

「安傑羅神父。」她微微點頭致意，接著看向上尉。

「開門。」馮伊森喝令，直視她的眼睛。

她歪著頭，彷彿不明白他的意思。安傑羅知道她聽不懂，但上尉的意圖很明顯。

「叫她開門！」馮伊森怒道。安傑羅照辦，弗朗西絲卡修女仔細思量過後，緩緩開了門。士兵一擁而入，差點撞倒她。她拉住欄杆大門才不至於跌倒。

馮伊森上尉拿出擴音器，命令所有人立刻到院子集合，否則當場槍斃。

安傑羅扶起弗朗西絲卡修女，他不敢多問或竊竊私語，深怕惹來側目，但他翻譯出上尉的命令。

「不行！我們有隱居的修女，她們不能出來到院子！她們不能離開禁地。」她叫喊著衝向上尉。安傑羅轉述她的顧慮。

「那也可以，我們自己進去。」他兩手一擺，一手還拿著擴音器，彷彿他是個非常明白事理的人。

「不行！」院長跺著腳。「除非你先殺了我，你別想進入修院禁地。」

「妳不會是唯一死在這裡的人，修女。」安傑羅輕聲說。「他們會殺了妳，然後照樣進到修院禁地去。活著才能戰鬥。」

「聽睿智神父的話。」上尉說，面露微笑。安傑羅只想朝他的臉吐口水。

「施羅德，帶三個人跟你一起隨修女進去。」馮伊森下令。「你也去，神父。施羅德警官會需要你幫忙傳遞指示。」

弗朗西絲卡修女垂首帶路，面紗底下彷彿承受了千斤重擔。她大聲地向聖則濟利亞祈求原諒，一邊開啟修院禁地與世隔絕的格柵鐵門。

「至少讓我先對大家解釋一下情況吧？」她懇求。

「不行！」安傑羅翻譯軍官的話。「這樣會給他們時間躲藏。」

修女不需要任何解釋，她們已經成群列隊等候在一旁，十指交握，垂首禱告。安傑羅的目光掃向正中間兩顆低垂的頭，兩名姊妹頭戴頭巾，外披面紗，年輕貌美的兩人在左右兩側的修女包夾之下顯得格外引人注目。安傑羅只能暗中祈禱。施羅德警官邁步向前，眼神輕蔑地逐一審視每一個人。他停步在年幼的妹妹前面，後者只是低垂著頭。

他突然伸手想要一把扯掉她的頭巾，但頭巾文風不動，反惹得其他人竊笑。警官惱羞成怒。

「脫掉！」他怒斥。警官一定清楚修女在立誓時就剪短了頭髮，從此不再留長。有一頭飄逸長髮的女人肯定很有問題。

妹妹驚慌地瞄了安傑羅一眼後隨即別開，彷彿知道神父也無能爲力。她閉上眼，深吸一口氣。安傑羅也一樣。接著，她開口朗朗唸起那些艱澀的語句，那些她爲了自保而學習的語句。「我們的天父，願祢的名受顯揚。願祢的國來臨，願祢的旨意奉行在人間，如同在天上。」親衛隊員侷促不安，她說的是義大利語，但主禱文換成任何語言都不難懂。他們來到禁地，一個與世隔絕的地方，這裡沒有男人、女人、士兵、神父，她們是隱世修女，這些男人當中一定有人清楚這代表什麼意思。

「脫掉！」警官大吼，兩人相對的臉近在咫尺，口水噴了她一臉。她抬起手，取下黑色面紗，口中不停朗誦著禱詞，也沒有脫掉頭巾。

「求祢今天賞給我們日用的食糧，求祢寬恕我們的罪過——」她直視著藍眼德警的臉。「如同我們寬恕他人一樣。」

「所有人都給我脫掉！」他喝令，舉槍掃過所有修女，一手扯著女孩的頭巾強調他的命令。見眾人遲疑不決，他直接將槍口瞄準女孩的頭。

「脫掉！快！」

安傑羅拚命壓抑怒火。他實在受夠有人拿著槍對準女人的頭。伊娃就是這樣被人用槍逼著進入了塔索街，羊入虎口。他們輕率且傲慢地舉起槍，他只能祈求主看見了這一切，有朝一日天理昭彰。

其他警官察覺到隊長的異樣，不安地扭動。其他修女開始解開頭巾，同時一起吟誦禱詞：「不讓我們陷於誘惑，救我們免於凶惡。」

「因爲天國、權柄和榮耀全是祢的，直到永遠，阿門。」語畢，修女們取下頭巾，別開視線，迴避男人們緊盯她們剃短的頭髮的目光。安傑羅壓下嘴邊的驚呼，姊妹倆剃了平頭，成功混入修女們當中，眾人怯懦無助地接受德警的審查。她們剪了頭髮，救了自己一命。

警官鬆開扳機，眼神凶狠狂亂，緊抿著嘴，遲疑不決。他最終放下槍，知道自己表現得像個傻子。他收回槍，滿臉通紅走向那道禁止生人入內的格柵鐵門。「我們走。」「都沒問題。」德警返回庭院回報馮伊森。幸虧有夜色的遮掩，他的臉依然尷尬得通紅。

修女院內的其餘人都到庭院裡列隊集合，馮伊森站在隊伍前方，宛如驕傲的教授一般兩手在背後交握。其中一名手下手裡拿著弗朗西絲卡修女最擔憂的那本官方登記簿。安傑羅望向桑尼家，茱莉亞抱著寶寶，小艾蜜莉亞在父親的懷抱中，羅倫佐緊牽著馬立歐的手。可憐的羅倫佐，他年紀大到知道什麼是危險，但尚不足以想透爲何會發生這些事。這是他們家經歷的第二次搜捕，第二個九死一生的晚上。安傑羅找來當艾薩克乳母的女性也站在其中，她表情冷漠，彷彿事不關己。沒有證件的猶太人皆不在現場。

安傑羅和院長在修院禁地陪伴著上尉時，上尉的手下將房客的房間和周圍的建築徹底地搜查了一遍。到目前爲止，沒有尖叫，也沒有槍聲響起，想必文件通過審查，房間也沒有任何疑點。這時，從教堂裡跑出三名士兵，來到上尉面前。安傑羅聽到他們提到上鎖的聖器室，那裡通往一處地窖。

古早以前，羅馬人會在頹圮的教堂之上，利用原有的結構，直接再蓋一棟新的建築。就這樣，一層壞了再搭一層上去，羅馬成了一座層層疊疊的城市。大約五十年前，聖則濟利亞聖殿原址上挖掘出兩棟羅馬房子，其中一棟據傳就是屬於聖女聖則濟利亞。挖掘遺址的西邊是一八九九年建造的地下聖堂，而在聖堂唱詩班座位正下方，還有一間更早期的地窖。安傑羅驀地想起難民們也許就躲在墓穴裡，那裡是最佳的藏身之處。

馮伊森上尉顯然也有一樣的想法。「畢安可神父、修女，跟我來。」他下令，跟著士兵前往教堂。一進到教堂，士兵轉往左廊，來到一道緊閉的大門前。

「門後是什麼？」

「是一處挖掘出來的廢墟。」安傑羅說。「老舊製革廠的一部分，有小聖壇、馬賽克鑲嵌畫等的一個地下聖堂。」

「妳先請。」馮伊森上尉對修女說。她開鎖，沿著開鑿出來的狹窄小石階走。地窖潮濕，聞起來有一股陳年泥土味，就像羅馬的味道一樣。一踩到地，士兵們立刻四散，拿著手電筒在四十年前出土的頹圮洞穴內四處搜索角落，舉著槍往陰暗處戳打。弗朗西絲卡修女開了燈，忽明忽暗的燈光，似乎在暗示不歡迎這些來到原始地窖裡的騷動。

「那裡是什麼？」馮伊森用手槍指著一道擋住去路的格柵鐵門。

「是地下聖堂。殉道者則濟利亞、華肋廉、諦步爵、瑪息莫(注)，以及教宗烏爾班一

注 則濟利亞（Cecilia），羅馬的貴族之女，發誓一生守貞潔，即使許配給華肋廉（Valerian），婚前二人即約定婚後也不同房。因其埋葬殉道而死的丈夫華肋廉、小叔諦步爵（Tiburtius）和羅馬軍人瑪息莫（Maximus）三人的屍體而遭到逮捕，殉道而亡。

世（注1）和教宗盧修斯一世（注2）的墓穴。」弗朗西絲卡修女回答，她不必等翻譯就明白上尉的問題。安傑羅替她翻成德文。

上尉一臉厭惡，但沒被嚇住。「打開。」

「我不會允許你的人褻瀆墓穴。」弗朗西絲卡修女搖頭，在胸前劃十字。上尉知道她不願意立刻勃然大怒，看樣子，搜捕行動不如他預期順利。

「打開！」他怒吼，拿槍指著公然反抗的修女院長。她從袖口掏出一把舊鑰匙，高聲示警。

馮伊森望著安傑羅尋求翻譯。

「凡褻瀆聖人墓穴之人，必步上同樣的死亡之路。」安傑羅緊繃著臉重述。「聖則濟利亞死於斧頭的砍傷。」

老修女宛如從《馬克白》裡走出的女巫，施展巫術，預言不祥之兆。親衛隊員侷促不安，但馮伊森搖搖頭，命令手下搜索。弗朗西絲卡修女像隻齜牙裂嘴的貓繞著墓穴走，嚇得士兵膽戰心驚，草率搜索了一番，沒兩三下就爬上石階回教堂去了。無論是安傑羅或是弗朗西絲卡修女，都沒有告知他們這裡是新建的地下聖堂，而在則濟利亞墓穴後方，僅一牆之隔，靠一個洞連結的後方才是原始的地下聖堂。空間雖小，但足夠躲藏五個大人和三個小孩。

「修女，沒那麼難對吧？」上尉說，彷彿剛剛只是進行了一趟愉快的地下巡禮。他走向戒慎恐懼的房客，兩手一拍。「我們在這裡浪費夠多時間了，我們走。」他的手下立刻列隊快步走向大門。

「神父？你先請。」馮伊森手一擺，示意安傑羅先走。

「我走路回家就好，謝謝你。」安傑羅不動聲色地說。除非被槍指著，否則他再也不想跟馮伊森同車。或許連被槍指著也不要。上尉恢復他的假慈悲，他欣然點頭同意，手指一彈，指令一下，士兵們魚貫跑向卡車後方，帶著他們的恐嚇和槍跳上車，消失在黑色車簾之後。

馮伊森尾隨在後，走到一半，轉過頭撂下狠話。安傑羅知道，他不只是說給院長聽，更是說給他聽。

「假如我們發現有猶太人藏匿在這裡，我們會再回來。我們會回來的，修女。」馮伊森坐上賓士車後座，車隊轟隆駛過鵝卵石地面，消失於轉角處，彷彿從未出現過。

這一夜還未結束，但聖則濟利亞聖殿挺過來了，藏身其中的猶太人也還活著。現在得去警告其他人。

「敲響鐘聲，弗朗西絲卡修女。」他要求。「五次。讓左鄰右舍知道德軍走了。」

不久後，聖則濟利亞聖殿宏亮而綿長的鐘聲響徹黑夜，示警所有聽得到的人。不了解暗語的人會聳聳肩，置若罔聞。鐘聲響起在羅馬是稀鬆平常之事，僅管不常在半夜聽到，但也不是什麼值得緊張的事。

注1 教宗烏爾班一世〈Pope Urban I〉，羅馬天主教第十七任教宗，傳說他曾為聖女則濟利亞的丈夫及小叔施洗。

注2 教宗盧修斯一世（Pope Lucius I），羅馬天主教第二十二任教宗。

一分鐘後，回應的鐘聲響起——五次。接著，是更遠處的鐘聲。然後是更遙遠處。四面八方各自傳來五次鐘響。訊息傳達出去了。

一九四四年三月十八日

告解：今晚，我面對了我的龍。我一個人獨坐在羅馬漂亮的飯店房間，本子裡寫滿我的告解，納悶這條龍到最後是否會殺了我，或是更糟，會殺了安傑羅。

龍讓我想起自己的十四歲生日。爹地雇了雜耍團，有小馬、小丑和會算命的吉普賽人。眞是太好玩了，尤其是算命師，她好年輕，才十八、九歲吧，貌美出眾，豐乳蠻腰，耳戴一雙金色大耳環。我的眼睛離不開她。吉普賽女郎的風騷讓父親有點緊張，但這是我最棒的生日派對，同學們談論了好幾個月。

吉普賽女郎有一副塔羅牌，和一個假裝可以預見未來的水晶球。我想要她替我算命，可是我臨陣退縮，跑出去把安傑羅一起拉進她的條紋小帳棚，在我聆聽命運之時可以讓他牽著我的手。安傑羅當時十六歲，比同齡的男孩都要成熟，我得求他，他才願意回家參加派對。即使如此，他總待在一旁吃蛋糕，聽奧古斯托叔叔和爹地爭吵政治話題。他不再是孩子了，我正一點一滴失去他。

當我要吉普賽女郎繼續說下去時，她笑了。我看起來一定既幼稚又可笑。她黑眸紅唇，看得出來安傑羅的帥氣相當吸引她，她一邊翻牌——我不記得是哪些牌了——眼睛還不時飄向安傑羅。我不太記得預言內容，只記得自己當時頗爲失望。當她說要替安傑羅占卜時，他一把抓著我就要走，明顯不感興趣。她起身，堅定地把他推回我剛坐的椅子上。我抓著他的手，示意他屬於我，她眉毛輕蔑地一挑。

她預言他會贏得一位美麗佳人的愛，生下許多兒子。我告訴她，他將來要當神父。她預言他會成爲拯救許多人的英雄，我說他已經是我的英雄。「你會屠龍。」她置若罔聞，煞有其事地說。安傑羅沉默不語，緊握住我的手。

「你會屠龍，但在那之前，龍會先殺了你。」她低聲說。安傑羅跳起來，拉著我離開帳篷。

伊娃・羅賽利

19 美第奇別墅飯店

安傑羅走了四十分鐘才回到美第奇別墅飯店，一路上心急如焚。他好怕自己抵達飯店時，伊娃不見了，房間內空無一人，家具傾倒。他想像她的房門被敲開，獵捕猶太人的黑衫軍趁夜將她擄走。

他不信任馮伊森，他堅持要她留宿飯店肯定不懷好意。安傑羅轉動鑰匙，憂心忡忡地步入房間。

一切安好。

伊娃似乎是在等他的時候睡著了，整個人直接倒臥在床邊，一雙腳還垂掛在床邊。他凝視片刻，如釋重負之後感到昏昏沉沉，接著打起精神走向浴室，連灌好幾口水，舒緩胸中的疼痛。這是喜悅的疼痛，感覺到愛、渴望和失去的痛。儘管她人就在這裡，但疼痛提醒他，他差點失去她。疼痛說明了他是個笨蛋。

伊娃用過浴缸。浴室充滿霧氣，聞得到肥皂和茉莉香味。真不知道她是怎麼有辦法讓自己身上有香味的。他抵擋不住浴缸的誘惑，脫掉長袍，任由它滑落在地。他三兩下脫光衣服，想好好洗去沾滿全身的汗漬和恐懼。

他爬進浴缸，希望自己沒吵醒伊娃。水不夠熱，他盡可能添加熱水，越熱越好。他洗刷身體，用一旁伊娃使用過的肥皂洗頭髮。高級飯店在洗手台上備了一小盒牙粉、一根牙刷、浴帽和梳子。伊娃一定用過牙刷了。安傑羅漱漱口，刷起牙，不去多想這個動作有多親密或過度想像她的嘴。他穿上義肢和褲子，但衣服和長袍都濕了，沒辦法穿上。他匆匆甩了甩衣服，掛在門上晾乾。回到房內看伊娃睡覺。

她看起來像昏倒了一樣，腳掛在床邊，側躺著面向他，白色被單隨意裹在身上，臉半埋在床上，擋住了纖細的頸項，陰影落在她的臉龐上，模樣宛若殉難聖者則濟利亞雕像。他走過去跪下來，莫名的恐懼讓他一陣暈眩。他抬起她的腳放在床上，將她翻身躺平。她癱軟無力、沒有氣息。他不假思索，直接把臉貼在她的胸口，聆聽她的心跳，用手指探測她的嘴是否還有呼吸。一瞬間，他嚇壞了，沒有任何生命跡象。

他深沉的的恐懼和急促的心跳掩蓋掉一切，難怪他什麼也聽不到。他這才意識到是自己反應過度。他深吸幾口氣，平靜下來。她微張的雙唇透出氣息，拂過他的指間，他的臉頰感受到她加快的心跳，彷彿知道他來了。

他如釋重負，攔腰抱起她，被單在地拖行。他坐在離床不遠的高背椅上，雙臂摟著她纖細的嬌軀，靜候她甦醒。他忍著不去撫摸她披散過肩的烏黑秀髮，而她仰著的臉龐就貼近他的臉，他忍著不去凝視，轉而遠眺窗外的夜色。他的內心翻騰不已，太陽穴隱隱作疼，有個聲音持續警告他放下她，不要貪戀地賴在椅上不走。

他告訴自己，他只想抱著她，他不會放她走，他也做不到。

「安傑羅？」聲音細如游絲，他閉上眼，鬆口氣的同時又感到失望。

他困窘不已，不知道該說些什麼，也怕自己言多必失。因此他緊閉雙眼，保持沉默。

「安傑羅？」她提高聲音，語氣裡滿是疑惑。他原本想要祈禱，卻發現自己並不希望天主干預。他屈服了，睜開眼，低頭凝視她的臉，在她深邃的眼眸之中看見自己的雙重倒影，兩張蒼白的臉龐漂浮在兩潭墨色深水上。

「妳睡得不省人事，嚇壞我了。妳一定是作夢了吧，夢裡的妳去了哪裡？」他輕語。

「找你。」她回答。

「我在這。」

彷彿為了證實他的話，她抬手輕摸他的臉頰。她溫柔的撫觸擊潰他的心防。一個如此輕柔的小東西怎能就讓他瓦解了？但他確實動搖了。想必天主能諒解一個脆弱無助的男人。她沒有順勢將他拉近她，也沒有抬起枕在他頸項間的頭，是安傑羅自己。他找不到任何藉口可以解釋他接下來的行為。

他低頭吻她。

如果說他不是有意貼上她的唇，那他就是在說謊。有別於從前，無論是漁夫小屋之吻，甚至是第一次搜捕行動那天的吻，他都可以怪罪於環境，是一時情急，他沒有多想，沒有預期。但這一次的吻毫無懸念是他主動的。

是他堅定而怯懦地用唇封住她的嘴，四唇相貼的那一刻，他屏住呼吸，全身血脈賁張。是安傑羅的意願，沒人逼他。

伊娃迎合而上，撫著他臉頰的手往後攀上他的後腦杓，另一手勾住他的頸項，圈住徘徊不定的他，在他品嚐她的味道時反嚐他的味道，腫脹的雙唇交疊，纏繞的舌頭探尋彼此絲滑的觸感。

一個不懂情趣缺乏經驗的男人，自然沒有挑逗，沒有故作矜持，沒思考技巧或是節奏，倘若還有心思，那也只剩交纏的雙舌和腹中翻騰的熱潮。伊娃慾火焚身，抵在安傑羅胸前，雙腳跨騎到他的臀上，雙臂環抱他的頸項，任由他緊摟著她，兩顆心急促狂奔，激烈律動。安傑羅一手托著伊娃的臀起身，一手護著她，兩人雙雙滾落在月光灑落的床上。她抵著他的唇呻吟，他打住，懊惱地停在她上方，懷疑自己弄痛了她。她也弄痛了他，但那完全不一樣。

他微微後退，凝視她的面容。房間一片漆黑，街燈和月光透過窗簾薄幕，珍珠般的白色交疊著變動的灰色，點綴在兩道黑影上。

兩人在激情之中靜止不動，躊躇不前。安傑羅在等待允許，伊娃則屏息著猜測有沒有後續。她不催不求，沒有向漁夫小屋那次一樣哀求「再一次，安傑羅」。從她的表情可以看出，她在等他的決定，她在等他的選擇。

他的目光緩緩鎖住她的眼睛，他伸手輕撫她絲滑的臉頰，拇指滑過她的唇，輕輕打開它，他俯身，嘴游移在她的唇上，低喃：「再一次，伊娃，再一次。」

他重新吻住她，飢渴地吸吮她的嘴，胸口的痛在消失的同時又再度加劇。他的唇離不開她，卻又迫切需要碰觸她，親手探索她的肌膚，記憶那山峰和飽滿的感覺，最終，成為彼此的一部分，合而為一。

他徹底迷失，迫不及待熟悉她每一寸肌膚。他按捺不住自己，既無法放緩動作也無法呼吸，彷彿一個跑進糖果店的孩子，在店內橫衝直撞。如果和伊娃在一起，意味著他的生命是以分秒計算，那也無所謂。

「我愛妳，伊娃。」他低喃，覺得有必要解釋他突如其來的激情。「我好愛妳，我浪費太多時間了。」他坦承，彷彿終於得到解脫，有種想哭的衝動。痛楚消失了，他心中充滿柔情。

「戰爭結束後，你還會愛我嗎？」她湊在他耳邊輕喃，聲音裡滿懷愛意和渴求。

他明白她的意思，腦中一時無法思考。此時此刻，他唯一眞正想要的人就在他懷中。

他閉上眼睛，試圖找到答案，試圖合理化一切，試圖聆聽主的聲音，然而，他只感覺到伊娃的手指劃過他的唇、闔上的眼、顴骨和下巴。他沒聽到主的聲音，他聽到伊娃的聲音。

戰爭結束後，你還會愛我嗎？

就在這一瞬間，他如夢初醒，答案清楚地浮上腦海。她是全世界他最想要的人，不是一個男人想要女人的那種方式。他不想再壓抑渴望，也不想只是一時意亂情迷，他想爲她而活，超越時間，超越戰爭，永永遠遠。

在徘徊了一輩子後，他進入了一個境界。曾經，他想要屠殺的龍是欲望、是貪婪、是虛榮、是自私、是野心。斬殺掉平凡和權力的需求。但那些龍消失了，取而代之的是無條件的愛與犧牲，爲了某人放下一切雄心抱負。爲了伊娃。他努力傳遞的愛與和平，以及盡心侍奉的天主依然相同，改變的是安傑羅。

他不需要永恆，也不需要成爲英雄，他更不想成爲聖人。他只想成爲一個配得上伊娃．羅賽利的好男人。他想得到她的吻、她的目光、她的微笑及笑聲。他想要她的肚子裡有他的孩子，他想要吸吮她的胸部，他要讓她的雙腳勾纏他的臀部，她的雙手環抱他的頭，跟她做愛。他要她的承諾、愛情和信任，他要她的時間和祕密，他要她的禱告和驕傲、淚水和煩惱。他要伊娃。

他睜開眼睛，深吸口氣，態度堅定不再逃避。

有些事不必那麼複雜。

「戰爭結束後，我就是妳的人，從頭到尾，生生世世。而妳也將是我的人。」

「伊娃．畢安可？」她微笑，唇角顫抖。

「不折不扣的伊娃．畢安可。」

「你醒了嗎？」伊娃輕聲說。

安傑羅閉著眼，氣息深沉，沒有回應。他趴著睡著，伊娃的手指順著背脊滑落至腰際後打住，深怕再摸下去他就要醒了，他現在需要睡眠。被單裹住他的臀部，雙臂枕在頭下取代了枕頭。白色被單烘托出他一身黝黑的肌膚，令她連想起馬萊瑪的白沙和暖陽，他也是像現在這樣趴在沙灘上。她吻了一下他的肩膀，頭枕在他的背上。

她心滿意足、充滿活力，幸福得難以入眠。她從沒感到如此生氣勃勃，身體宛如在輕吟。安傑羅和她做愛，安傑羅確確實實愛著她。

「安傑羅愛我。」她輕聲說，她是說給自己聽，說給世界知道，即使聽眾是不出聲的牆壁。全世界再也沒有比這更甜美的話語。

「他是的。」頭上方傳來含糊的聲音。

「伊娃也愛安傑羅。」她巧笑嫣然，再次吻了一下他的肌膚。

「妳該睡一會兒，就快早上了。」他柔聲說。

她的喜悅瞬間被一針刺破。她閉上眼，有意逃避現實，然而現實依然鑽進她的眼皮，爬入她的喉嚨。她來不及多想，便脫口而出那個悲哀的現實。

「是的，生活還要繼續過下去，我們得離開這個房間，回到擔心受怕的日子。」

安傑羅小心翼翼翻轉側身，她的頭從他的背上滑落到床上。他一把摟她入懷，肌膚貼著肌膚，胸抵著胸，兩人同時屏息。

「妳現在害怕嗎？這一刻？」他問。

「不會。」

「會痛嗎？」他凝視著她，藍眸中有說不出的疲憊。

「不，我的身體沒事。」他想問的不是這個，但她知道他的意思，她沒有身體上的疼痛。

「溫暖嗎？」他的聲音柔情似水。

她點點頭，暖上心頭。

「孤單嗎？」

「不，你這是……在責問我嗎？」她虛弱地問。

「不。」他搖頭，目光搜尋著她的眼睛。「不是的。我只希望能保妳平安，讓妳安心，護妳周全。」他沒說聖則濟利亞聖殿是否平安，難民們是否逃過一劫，但她知道，如果出事了，他不會在這裡。

「人們會有不用擔心受怕的那一天嗎？全世界在悲鳴，安傑羅，你聽到了嗎？我聽到了，我沒辦法不聽，我好害怕。我不想一天到晚戰戰兢兢。」

他用唇貼上她的嘴，這是他唯一的回答，他深情地擁吻她。他阻止不了世界的紛亂，消弭不了人們的憎恨，他什麼也做不了，這點她也清楚。但只要他一個吻，她便樂不可支，心中陰霾一掃而空。她緊抱住他，回應他的吻，在他的懷中找到安全。

冷冽的破曉時分，漆黑的地平線上晨光微露，銀白色光芒照亮整個羅馬上空。南線戰事如火如荼，北方屍橫遍野，東邊民不聊生，西面的鬥爭永不停歇，儘管如此，在這座喧囂的城市中，至少愛留在了這個房間裡。安傑羅和伊娃在彼此的懷抱中找到祥和、幸福和安全。即便只有這一刻。

星期一早上，伊娃穿上來到羅馬那天的白衣紅裙。她離開佛羅倫斯時帶了四件連身裙、兩件裙子和三件上衣。她知道跟大部分的人比起來算多了，但這些衣服都已經手洗到破破爛爛。她帶了換洗衣物，本來是打算晚宴後換下禮服搭電車回家。她幻想著再穿上一次黑色晚禮服，安傑羅盯著她看的眼神就會像星期六那晚一樣。一想到這，她就感到一陣燥熱、呼吸急促。

她和安傑羅躲在美第奇別墅飯店過了二十四小時，並且用她晚宴上賺得的酬勞又多留了一夜，享受闊別已久的大餐——水果、雞肉、白醬義大利麵。假裝這四道牆內就是整個世界，裡頭只有他們兩個人。

「我不希望妳去上班。」他咬著唇，心神不寧地在門口走來走去。安傑羅在水槽把衣服和長袍洗乾淨後掛起來晾乾，現在他穿著上衣和長褲，長袍卻掛在手臂上。伊娃不明白，莫非他不想在豪華飯店裡被人撞見他穿戴著長袍和十字架，尤其是在清晨。

「我必須去，沒事的。他們沒在聖則濟利亞聖殿找到猶太人，馮伊森上尉沒理由懷疑我。」

安傑羅低下頭，下巴抵胸口，沉重地吐了口氣。她感覺得到他散發出的焦慮不安，也不想就此離開。她貼近他，抬起他的臉，想讓他看著自己的眼睛。他眉頭深鎖，於是她親吻他的嘴，睜大了眼，要把他一起留在這一刻。

他隨即強而有力地抱住她，一把將她抱離地面，熱情如火地吻她。他吻得越來越好，他的吻就像他禱告時那樣地溫柔、虔誠且專心一致。結束時，兩人都快喘不過氣來。他沒再提她回塔索街上班的事。

安傑羅是杞人憂天了。馮伊森上尉一整天都在開會。除了端咖啡到有一整群德軍的房間外。伊娃幾乎沒跟他互動，她帶著來上班時的心情，喜孜孜地下班回家。

星期二也一樣。馮伊森上尉整天關在辦公室裡，心情極糟，而他的譏諷和喝令一點也不影響到她的好心情。她和安傑羅約在聖心堂見面，因爲等不了電車，她幾乎是一路用跑的，不在乎旁人怎麼想，整張臉眉開眼笑。

他站在祭壇旁，目光放在十字架。她打住腳步，擔心他是否心中有愧，感到懊悔。然後他聽到她來了，轉過頭。

他笑了。

一個令她目眩神迷的燦爛笑容，她如釋重負，坐到一旁的長椅上。但安傑羅另有打算。他喀喀喀拄著拐杖走向她，喜上眉梢，一把拉起她的手往樓下的小房間走去，那個曾經讓她感到悲傷和害怕的小房間。一到房間，他立刻擁她入懷，唇貼上她的嘴。他嚐起來有蘋果的味道——他一定跑去跟黑市商人交易了。她欣喜地舔舐著他嘴裡的甘美，感謝老天他平安無事。

為了救濟那些需要他的人，他每次都得冒著生命危險跑到台伯河畔去找東西。當他終於結束難捨難分的吻後，埋首在她髮間咕噥。

「我就怕這樣。」

「怕什麼？」她喘息著道，不想停止接吻。

「怕會控制不了自己。我知道一旦我投降了，就會變成一個沒用的男人，腦中想的只有妳一個人。我承認，我從以前就一直想著妳，但現在我懂了，我不光是愛妳，我還想跟妳做愛。每當我閉上眼睛禱告，我看到的人都是妳。」他再次呻吟，緊閉雙眼，彷彿真的很痛苦。伊娃被他的誇張逗笑了，她沿著他緊繃的下巴輪廓一路往上吻。

「你才不是沒用的男人。我猜你從跪在地上晨禱的那一刻起，就一直沒有停止工作吧。你今天有祈禱，對吧？」

「是的，許多次。」

「你都祈禱了什麼？」

「我祈求天主垂憐，拯救無辜百姓，保護受難之人，減少苦難，扶持弱者，助我控制淫念思想。」

「很多嗎？」她甜甜地問，唇徘徊在他的嘴角邊。

「是的。」他嘆道。

「祂沒有回應你這特殊的禱告。」

「我也不希望祂會。」

她格格一笑，他的嘴再次飢渴地封住她的唇，夾帶著滿足的嘆息和甜美的承諾。一吻結束時，她雙唇腫脹，心中飄然。當晚入睡時，她懷抱著一絲希望，反覆祈禱。她知道所有人都在祈禱同一件事。

「神啊，救救我們，拜託祢，救救我們。」

一九四四年三月二十一日

告解：有時我覺得德軍根本立於不敗之地。

一月底，美軍登陸義大利安濟奧海灘，搶佔灘頭，殺得德軍措手不及。結果他們沒有繼續前進羅馬，逼迫德軍撤出古斯塔夫防線，反而莫名其妙停下來修築戰壕，給予德軍充分的時間重整旗鼓發動反擊。兩個月後，成千上萬的人死了，戰事越演越烈。一月二十二日，美軍距離羅馬僅五十八公里遠，三月二十一日，依然還是五十八公里遠。戰爭彷彿永無止境，我害怕自己就這樣永遠被困在塔索街偷渡金子，跟一個男人暗通款曲。直到解放羅馬之前，他都不算眞正屬於我。

伊娃・羅賽利

20 羅賽拉大道

馮伊森上尉星期三上班時非常安靜，整個早上都關在自己的辦公室。昨天格蕾塔派人傳話說中午要和伊娃一起去逛新開的商店，但伊娃左等右等，格蕾塔遲遲沒有出現。她有些擔心，只好去敲上尉的門，獲准進入。

「格蕾塔還好嗎？」她一踏進門便問。

「是的。」上尉回答，眼中閃過一絲異樣。

「我們說好中午要一起吃飯。」

「這樣啊。」他輕聲說。他背靠在椅上，歪著頭打量她。妻子不見人影，丈夫卻是這種奇怪的反應。

「坐下，伊娃。」

伊娃坐在桌前一張椅子邊緣，每當他要求她做口述紀錄或有其他指示時，她總是坐在這張椅子上。他傾身靠在桌面上，十指交扣，對她投以質疑的眼神。

「妳知道上週末搜索修道院的結果，是無功而返嗎？一個人也沒找到，沒有猶太人，沒有反叛份子，也沒有反法西斯主義者，怎麼會這樣？中校信誓旦旦人就在教堂裡，結果全落空。」馮伊森上尉十指互抵，托著下巴，彷彿陷入沉思。「我回到家後脾氣暴躁，我老婆躲了我三天。直到昨晚，她說了一些事，我簡直難以置信。」

他持續打量伊娃，並沒有解釋妻子到底說了什麼。她沉默不語，如坐針氈。接著他話鋒一轉。

「星期六晚上妳表現得非常傑出，親愛的，太棒了。我的運氣不錯，遇到一個琴拉得這麼好，又願意上台演奏的人。」

伊娃不打算提醒他，她其實一點意願也沒有。

「謝謝你。」她輕描淡寫帶過。「要我替你端杯咖啡嗎？馮伊森上尉。」

「那倒不用。但我需要妳替我辦件事。妳應該有辦法聯絡到妳在梵蒂岡的哥哥吧？」

「沒有，他留在那裡時，我從沒聯絡過他。」這是事實，但馮伊森上尉眉頭一挑，似乎難以置信。

「不過，如果妳需要找他，他們總會傳個話給他吧？馮伊森上尉拿起亮黑色電話的話筒，轉動轉盤撥號，等待接線生上線。

「麻煩幫我接梵蒂岡。」他說，對伊娃眨眨眼。「跟妳哥哥一起工作的蒙席叫什麼名字來著？」

「魯西安諾蒙席。」她木然地回答，暗忖上尉想要的答案應該是歐弗拉帝蒙席。他知道安傑羅跟歐弗拉帝蒙席共事嗎？這就是原因嗎？馮伊森上尉對接線生重述名字。等待的時間過了好幾分鐘，他對伊娃投以一笑。伊娃緩緩站起身，走到他面前，心中愈加忐忑不安。

「啊，很好，我是德國警察馮伊森上尉，我要傳話給魯西安諾蒙席的助理安傑羅・畢安可神父。這件事非常重要。」他打住，彷彿對方要他等一下。

「麻煩轉告畢安可神父，他的妹妹被拘留了，如今正在蓋世太保總部接受盤查。」

安傑羅在塔索街的一間小候保室裡等了一個多小時，沒人出面解釋或回答問題，只叫他等，他只好等。接到馮伊森上尉的留言後，他知道死期到了，但願這是他的死期，而不是伊娃。

他將事情經過告訴魯西安諾蒙席，蒙席禁止他離開梵蒂岡。好幾名地下組織的神父被逮，遭到刑求，有些人被處決，有些人被遣送到德國的戰俘營。

「要是伊娃被抓了，你幫不上忙，也救不了她。但你可以救救自己，想想那些依靠你的人，孩子，務必想想他們。」

他親吻魯西安諾蒙席的手，請求他轉告歐弗拉帝蒙席，他一定能了解。如果他能幫忙，他一定會，他比任何人都願意冒險犯難。

「我們救不了你，教宗無法干涉，她不值得你冒生命危險，安傑羅。」魯西安諾蒙席叫喊著，追著他來到走廊，但安傑羅頭也不回。他離開梵蒂岡的庇護，連搭兩班公車前往塔索街。他非常清楚對方要引蛇出洞，馮伊森善加利用了伊娃這個誘餌。所以安傑羅一點也不意外，此時走進房間的人是馮伊森上尉本人。

「感謝你特地前來一趟，畢安可神父。其實我可以去找你的，只是跟梵蒂岡的政治關係很不穩定，再加上外交豁免權的問題，我想還是在這裡談比較方便，以防萬一事情不如預期。」他坐下，翹起二郎腿。安傑羅可以在他閃亮的靴子表面上看見自己身上的十字架倒影。

「你把我找來，是因為你的權力沒辦法跨越羅馬和梵蒂岡之間的白色分界線。」安傑羅平靜地說。

「我何必那麼做？你不過是名謙卑的神父，又怎麼會知道猶太人藏匿在城裡的每個地方呢？」馮伊森狡猾地辯駁。

「我妹妹呢？為何要拘留她？」

馮伊森高舉雙手。「喔，不是的，你誤會了。我們只是問她一些問題。得了，神父，別再玩遊戲了，伊娃不是你妹妹，對吧？」

安傑羅全身一寒。

「真是遺憾，她演奏得如此動人，在場所有人都聽得如癡如醉。不管是她或是音樂都太美了。她真是一名性感尤物。我想你也清楚，她其實一點也不想上台，我還得求她、哄她。她肯定嚇壞了。」馮伊森誇張地嘆口氣。

「但從她的琴技你完全猜想不到……所有人都折服在她腳底，尤其是羅馬警察局長皮埃羅．卡魯索的妻子。卡魯索夫人在佛羅倫斯見過她，幾年前，她聽過她的演奏後就對她念念不忘。她其實叫伊娃．羅賽利吧？事隔一年，卡魯索夫人再去聽同個交響樂團的演奏，但她已經不在了。探聽之下，才知道伊娃．羅賽利已經離開交響樂團了，因為她是名猶太人。」

安傑羅不動聲色，不讓表情有任何一絲變化，不過，也無所謂了，因為馮伊森已經知道了。他輕鬆自若，彷彿在一場茶會上跟一群婦女聊起奇聞軼事。

「想想看，卡魯索夫人在週六晚宴上看到她演奏時有多驚喜，她沒想到我們居然找一名猶太人來娛樂貴賓。」馮伊森臉上閃現一絲慍容。「幸好卡魯索太太相當謹慎，只透露給我太太知道，而我太太考慮了老半天……最後終於告訴我。」

原來如此，怪不得星期一、二都平靜無波，原來馮伊森並沒有立刻知情。只是安傑羅納悶為何他太太會遲疑不說，莫非是在馮伊森的逼問之下才說出口。想必如此。

「我調查過你，畢安可神父。你小時候就來到義大利，不在學校時是跟祖父母同住。你的祖父母住在猶太家庭裡幫傭。那一家人就姓羅賽利。我原本認為你也是猶太人，只是假裝成是名神父。不過，你是貨眞價實的羅馬天主教神父，任職於羅馬教區，侍奉天主和教宗庇護十二世，是羅馬教廷的明日之星。你的身分是眞的，伊娃是假的。雖然你們似乎從小一起長大，但她不是你親妹妹。」

安傑羅沒有反駁，也沒有反應，只是僵坐在椅子上。上尉哈哈大笑，笑得令人背脊發涼。

「想必你很愛她，不是像對待妹妹那樣的愛，你一定跟她上過床了吧。她這麼漂亮，沒有一個男人抗拒得了，對吧？我自己都差點把持不住。話雖如此，身爲一名神父也不能這樣吧！」馮伊森搖搖頭，晃晃手指頭，一副不敢想像的模樣。「我敢肯定她在協助你，跟你通風報信。她上星期一定是偷聽到搜捕行動的事，也可能是我的錯，是我要她躲遠一點，而她背叛了我。」這一次，他毫不掩飾自己的怒火。他傾身越過桌子，眼神銳利，語氣柔和。

「我可以跟你做個交易，神父。我會放伊娃走，我喜歡她，我不希望她因爲你而受到折磨。我會放她一條生路，在我們再次追捕她之前給她機會先躲起來，條件是交出你藏匿的所有猶太人。我們會再次搜索每一間修道院、修女院、學校、教堂和神學院，遲早都會找到他們；你說不說都不會改變他們的命運，但可以改變伊娃的命運。」

安傑羅腦筋轉得極快，從一個選項跳到另一個選項，但隨即打消這個念頭。上尉傷害伊娃了嗎？她現在被關在牢裡等待驅逐出境嗎？她還在塔索街嗎？他呼吸變得急促，緊握拳頭。他想不到對一個人可以如此恨之入骨、咬牙切齒。

安傑羅沒有閉上眼或垂下頭，他暗中禱告，祈求信心和力量，無視眼前的上尉和門外攜槍戴盔、聽令於壞蛋的衛兵。他祈求幫助。禱告是他目前唯一的武器。上尉背靠在椅上，繼續談判。

「那就十個人吧，十個猶太人換一個伊娃。十對一，這是慣例對吧？給我十個地址。」他把一支筆和一張紙遞給安傑羅。「名字也成，神父。寫下機構的名字，我就把伊娃還給你。你給我名單就可以帶走你的妹妹。這件事除了你跟我，不會有第三個人知道。伊娃可能會猜到，不過，她會很高興你把她放在第一位，重視她勝過其他人。」

「我沒有任何情報可以提供，上尉。很抱歉我幫不上忙。」安傑羅斬釘截鐵地說，沒有任何遲疑，也不讓自己有反悔的餘地。

「沒有？不救你妹妹的命了嗎？」馮伊森刻意強調「妹妹」這個字眼。「我會讓她知道的。」他瞪著安傑羅，盤算自己的下一步。

萬福瑪利亞，滿被聖寵者，主與爾偕焉；女中爾爲讚美，爾胎子耶穌並爲讚美。天主聖母瑪利亞，爲我等罪人，今祈天主，及我等死時（注1）。

喔，主耶穌，請寬赦我等罪過，救我等於永火，求祢引領衆人靈魂前往天國，尤其是需要憐憫的靈魂。阿門。（注2）

他腦中連串閃過禱文，在祈求兩人能從烈火中脫身的同時，也希望伊娃能原諒他。他願意爲她赴湯蹈火，但不能背棄需要他照顧的人們。伊娃也不會希望他這麼做。

馮伊森上尉站起身，探身到門外。

「帶那女孩進來。」他對附近一名衛兵下令。

安傑羅也站起身。

「坐，神父。出於禮貌，我不會限制你的行動，但如果有必要，我還是會的。」

安傑羅站著不動，上尉靠過來，雙手在背後交握，這是他最喜歡的姿勢。

「男人都在談論她有多漂亮，神父。她在這裡不會好過，你是知道的吧？她到勞動營去也一樣，話說回來，沒人可以在勞動營過得很好。」

「願主憐憫你的靈魂。」安傑羅喃喃低語，就怕一大聲，他的雙手就會忍不住伸出去一把掐住上尉的脖子。

「但她在這裡不會被強暴。你知道德國人跟猶太人上床是違法的嗎？我們可不想玷污了血統，我們的標準是很高的。」

「喔，主耶穌，請寬赦我等罪過，救我等於永火，求祢引領眾人靈魂前往天國，尤

注1　出自《聖母經》。

注2　出自《法蒂瑪聖母禱詞》。

其是需要憐憫的靈魂。阿門。」安傑羅大聲禱告，一瞬也不瞬地盯著上尉的眼睛。他重述禱詞，一字一句替特別需要憐憫之人祈禱。

門開了，德軍將伊娃推進來，對他們而言，推人和威脅似乎是家常便飯。伊娃瞪大雙眼，儘管臉色蒼白，面露恐懼，但頭髮整齊，衣服潔淨，看上去毫髮無傷。

「坐。」上尉命令。德軍把伊娃推到椅上，自己站在她身後看守。

「坐。」他命令安傑羅，這一次安傑羅順從地坐下，緊盯著伊娃的眼睛。馮伊森上尉坐在兩人斜前方的椅上，彷彿要讓他們當面對質。

「我沒有意思讓大家不愉快，我太太非常喜歡妳，伊娃。她為此情緒相當激動。」

伊娃把視線從安傑羅身上轉移到上尉。她冷冷地瞪著他，等他說下去。上尉瞪她的眼神彷彿她背叛了他。他接著說。

「我要畢安可神父告訴我，教會把反叛份子和猶太人藏匿在什麼地方。不多，就十個人，但他說他幫不上忙。妳有什麼看法？」

伊娃堅定地看著上尉。他眉頭一挑，等待她的回答。見她默不作聲，他靠過去，彷彿要和她談心般地壓低聲音說。

「你們可以拯救彼此。我不想傷害你們兩個人，我只想做好我份內的事。希姆萊給了我很大的壓力。」馮伊森上尉牽起她的手。「伊娃，不如就由妳告訴我，妳哥哥把猶太人藏到哪去了？」

「我是唯一一個安傑羅幫助過的猶太人，因為我們從小一起長大。」伊娃堅定地說。

「想必妳非常感激。」馮伊森柔聲說，倏地拔出武器。伊娃倒抽一口氣。上尉沒有開槍，而是反手朝安傑羅正面打下去。

安傑羅的頭往後彈了一下，左臉痛得像火在燒，但他幾乎要笑出來，如果這是上尉的策略，那他非常歡迎。盤問伊娃，然後由安傑羅來受罪。他簡直想跪下來感謝主。

「你抓到我了，放他走。」伊娃大叫。

「把我想知道的事告訴我，他自然可以走。」

「我是唯一一個安傑羅幫助過的猶太人。」她重申，閉上眼，不想目睹接下來的畫面。這一次，換成安傑羅的右臉頰承受暴力。

「我是唯一一個安傑羅幫助過的猶太人。」伊娃大叫。「你抓到我了，放他走！」她還是那句話，淚水滾滾而落。顯然馮伊森上尉認爲她比較好說服，但安傑羅非常清楚，伊娃不會說的，她寧願和他一起受苦，也絕不吐露半句。

「妳的通行證哪來的？做得太像了。」馮伊森上尉改變問題。

伊娃不假思索地回答，慶幸這個答案不會牽連到任何人。「一個叫阿爾多．芬奇的男人。他是印刷師傅，以前在我父親公司上班。」

「猶太人？」

「是的。」

「我上哪找這個阿爾多．芬奇？」

「他死了。」安傑羅接口說，把上尉的注意力轉到自己身上。上尉輕蔑地揚了揚眉。

「也太省事了。」馮伊森冷笑說。

「阿爾多．芬奇可不這麼想。」安傑羅反駁。

「他是怎麼死的？」

「一個月前，你在火車站前的街道上射殺他。你不記得了嗎？」安傑羅挑釁地說。

上尉一臉詫異，歪著頭回想。

「你要他脫掉褲子，然後對著他的後腦杓開槍。」

馮伊森上尉沒想到安傑羅居然知道細節。難道他過度自負到，沒想到有人會在一旁目睹一切？

「你冷血地殺了一個人。」安傑羅平靜地說。「只要你放伊娃走，我不會舉報你。」希望伊娃保持沉默，不要讓馮伊森上尉知道，看到他謀殺阿爾多的人其實是她。

「你以爲有人在乎死了一個猶太人？」馮伊森上尉一臉難以置信。「這是你的籌碼？」

「戰爭會結束，德軍會戰敗，你勢必得爲你犯下的罪行付出代價。」安傑羅一字一句冷冷地說。「放伊娃走，我會爲你的行爲作證。神父的證言舉足輕重，我會說你是個慈悲的人，你可以帶妻子回德國，其他人則要爲戰時的罪行接受懲罰。」

馮伊森哈哈大笑。「我不知道你是怎麼知道大街上的事，但顯然你人就在現場，這下我更加肯定，伊娃不是唯一你幫助過的猶太人。」

他再次探出門外，不一會兒，兩名親衛隊隊員走進來。

「把她關回牢裡去。」馮伊森命令伊娃身後的衛兵，接著對剛進來的兩名隊員說：「把神父帶下去，好好拷問他，記住，一定要讓那個女的聽到他的哀號聲。」

兩人分開了三十六小時。安傑羅被嚴刑拷打了三十六個小時。地獄般的三十六個小時。

伊娃聽見他要水喝，不但沒水喝，反被潑了一身冰水，也不給睡覺。她聽見他的哀號，也知道他死命忍著不想讓她聽見。他們痛打他，威脅要怎麼對付她，但他什麼也沒說，只是禱告，平靜地堅稱他什麼也不知道。

星期五，警衛開始把人拖出牢房，不管是不是猶太人，統統把人清空，只留下伊娃，以及另外一對等搭下班火車驅逐出境的猶太姊妹。伊娃聽見警衛打開安傑羅的牢門要他起來。她衝向門口，把臉貼在玻璃上，想在警衛拖著安傑羅經過時好好看他一眼。他鼻青臉腫到幾乎辨認不出來，但一身長袍還在，只不過潔白的圓領如今血跡斑斑，他轉身看了一眼，掙扎撐起身子。

「安傑羅！」她大叫。「安傑羅！」

兩名警衛用手肘戳戳彼此，走向她的牢房。她退開來，等他們一開門，她擠過去看他們背後的安傑羅，想知道他們到底想帶他去什麼地方。

警衛一把推開她，力道之猛，她的背硬生生撞上牆。

「好啦，小姐，妳不能這樣，妳的猶太朋友會怎麼想？」

「是啊！他們會以爲妳跟神父之間有什麼呢。」其中一名警衛裝出禱告的模樣，一邊猥褻地抽動屁股。

「你下地獄去吧。」伊娃對德警啐一口痰，眼淚撲簌簌流下，頭痛欲裂到拒絕面對現實。安傑羅不會是被拖去殺了，她一定還能看到他。

「哎呀，小姐會說德語呢！」警衛語帶詫異。

「妳說德語。」另一名警衛不帶感情地說。「妳是德裔猶太人？」

「你下地獄去吧。」她再次說。

他把臉湊近她面前，眼神冷酷無情。他和安潔羅一樣有雙藍色眼睛，只是安傑羅的眼睛就像天空一樣清澈深邃，溫暖有愛。

「我去過了，小姐。恐怕妳要去的地方比我去過的地獄更糟糕，而且就快了。」

「但有個好消息。」另一名警衛假惺惺地笑著。「你的神父不會丟下妳一個人。妳知道他被帶到哪去嗎？」

她等著，知道他們正享受告訴她的樂趣。

「他會跟其他人一起被處決。反叛份子在羅賽拉大道埋了炸彈，昨天有三十三名德警被炸死。每死一名警察，就必須拿十個義大利人的命來抵。我們清空塔索街的監獄，以及里賈納監獄，把所有能找到的猶太人、反叛份子和反法西斯主義者都拉出來，現在還得去大街上抓人，湊成三百三十人。下一次，反叛份子想埋炸彈前最好先三思一下。」

「不過某些人可就沒有下一次囉！」另一名警衛說。「妳的神父沒有以後了，希望妳有給他紀念妳的東西。」

伊娃抱頭跌坐在地上，難過得什麼也聽不進去，連警衛何時走了都不知道。

一九四四年三月二十四日

安傑羅．畢安可，我的白色天使。

他們帶走了你，

留我一人徬徨，

至少，我們都曾來過。

伊娃．羅賽利

21 阿爾帖亭洞窟(注)

一群人列隊排好、點名，雙手在後腦杓交握，接著被趕上卡車——和十月那天早上的大搜捕如出一轍。車子駛向城市南邊，前往一處礦場，附近就是當地人不會想去的觀光景點地下墓穴。羅馬不再有遊客，只有德軍、坐困愁城的義大利老百姓和天主教會，充斥著戰爭、飢荒、絕望和死亡。

安傑羅的肋骨被踢到重傷，一隻眼睛腫到睜不開。他坐在被遮蓋住的卡車車廂中，不知要被帶往何處。車子開沒多久就到了目的地。三百三十六個人——還多了六個人，全被趕下車，再一次排隊站好。他認出這個地方，內心一沉。這是個適合屠殺的絕佳地點。

大家被綑綁雙手，以槍指頭，沒人試圖逃走。何必呢？他看過太多次了，沒人會反抗，因為那只是白費力氣。反抗也是死路一條，不反抗希望還比較大。因此全部男人都乖乖聽話，心存希望配合到最後一刻。

然後希望破滅。礦場的屠殺開始了。大家開始哭泣和禱告。安傑羅用他唯一知道的方式安撫眾人。德軍居然睜一隻眼閉一隻眼，默許他沿著隊伍前進，來到第一批要進入洞穴的人前面禱告。他的手被綁在身後，他無法比劃十字，勉強用右手示意了一下，執行儀式。

他隨著第二批男人進入礦場，順著迂迴的通道前進，來到一處大洞窟。他持續禱告儀式，祈求天主諒解並寬恕他的不足，庇佑這三百三十五個靈魂，這些靈魂正寄望著一個不再想成爲神父的墮落之人。

五人跪下，五名行刑者將槍口抵住犯人脖子，五個扳機扣下，五個人死了。再來五個人跪在屍體後面，面對相同的命運。每一次，安傑羅都希望被推出去跪在地上的人是自己，但每一次都跳過他。他繼續爲這些死在他面前的人禱告。

一對父子並肩跪在地上，雙雙死去，屍體互抱癱軟在地。安傑羅哭著禱告，強迫自己不能閉上眼睛。即便是最後一刻，他也必須睜大眼睛，替這些無辜的鮮血見證眼前發生的事。

屠殺進行了好幾個小時。

當屍體堆積如山，他們就另外再拉出一排，直到洞穴塞滿了死人，就轉換陣地繼續行刑。安傑羅不斷禱告，賜福予將死之人。當最後一個人面朝下被丟進鮮血淋漓的成堆屍體之中，不就只剩下他一個人等死嗎？

德軍終歸要收拾善後，一時間，眾人默默地搬動屍體，更多人走過黑暗的通道。安傑羅冷不防被人從後一把往前推，催促他走。他抵抗不從，那人抓著他被縛住的雙手，將他往前拖。

注 阿爾帖亭洞窟（Ardeatine Caves），位於羅馬近郊。一九四四年，因奉行希特勒「十名義大利人賠一條德軍人命」的命令，武裝親衛隊於此屠殺了三百多名義大利人。

「跟我來，神父。」某人說，但他不確定這是洞窟裡或是他腦中的聲音，在耳膜沒有適當的保護下，數百次的槍聲震得他耳朵嗡嗡作響。他踉蹌倒地，原本就搖晃的步伐，在少了聽力之後徹底失去平衡。

有人粗暴地拉他起身，他繼續蹣跚前進。

接著，有人切斷了綑綁他雙手的繩子，血液回流到四肢，他的雙臂陣陣抽痛。他再次被推向前，那人一手扯著他的手臂，帶著他走過狹窄的通道，前方是一道錐形光芒，接近光芒後，他被逼著爬過一處小空地，來到洞窟外頭，距離一百五十呎外就是一開始囚犯列隊的岩石洞穴。他打住腳步，轉身，不知道等待他的命運是什麼。

他居高臨下，遠眺渾身是血、頭戴鋼盔，圍成一個半圓圈的德軍。另一邊，原先負責看守死囚的德警倚靠在清空的卡車前喝著干邑白蘭地，藉酒壯膽。不少人進了一趟洞窟出來後變得不舒服，有人拒絕開槍，不是被拖走，就是在長官一聲令下強制參與。士兵們少了一開始的紀律，沒人注意到他或把他拖到這裡來的人。那個人拉著他的手臂，指著樹林。

這名德國士兵有著扁平的鼻子，健康的面容和一雙眼眶紅紅的眼睛。安傑羅注意到他的臉頰濺上了斑斑血跡，看上去就像生病了一樣。

士兵開口說話，安傑羅盯著他的嘴型，試圖理解內容。他現在聽到的聲音都像隔了一層水，也不知道聽力有沒有恢復的一天，或者，耳朵是他第一個壞死的器官。

「走吧，我們沒有人想殺死一名神父。」士兵說。

士兵把安傑羅推離崎嶇的岩地，用手槍比劃。

「快滾！」他咆哮，臉貼近安傑羅，眼神狂亂。安傑羅聽懂了，他是要他逃走。

他轉身，拖著腳一步一步走。義肢的綁帶不見了，他腳步踉蹌，差點跌倒，但他不敢稍加耽擱，就怕隨時飛來一顆子彈貫穿他的背。

沒有子彈。他跛著腳穿越樹林，他知道附近有條馬路。連日大雨使得山路泥濘不堪，枝椏綠意重生，但部分的樹木依然裸露光禿，彷彿冬天待它們格外嚴苛。安傑羅驚魂未定，懷疑這些樹是否有重生的一天，或者在一片綠意盎然中，孤伶伶等著凋零被砍。

他甚至也懷疑自己有沒有重生的一天。接著什麼也不想，在樹林裡跌跌撞撞地繞圈子。不曉得過了多久，也許是一小時，也可能才幾分鐘，他終於走到大馬路。岔口處有塊路牌，標示出佛賽阿爾帖亭舊礦場的方向。轟然一聲，地面突然劇烈震動，安傑羅再次跌倒在地，驚愕莫名，以爲有炸彈掉落。他沒聽到尖叫和哀號，也沒看到天空有美國國旗。地面再次震動，然後又一次，頭頂上的樹叢瑟瑟發抖，嫩葉在微熱的三月陽光底下舞動。

接著，他恍然大悟，德軍正在炸毀洞窟，試圖毀屍滅跡，彷彿當作沒人會想念這三百多人。

他驚恐地爬進路旁的樹蔭底下，全身疼痛，虛弱無力。一個小時後，做完骯髒事的一行人，駕駛卡車沿著馬路呼嘯而去。夜幕籠罩，他的拐杖連同十字架都不見了。伊娃可能也死了。這個殘酷的現實無情地鞭打他，他咬緊牙關，依然呻吟出聲。

救救我的家人，卡米洛曾說。成爲神父，救救我的家人。已經沒有人可以救了。他甚至不知道還有沒有力氣救自己。他顫抖著雙腳撐起身體，強迫自己往前走。回羅馬的路，對一個心碎的殘廢來說，是一條漫漫長路。

ఌ

「他死了，畢安可神父死了，妳知道吧？妳可以不用死，我會讓妳帶著妳的小祕密離開這裡，只要妳告訴我，他把逃犯藏到哪去了。」馮伊森上尉通情達理地說。

伊娃懶得多瞄他一眼。他是個笨蛋，把手上唯一的籌碼放掉了，難道他不知道沒有安傑羅，她根本不想活了？難道他不知道，她已經沒有活下去的動力？她用藏在鞋裡的金色銼刀在牢裡刻上安傑羅的名字及日期，以證明她來過，他也來過。但刻在牆上太沒意思了，她想寫下最後的告解，即便唯一會讀到的人是上尉也無所謂。

「我想要一張紙和一支筆。」她平靜地說。

他跳起身，走向門邊，彈了下手指吩咐來人準備。不一會兒，一名士兵回來了，馮伊森上尉把紙筆放在她面前。他笑盈盈地坐下，不住點頭，彷彿以她為榮，堅信她終究還是會妥協。

她在最上面寫下日期——一九四四年三月二十四日，接著，她用德語寫下。

告解：我的本名是芭希娃・羅賽利，不是伊娃・畢安可。我是猶太人，安傑羅・畢安可不是我哥哥，他是名神父，他只是想要保護我，不想讓我落入如今這般地步。

她寫了好幾分鐘，遺言填滿整張紙。結束後，把紙滑向上尉，漠然地瞪著他。他一讀之下勃然大怒，這不是他要的告解。

「妳會死的，知道嗎？」他啐了一口。

「我們早晚都會死，上尉。如果我是你，我會立刻殺了我，因爲只要我活著，我把你這個人和你的所作所爲告訴全世界。」她十指互扣。「我會告訴格蕾塔你是殺人凶手，話說回來，我想格蕾塔早就看清你的爲人。」

「把她帶走！她沒用處了。」馮伊森上尉對守衛說，接著起身俯看伊娃。「享受妳的旅程吧，畢安可小姐。」

伊娃內心一揪，她永遠也不會是伊娃．畢安可了。

心驚膽戰地躲了那麼久，終於被捕時，她幾乎可以說是鬆了一口氣。該來的還是來了，不必再提心吊膽地過日子，已經發生的事也沒什麼好怕的，她反而感到心平氣和。這是遲早會發生的事，至少現在她可以不用再繼續抵抗下去。

然而，他們逮捕了安傑羅，對他嚴刑拷打。當他們拖走安傑羅時，她沒辦法冷靜，更打從心裡感到害怕。恐懼席捲而來，滲入她的肌膚、骨子裡，宛如黑洞般吸收掉人生的喜悅和美麗。但至少她還保有一絲希望，這是她唯一能用來抵抗恐懼的武器，支撐她的每一次呼吸、每一次行動、每一次小小的反抗。而所謂的反抗也不過就是苟活著。

得知安傑羅死了，她的希望也破滅了。

「幫助我，聖喬治。」安傑羅對著俯視教堂噴泉池的雕像祈求，它不是聖喬治，也許是聖猶達（注）。他是身陷絕境之人的守護聖者，能完成不可能任務的使徒。若真是如此，安傑羅有任務要給他。

「助我面對未來。」他口齒不清地說。「助我回到羅馬，最重要的是，在我能自己保護伊娃之前，照管和庇護伊娃。」

他用噴泉池裡的鹹水塡飽肚子，盡可能地清洗自己，不去想肌膚和衣服挾帶的鮮血和死亡。接著，他轉身，踉蹌地離開不知名的聖者，繼續艱難蹣跚地前往羅馬。他必須在破曉前回到聖則濟利亞聖殿，他必須找到伊娃。

好幾個小時過後，他倒臥在修女院的柵欄大門前，教堂鐘聲響起，但安傑羅已經累到沒聽到鐘聲。

伊娃身上仍是那套星期三穿去上班的灰色洋裝，黑色低跟鞋和黑色腰帶。她時尚的穿著變得骯髒污穢，自己也蓬頭垢面，她上次梳頭是在——幾天前呢？她回想。她被逮捕時是星期三，安傑羅被拖走時是星期五。她被送上火車時是星期六早上。現在是星期六，她坐在惡臭的運畜車廂裡，裡頭黑壓壓一片，所有人擠在一塊雖然溫暖，但空氣污濁不堪。她好想爬到高高的小窗戶上去呼吸新鮮空氣，仰望一望無際的天空。車裡只有婦女和小孩，被關的猶太男人都被拉去湊數抵命。就像安傑羅一樣。

四天了，她已經四天沒有梳頭也沒有刷牙，連看鏡子的機會也沒有。要是她看到現在的自己，搞不好都認不出自己的臉來。七天前，她躺在安傑羅的臂彎之中，度過人生中最幸福的一段時光。現在，她在火車上替逝去的人生坐七，踏上死亡的旅途。

她勉強找到一處靠牆的位置。車裡有一個專門用來大小便的角落，沒人想用，但最後不得不用。老婦人紆尊降貴蹲屈在角落，努力不去踩到其他人的排泄物，臉上撲簌簌流下屈辱的淚水。她永遠也忘不了這個畫面。殺掉一個人是一回事，但羞辱一個人，層層剝奪他的尊嚴，又是另外一回事了。前者製造出殺人犯，後者則是怪物。伊娃相信，很多女人寧可一死了之，也不願一點一滴失去人性。

火車行駛了好幾個小時，途中暫停片刻。她們聽見狗叫聲和喝令聲，更多人被送上車廂，車門再也沒打開過。伊娃認爲她們在佛羅倫斯，空氣聞起來像佛羅倫斯，有家的味道。她摀住眼睛，努力不哭出來，她不能像個哭哭啼啼要找奶奶的孩子一樣。她沒有哭的本錢，她太渴了。

現在是三月底，氣候宜人，才不至於讓情況雪上加霜。話說回來，當人已經在地獄邊緣，也不知道情況還能糟到什麼地步。最辛苦的是飢餓的孩子，這話也不對，因爲當孩子受苦時，愛他的人更加痛苦，因爲他們一籌莫展。

火車再次駛動，車上的人鬆了口氣，差點哭出來。但她們不過從一個折磨中離開，準備前往下一個罷了。伊娃坐在地上，抱著膝蓋，頭枕在車邊。被關在車上的第一個晚上，她睡得很熟，等著被送上黃泉之路，結束這一段艱辛困苦的人生。現在，她再一次沉沉睡去，她在哪都能睡，這是她的本事，她可以短暫逃入夢中。

注 聖猶達（Saint Jude），耶穌的十二門徒之一，是衰敗的事業和處於絕境的人的主保聖人。

她立刻認出這個夢境，她已來過上百次。她不禁納悶，她眞的是在作夢嗎？擁擠的車廂感覺起來是如此眞實。她還記得有個德軍拿衝鋒槍戳著她的背，逼她上車。這不是夢，可是她來過。

車子不是往南駛向和奧地利接壤的布倫納山口，而是沿著西海岸線前進法國。她們在義大利皮耶蒙區一個叫博爾戈聖達爾馬佐的臨時難民營過了一個星期，距離法國邊境僅有二十英哩。她們吃到了東西，是稀薄的湯和硬麵包，還有充足的水可以洗漱和解渴。知道她們是往西而不是往東，大家都鬆了一口氣，不過，如果傳聞屬實，她們接下來會直接往北。

「是伯根．貝爾森，我們要去伯根．貝爾森！」一名女人大叫，喜形於色。她甚至閉上眼睛，高抬雙手感謝上天。她們不是要去奧斯威辛，許多人爲了這點而歡呼。

奇怪的謠言傳開來，一個傳一個，範圍從令人安慰的內容到駭人聽聞的都有。有些女人聽到消息，伯根．貝爾森不像奧斯威辛，還有存活的可能，家人可以團聚，犯人偶爾還可以拿到一點點牛奶和起司等等。但伯根．貝爾森在德國北部，一些人提起這點就驚惶不安，彷彿波蘭要比德國來得好，畢竟，德國意味著希特勒。

「去年秋天，躲在義大利的利比亞裔猶太人被送去伯根．貝爾森。」有人說。「在義大利的其他人都送去奧斯威辛。我們太走運了。」

走運？這下她們會被慢慢地折磨到死，伊娃只想一死了之。聽起來，伯根．貝爾森是一點一滴地消耗掉你的生命，奧斯威辛就乾脆多了，馬上送你去投胎。相較之下，她想她還是會選後者。伊娃做好了赴死的準備，她還是有點怕，但也就那麼一點點。

安傑羅甦醒時，馬立歐．桑尼正坐在他床邊讀書，小房間裡搖曳著奇特的光影。他猜馬利歐餵他吃了嗎啡之類的東西，他一直睡睡醒醒，醒了就問伊娃的下落，但來不及等到答案便又昏死過去。他只知道伊娃被送走了。馬立歐說沒人知道確實的消息，是歐弗拉帝蒙席告知，星期六時有輛載滿猶太婦女和兒童的火車駛離了提布提納車站。

他很想繼續昏睡，但沒辦法，他已經徹徹底底地醒了。馬立歐扶他坐起身，讓他得以移動雙腳——他的義肢已經被取下了——下床使用夜壺。他不可能跳著經過走廊，也痛得沒辦法使用拐杖。解放完畢，他勉強吃了點冷掉的玉米糕和黑麵包，再喝了杯水後，躺回枕頭上休息。馬立歐逗留了一會兒，有意幫忙。

「我接回你的手指，也包紮了胸口；胸骨骨折了，但沒有斷掉，瘀青的部分會慢慢消掉。我還把你的鼻子調整回去了。你的眼睛怎麼樣？我有點擔心你右眼的視力。」

「我看得到，沒事。」安傑羅說。

「是的，你會沒事的。胸骨要花比較久的時間才會好，但不會留下永久的後遺症。你的指甲可能長不回來了。」

「我不擔心我的指甲。」安傑羅說，眼神淒涼。

「我想也是。」馬立歐嘀咕，跌坐在自己的椅子上。

「我必須找到她，馬立歐。」

馬立歐吞了口口水，心情沉重地開口低語：「怎麼找？」

「我不知道。」安傑羅語帶哽咽，雙手掩面，一如他祈禱時的模樣，只是這一次，他在雙手中找不到慰藉。他再也沒辦法從禱告裡得到安慰。「美軍要來了，再撐一下子，我只要再保護好她一陣子就好。我眞是個笨蛋，我早該在一九三九年時就娶她，帶她回美國，像她爸爸建議的那樣。」

「我們都有機會可以逃，心底有個聲音不斷地跟我說：逃吧，快走。我也一樣煩惱，安傑羅。」馬立歐使勁搓揉頸背，壓下糾纏他許多個夜晚的懊惱和愧疚。

「伊娃曾說，猶太人的根就是傳統、孩子和家庭。她問我爲什麼進入天主教會的男人不能有後代子孫。她說，畢安可家的血脈會斷絕在我這一代。」安傑羅傷心欲絕，幾乎泣不成聲。

「但我卻那樣地著迷於永恆，一心想成爲殉教者或聖人，完全沒想到成爲神父之後，反而拋棄了我所追求的一切。我們透過孩子，以及孩子的孩子來得到永恆、開枝散葉，家族才是永恆。希特勒不只摧毀這些枝葉，他是連根拔起整顆樹，毀滅整座樹林！所有人都死了，伊娃是羅賽利家和阿德勒家唯一倖存下來的人。」

一時間，兩人陷入沉默，現實的殘酷、死亡的沉重壓得兩個大男人直不起背來，馬立歐費了好大的勁才有辦法開口。

「你救了許多人，保存了他們的血脈，安傑羅。」他哽咽低語。「你救了我們一家，伊娃救了我們一家，我們永遠也不會忘記她，也永遠不會忘記你。我會告訴我的孩子，將來，他們會告訴他們的孩子。你或許沒有繼承姓氏的孩子，但會有許多的後代子孫光耀你的名字。」

馬立歐哭了，安傑羅伸出一隻手感謝他，儘管他內心並不認同。他不要榮耀，也不想成爲英雄，他只要伊娃。他失去她，他最深沉的恐懼成眞了。

「她愛你。」馬立歐斬釘截鐵地說。安傑羅暗忖，所有人都看到了這點，唯獨他一直拒絕承認。

「是的，我也愛她。」這份愛不會成爲過往雲煙，他生生世世都會愛著她。

「她知道嗎？她知道你愛她？」馬立歐柔聲問。

「是的。」安傑羅抹去臉上止不住的淚水。她知道，他多麼慶幸能及時告訴她，向她證明他愛她。他知道，這是主賜予他的福氣。

馬立歐起身走向角落的小斗櫃。櫃子上整齊地擺放著一疊書，安傑羅隨即認出來，那是伊娃的日記。

「這是她的日記，有好幾本，每本看起來都一樣，但可以看到她這些年來在上面標註的日期，你留著吧。」他把書放在床上，安傑羅的身邊，隨後靜靜離開房間。

一模一樣的書有四本，唯一的差別在於封面的磨損程度、頁面上的日期，以及隨著女孩本身一樣逐漸成熟的筆跡。最後一本空白了大半，安傑羅不忍卒睹。這些空白的頁面，比寫滿伊娃心事的頁面更令他心痛，至少她曾活在這些字裡行間裡，而那些空白，則一再提醒他伊娃可能會有的人生。他翻到最後一篇，不想去看那些沒有寫完的部分。

一九四四年三月二十二日

告解：親吻安傑羅讓我更接近上帝。

若說我這麼說，我那在墳裡的猶太母親肯定要跳腳了，奧古斯托叔叔也會罵我褻瀆神明。但這是事實。我在他身上感受到些許的神聖，以及一點點的寧靜；當他的唇貼在我的唇上，他的手撫摸著我的肌膚，我得以相信人生不只有痛苦和恐懼。經過了這麼多年，我第一次充滿希望。我甚至相信上帝是眞的愛護祂的子民，而且是所有子民。上帝是眞的愛我，才會在無止境的試煉之中，給予我光明和絕妙的時刻。

安傑羅闔上日記，潸然淚下。

22 前途茫茫

在博爾戈聖達爾馬佐過了一個星期後，她們再度被押上火車，而且人數還增加了，多了難民營裡來自其他地方的男女老少。一共二十個車廂，每個車廂載滿了約一百名猶太人。許多人都有家人在場，嚷嚷著要待在一塊。伊娃只有一個人，只能任人推來撞去，比她絕望的人們抱在一起，努力尋找較好的位置。她找到一個角落，像前趟旅程一樣窩在牆邊，昏沉沉地進入夢鄉，反正黑壓壓的車廂裡什麼也看不見。

她縮著身體，只想一直睡下去，逃避現實。接著，她聞到一股菸味，一縷香煙飄起。她抬起頭想要吸入一口。

他就在她身邊，看起來跟她最後一次看到他時一模一樣。他的菸斗在黑暗中發光，一雙修長的腿往前伸展，彷彿一人獨佔世上整個空間。他手拿一杯紅酒，酒色深沉耀眼，宛若他握在手中的巨大寶石。她好渴。

「爹地？」伊娃感覺自己的聲音像個孩子般稚氣高亢。

「芭希娃。」父親說，笑盈盈地旋轉酒杯，但隨即收斂笑容。「伊娃，妳怎麼睡著了？」他斥責。

「不然我還能做什麼？」

「奮戰下去，妳可以活下去。」

「我不想奮戰，爹地，我想跟你在一起，還有菲力士舅舅和奧古斯托叔叔。我想跟克勞蒂亞和李維在一起。」

「妳想跟安傑羅在一起。」他柔聲接口。「最重要的是，妳想跟安傑羅在一起。」

「是的，他也在那裡嗎？跟你在一起？」她不顧一切想見他。

「沒有。」父親搖搖頭。「他沒跟我在一起。他在這裡，跟妳一起。」

「哪裡？我在火車上！我被送走了。」

父親摸摸她的臉，她可以感覺到他修長的手指輕輕貼在她的臉頰上。「安傑羅在妳身體裡，他的骨肉如今是妳的骨肉，他的家是妳的家。」

「不，他們殺了他，他們殺了所有人，他們也要殺了我。」

「伊娃，聽我說。妳從小到大一直在做的夢，就是這一刻的夢。妳應該知道吧？妳認得這個夢。」

伊娃點點頭，恐懼席捲而來，令她毛骨悚然，手指冰冷。

「妳得跳出去，伊娃。」

「我不能。」

「妳可以。首先，妳得怎麼做？」

「我必須爬上窗戶。」她覺得自己應該擠不出去，而且窗戶還用鐵條封住，她拆不掉。

「妳爬上窗戶，然後呢？夢裡的妳接下來怎麼做？」

「我呼吸到冰冷的空氣。」

「是的，妳呼吸到空氣，得到勇氣，接著呢？」

她搖頭抗拒，她還記得那詭異的自由自在。不顧一切縱身一跳的快感一時解放了她，但她沒有準備好再來一次。「我做不到，我不要，我好累，好孤單。」

「妳一定得做，妳得跳出去，妳得活下去。」他輕聲說，他的氣息輕吻上她潮濕的臉頰。他是如此眞實，眞實得不像是在夢裡。

伊娃醒過來，父親消失了，短暫的喘息時間結束了。

早上，安傑羅渾身痠痛，但至少能夠走動了。他把日記收進伊娃帶來羅馬的小行李箱裡，收拾好她的衣物放進大一點的行李箱，清空整間房間。他無法忍受其他人碰她的東西。他整理好她的床鋪，整齊摺疊好被單，儘管他知道修女之後會過來拆掉床單清洗。他原本想要拆下枕頭套，最後直接把枕頭塞進小行李箱裡，他不想要留下這個混有他們兩人味道的紀念物。他不會因爲不告而取而有任何愧疚，反正他早拿過不屬於他的東西，只是她立刻又從他身邊被帶走。

他渾身發抖，悲傷難耐，不知道自己有沒有辦法走下去。他現在移動會痛、思考會痛，就連呼吸也會痛。這些痛苦都不是來自他傷痕累累的身體。會痛也好，至少可以讓他分心。他拎著伊娃的物品，勉強走下階梯。

弗朗西絲卡修女一看到，就衝過來罵他，想要拿走他手裡的箱子。

「你在做什麼?你需要休息，至少還得躺好幾天才行。」她嘮嘮叨叨地說。

「我已經躺了三天，足夠了。」他輕聲說。「我要把這些東西拿回家。」

「你不能回去！魯西安諾蒙席來過，他送來你的行李。在美軍抵達之前，你必須躲起來。你只要留在這裡就沒事。他說歐弗拉帝蒙席爲了不被逮捕，已經把會面都安排在聖彼德大教堂的階梯上，他必須僞裝才能離開梵蒂岡。有人一直想在大街上直接抓他，甚至想要把他拉出德軍畫在地上的白色分界線。只要把他拉出來，他就不再受到梵蒂岡庇護，可以任意逮捕。還好有人事先得到消息，扭轉情勢，受雇綁架蒙席的人被教訓得很慘。」

弗朗西絲卡修女兩眼炯炯有神，雙頰緋紅，看樣子非常開心有人被教訓了。安傑羅不禁莞爾。這位修女近幾個月經歷了前所未有的刺激，也許以後不會再有第二次。

只是這下麻煩了。他不能坐在伊娃的房間等到戰爭結束，如果不找點事做，讓自己動起來，他會活不下去，因爲絕望而成爲戰爭的受難者。要不就是跑去撞電車自殺，要不就是從橋上跳下去，甚至可能跑去挑釁德軍開槍射殺他。他陷入深沉的絕望，幾近崩潰，那股絕望宛如毒牙咬住他的胸口，停住他的心跳。

他有事情得去完成，只須效法歐弗拉帝蒙席的做法就好了。

伊娃說過，最好的躲藏就是不要躲。安傑羅穿上破舊的褲子和昔日在山坡教區時穿過的襯衫。根據規定，神父在外必須穿著長袍，但當他在荒廢的神父宿舍和古教堂之間忙得團團轉時，早穿破了一件褲子和好幾件襯衫。他脫下義肢，別上褲管，這樣明眼人一看就知道他少了一條腿。魯西安諾蒙席把他的行李連同拐杖一起送過來，接著只要捲起袖子，嘴裡叼根菸，再加上三天沒刮鬍子的下巴和一頂破爛的黑色帽子，他看起來就像一名飽受風霜的年輕士兵，經歷戰火的摧殘後，現在只想一個人。

他會惹來側目，有人會投以同情的眼光，或者迅速別開視線，而德軍會要求看他的證件，他拿得出來。但最有可能的是，沒人會理他。他把長袍、十字架和換洗衣物放進他的側背包裡後揹起，其中一個口袋放入眞正的通行證，另一個則放著僞造的通行證。他需要眞正的通行證進入梵蒂岡。

在運畜車廂裡的絕大部分猶太人都講法語。學校規定要學法語，但伊娃腦袋變得不靈光，必須仔細聽才能聽懂。不過，她不需要講流利的法語，也能知道那個叫亞蒙的男人想做什麼。他爬上車廂壁，用伊娃的銼刀想鋸斷鐵桿。不管是在塔索街或是在博爾戈聖達爾馬佐，伊娃的銼刀都沒被發現。當男人詢問大家有沒有東西可以用來切斷鐵桿時，她拿出銼刀。

亞蒙就這樣切了一整天，接著跟一個叫皮埃爾的十二、三歲少年換手。少年的母親嘉利兒也在場。嘉利兒把圍巾浸入角落的尿桶裡，當皮埃爾接手男人的工作，皮埃爾用圍巾上的尿液腐蝕男人用銼刀切出的凹痕，來回繼續切。亞蒙一腳踩在車廂壁，使出九牛二虎之力去拉扯被他破壞的鐵桿。

「我感覺得到快斷了！」他歡呼，使勁最後一扯，終於扯斷鐵桿。他拉著斷掉的那一截，掛在上面，用盡全身力量將鐵桿往下彎，製造出一個寬一呎、高一呎的出口。他是個瘦小的男人，但要鑽過那個小洞談何容易。

「他們會開槍射殺第一個跳出去的人。」伊娃聽見他對幫助了他一天一夜的少年說。

「我先來。」

「不可以！我負責這個車廂的所有人。」一個胖碩的男人抗議，他的肩頭上坐著一個孩子。「你跳了，我會被處罰，我們大家都會被處罰。」他比劃過在場所有人，在他身後的一名婦女附和。

「你會死的！我們被送往博爾戈聖達爾馬佐時，有人試圖跳車，結果衣服被卡住，整個人被捲入車底。下車時，窗戶上還有血跡和衣服碎片。」

「我們要去柏根．貝爾森，沒必要冒這種風險。」另一個男人說。

亞蒙厭惡地搖頭。

「伯根．貝爾森是勞動營。」亞蒙反駁。「勞動營啊！我們又沒有做錯什麼事，爲什麼要表現得好像被送去勞動營是理所當然的事！」

眾人議論紛紛，要他多考慮別人的立場。

「不，我要跳！我寧可死在這裡，也不要被折磨到死。」亞蒙大吼。伊娃和其他人看著他再次爬上車廂壁，扭來扭去想讓肩膀塞入小窗，當上半身總算鑽過去了，卻在這時響起槍聲。人群尖叫，亞蒙的腳死命掙扎，最後癱軟下來，他就這樣卡在他努力打開的出口。

其他男人拉他下來。亞蒙的頭少了一部分，血肉模糊，他死了。一個女人哭了起來，其他人則默不作聲，別開視線，不去看那個不顧一切之後付出代價的男人。

「我不懂，德軍是從哪裡開的槍？我們是在移動的列車上啊！」伊娃輕聲問。

儘管他們希望囚犯們都認爲德軍是無所不能，但那是不可能的。他們不像上帝一樣高高在上，可以從天堂俯瞰，直接奪走生命。與其說害怕，她更氣的是開槍這件事。

「列車兩頭、引擎和守車都有探照燈，要等到燈光閃過之後再爬出去，從腳開始，不要頭。」嘉利兒說。

「也就是說，如果可以迅速鑽過出口，就比較有機會？」伊娃祈禱自己問對問題，畢竟她是義大利人，有些法語說得含糊不清，發音也不是很正確，但他們似乎聽懂了。

嘉利兒點點頭，她牽起兒子的手，低聲跟他討論，少年不想跳窗，顯然擔心他或母親會被監視的德軍射殺。

「沿車邊躲到車廂連結處，在那裡不容易被發現，這樣你就有機會轉身跳車。抱著頭，著地時翻滾，然後躺著不要動也不要跑，等火車走遠，再等一下，不要讓守車裡的人看見你而開槍。」嘉利兒告訴兒子。

「妳是怎麼知道這些事情？」伊娃問。

嘉利兒搖搖頭。「我不知道，自從上車開始我就不停地在想，這是我覺得可行的方法。」

「妳知道我們在哪嗎？」

「我認爲我們在瑞士。但就快進入德國境內了。我們得快點跳車，不然就會越來越深入德國，到時我們的處境就更糟了。」

「我不要，我不要，太危險了。」皮埃爾大叫。

「你們要去哪？」伊娃打岔，婦人正輕聲細語地安撫兒子。

「我們是比利時人，我們想回家。德軍在撤退，只要回得了家就沒事了。希特勒入侵時，我們逃到法國去。」

「發生什麼事了？」

「控制當地的義大利軍隊離開了，原先因爲有他們在，我們才得以平安無事，接著德軍進駐，大肆搜捕。我丈夫被拘捕遣送，皮埃爾和我躲了五個多月。二月時，我們被抓，送上車到難民營，我們待在那裡，等到人數夠多了，繼續轉送到其他地方。」

「媽媽，拜託，不要這樣，我們很強壯，在勞動營裡會沒事的。」皮埃爾向母親懇求。

「不，皮埃爾，這是我們回家的唯一機會。」嘉利兒堅持己見，緊盯著兒子的眼睛。「你必須跳，也一定要跳。照我們計畫的那樣，你會回到比利時，你會活下去，皮埃爾。」

他點點頭，眼眶含淚，撲簌簌地流下。他緊緊擁抱母親，她吻了吻他的雙頰，短暫擁抱他一下後，將他推向窗戶。

他順從地爬上去，這一次沒人有異議。沒人想挑動他的罪惡感和責任心。現場一片愁雲慘霧，盯著他往上爬。

皮埃爾雖然比亞蒙瘦小，但也是因爲他身手矯捷，才能把腳伸出小出口，穩穩地踩住窗沿。他按兵不動，觀察燈光，一等到光掃過，他立刻滑出窗口，沒有一刻耽擱或回頭，微微卡了一下之後，他的肩膀穿過去了，頭隨之消失在另一側，只剩下緊抓著的手指頭，然後他的手也不見了。沒聽見任何槍聲。

嘉利兒哽咽地祈禱，接著轉身朝向伊娃。

「輪到妳了。」

「嘉利兒，妳得走，皮埃爾在等妳。」伊娃催促她。「他做到了，一定是的。」

「我不行，我不夠強壯，也不夠敏捷，我逃不了的。我知道，皮埃爾也知道，所以他才不願意跳。」

「妳得試試！妳兒子會急瘋的。」

「走吧。」嘉利兒堅持。「妳跳出去，陪我兒子，協助他回家。」

伊娃不住地搖頭。「不可以！妳不能這樣對他。」

「我別無選擇。我希望他活下去。」她把伊娃推向窗戶。「動作要快，火車行駛得很快，妳會沒辦法找到他！每耽擱一刻，距離就又拉遠了許多。」

「可是……」伊娃不同意，想到少年在黑暗中苦等母親。嘉利兒正色看著她，手指掐進伊娃的手臂裡。

「S'il vous plaît。拜託妳，爲了救他，我已經竭盡所能，請幫幫我，救救妳自己，幫幫我兒子。」

「我來幫妳上去。」有人扯扯伊娃的袖子說。那是一個中年男子，有一個孩子，妻子有孕在身。他們不可能跳。伊娃猶豫不決。

「快走！」嘉利兒說。伊娃無奈地點頭，護子心切的母親輕聲匆匆交代。「到巴斯托涅找我丈夫的姑媽，她會收留妳和皮埃爾，保護你們兩個直到戰爭結束。告訴皮埃爾我愛他，我以他爲榮。我會努力活下去，總有一天，我們所有人一定能再度重逢。」

自願幫忙的男子十指交扣，撐住腳當做階梯。伊娃一腳踩在他的手上，他彎下膝蓋，將她往上一托，伊娃借力使力往上一蹬，一手攀住窗沿，另一手抓住斷掉的鐵條。

她一鼓作氣往外爬，沒時間鼓足勇氣，也不去等情況是否安全，頭直接就先穿過去，一如夢境。她的左手仍抓著鐵條，身體搖來晃去，懸空的腳找不到立足點，她差點尖叫出聲。她就這樣掛在窗外好一會兒，直到腳趾終於踩到車廂的邊緣。

槍聲從頭頂呼嘯而過，然後又一聲。她卯足全力，手一放，腳一推，往後飛出去，在身體變得輕盈的瞬間，宛如馬戲團表演者一樣，控制自己轉身。「滑壘！」安傑羅在跟她打棒球時曾說。「快滑壘，伊娃！」

她平行飛過地面，往本壘滑過去，接著她重重滾落在地，頭、屁股、手、背、側身、膝蓋、肩膀、肚子，然後是背，她就像根樹枝打中鵝卵石地面，啪啪啪。最後，她躺在地上，仰望滿天繁星，喘不過氣來。她努力吸氣，遲遲無法把足夠的空氣灌入肺部。

但她做到了。她想像安傑羅在一旁兩手一張，大喊：「安全上壘！」每次她照他教的那樣成功滑回本壘時，他總會這麼喊。

她微微一笑，把嘉利兒的第二個指示拋在腦後，直接坐起來想喘口氣，話說她也沒遵照她的第一個指示：躺著不要動，等火車走遠。伊娃甚至沒檢查車走了沒。不過，火車慢慢駛向遠方，像個黑色長方物體，逐漸變小，四周變得越來越安靜。她只想躺下來享受一下滑壘成功的滋味。她開始感覺到自己渾身傷痕累累，之後一定會鼻青臉腫，全身疼痛，但在安傑羅從塔索街被拖走的那一刻起，她頭一次感到些一絲活力的火花。她不去想明天，不想自己孑然一身的處境，只想好好感受一下逃脫的快感，生存的喜悅。

「媽媽！媽媽！」她聽見皮埃爾的叫喊，他正朝她而來。也許在他跳下來的那一刻就開始拔足狂奔，追著火車尋找母親。

伊娃小心翼翼站起身，搖搖晃晃，讓血液重新流通整個身體。四周一片漆黑，跟皮埃爾之間還有一段距離，他仍沒意識到在這裡等著他的人是她，不是嘉利兒。她緩緩後退，不想面對他發現眞相的那一刻。

當他倏地打住腳步時，她心裡替他感到難過。

「我母親呢？」他上氣不接下氣地問，他沿著鐵軌，一路追著載母親遠離的火車。

「她沒跳，皮埃爾，我很抱歉。」

「媽媽！」他恐慌不已，再次跑了起來，跌跌撞撞跑過崎嶇的地面，呼喊母親。

伊娃搗著作疼的心，從後方追趕他。她不知道還能怎麼做，她不想奪走他的希望，也不想勸阻他。伊娃知道嘉利兒沒有跳車，她愛他的兒子，爲了救他的命，寧願和他分開。但伊娃了解皮埃爾的心情，他坐在地上，頭埋在手中。她懂他的孤獨，當孑然一身時，活著其實也沒那麼愉悅。

「萬一她跳車，而我卻放棄了呢？」他難過地說。

「我們可以在這裡等，如果她跳車了，她會走回來。」伊娃提議。

「萬一她跳下來受傷了，躺在鐵軌旁不能動呢？」他聽起來像個孩子一樣茫然無助。

「我們會聽到她叫喚你的聲音。」她柔聲安慰。

他沮喪地點頭同意，兩人肩並肩坐著，等著那聲永遠不會聽到的呼喚。直到伊娃再也忍受不了周遭的寂靜。她又冷又痛，放眼望去到處都是樹林，她不知道該往哪裡走。

「皮埃爾，你認得這個地方嗎？你知道我們在哪嗎？」她輕聲問。

「往北就是柏根·貝爾森，媽媽說火車是往北開的。」他指著火車消失的方向，接著筆直指向前方。「按照計畫，我們要往西走，往西是比利時。」

「我已經一無所有了。」伊娃說。沒有任何人在等她，她已經無家可歸。但她可以日後再來傷心，現在，她必須先活下去。「我跟你一起去比利時。你母親說，你姑婆住在巴斯托涅。等戰爭結束，她會去那裡找你。」

少年點點頭，稍微振作了點精神，至少他在這世上不是完全無依無靠。

「希望我們還在瑞士。」他沉思。「在瑞士，我們就沒事了，不管往哪個方向走，我們都可以去求助。但我們得先搞清楚這裡是什麼地方。快天亮了，我可以爬到樹上眺望樹林後方，要是什麼也看不到，還可以沿著鐵軌往南走，媽媽說鐵軌會通往城鎮。」

看樣子，他母親已經事先將他訓練得相當獨立。伊娃點點頭，等著他爬上附近一棵樹上。不久後，他興奮地朝她大喊。

「是馬路，我看見馬路了。我們可以走過去，看看有沒有路牌，這樣就可以知道我們在哪裡。」

皮埃爾得再爬上另一棵樹，兩人才有辦法走出樹林來到馬路。幸運的是，真的有一塊路牌，可惜的是，路牌上寫著「法蘭克福十公里」。

他們在德國境內。

一九四四年三月二十八

告解：我一點也不後悔打破自己的誓言。

伊娃曾說，有兩件事她很肯定，其一是沒有任何一個人清楚上帝的性格。其二就是她愛我。這也是我現在唯一相信的事，我愛伊娃，永遠愛她。至於其他事，我不知道。

很多人都想告訴我天主的旨意，但沒人眞正知道。因爲天主從不說話，祂向來默不作聲。我痛苦不堪，受盡煎熬，如今，只能照自己的想法去做，並祈禱我的作法和主的旨意是一致的。

安傑羅・畢安可

23 十字路口

伊娃日記本裡的空白在安傑羅心裡留下揮之不去的陰影。她被人強行從他身邊帶走。她的故事沒有結束，他不會讓它結束，在日記的主人接手之前，他要繼續寫。

他的第一篇就是記錄他回到梵蒂岡的那天。他拄著拐杖，穿著普通，像個死裡逃生好幾次的男人。他匆匆忙忙趕往歐弗拉帝蒙席的辦公室，魯西安諾蒙席也被叫來了。

「你的模樣有夠慘。」歐弗拉帝蒙席一手勾起安傑羅的下巴，仔細端詳他慘不忍睹的臉。「三百多人從監獄和大街上被抓，沒人知道他們怎麼了，接著，我們得知你還活著的消息，被打得很慘，但至少還活著。發生什麼事了？你被帶到哪裡去？其他人呢？」

「所有人都死了。」安傑羅輕聲說。

「我的天啊。」歐弗拉帝蒙席驚呼。

「在哪？」魯西安諾蒙席問。

「他們把我們帶到佛賽阿爾帖亭，一次五個人進入洞窟，從後腦杓開槍射殺。一個接一個，殺完所有人後，一名德軍偷偷帶我走另一條通道，饒了我一命。他殺了其他人，但救了我。他不想殺害一名神父。」安傑羅打住，心裡沉重得令他難以承受。「士兵們不想做。卡普勒中校還送去好幾箱干邑白蘭地，放鬆他們的心情，讓他們好好表現。」他語帶苦澀，恐懼宛若潮汐一波波湧上。他閉上眼，專注在呼吸，專注在當下，專注在歐弗拉帝蒙席擱在他肩頭上的手。

「你能活著眞是奇蹟。」魯西安諾蒙席低聲說。「感謝主。」

「我很慶幸我還活著，蒙席。」安傑羅輕聲說。「但我現在沒辦法感謝主。我活著，但三百三十五個人死了。這比任何事都叫我愧疚。我活著，上百人卻死了，伊娃也失蹤了。」

「我打探過火車開往哪裡，我只能確定伊娃在車上。」歐弗拉帝蒙席沉默半晌後說。

「她還年輕，身強體壯。」魯西安諾蒙席安慰他。「她會沒事的。」

安傑羅忍住沒罵人。魯西安諾蒙席有時眞是盲目愚蠢。

「別回公寓去，安傑羅，留在梵蒂岡，直到羅馬恢復自由為止。」魯西安諾蒙席接著說，彷彿這件事告一段落了。

「我會堅持到羅馬恢復自由，我照顧的人無須再躲藏為止。」他輕聲同意。

「然後呢？」歐弗拉帝蒙席察覺到不對勁。

「我不想再當神父，我已經破戒了。」他毅然決然地說。

他是心甘情願打破戒律。安傑羅誓言要服從，但他沒有乖乖聽話，他誓言要獨身，但他和伊娃上床了。他唯一遵守的誓言是清心寡欲。也許並沒有，他渴求跟伊娃相處的時光，渴求她的碰觸、她的吻和她的愛。她一次次地提供，他一次次堅定地拒絕，直到那天，他接受了她的愛、她的吻和她的碰觸，她使他成為心靈富足的人，充滿愛、承諾和可能性，他只想要更多、更多、更多。

這是最讓他懊惱的一點，他原本可以和她相守一生，他卻虛擲光陰。他不後悔破戒，只後悔沒能早點醒悟。他打從一開始就不該踏入。他對蒙席訴說他的心情，歐弗拉帝沉默不語，魯西安諾蒙席則怒氣沖沖。

「你打破戒律，但你是被正式任命的神父，違反教規可以被原諒，不能因爲一時的過失而放棄神父一職。你被授予聖職，這一點是不能改變的，你該知道這點，你是天主的人，不再屬於你自己了。安傑羅，你也不屬於伊娃！你是天主的人！」魯西安諾蒙席不斷強調，他捶打胸口，彷彿天主就存在於他的長袍底下。

「我是伊娃的人。」安傑羅平靜地說。「我心屬伊娃。」

「但她走了。」魯西安諾蒙席大喊。

「她沒走，她就在這裡！」安傑羅大吼，輪到他捶打胸口。「她就在我心裡，我是她的男人，永生永世都是她的男人。」

「難道愛伊娃的同時就不能愛主嗎？」魯西安諾蒙席沉默良久後說，他的怒氣平息了，他壓抑聲音，神情疲憊。但即使會傷到導師的心，安傑羅依然決心坦誠以對。

「不是，但我要問您相同的問題。身爲神父，身爲天主教徒，我只能服侍祂一人嗎？我不相信，蒙席。我已經看了太多。我想去做對的事，出於對的理由，而不是怕閒言閒語，不是顧慮別人的想法，不是迫於傳統或壓力，也不是因爲我不敢或羞於去做其他事，更不是爲了符合別人的期待。我想遵從主的旨意，但這也是最困難的地方，我搞不清楚主眞正的旨意，不是天主教會傳達的旨意，而是主自己的。」

「我們需要你，安傑羅。羅馬需要你。難民需要你，教會……需要你。」歐弗拉帝蒙席說。

安傑羅搖搖頭。「一直以來，我都把伊娃擺在最後，她需要我。她需要我愛她愛到無法放手。」

「告訴我，你是不想當神父了，還是你更想要伊娃？」歐弗拉帝蒙席問。

「我更想要伊娃。」安傑羅坦承。

「萬一，伊娃……不在人世了呢？怎麼辦？」魯西安諾蒙席問。

「我沒法想這麼多，蒙席。」

「我不是要你放棄，我只是希望你繼續做好你份內的工作。之後再來談還俗的事。」魯西安諾蒙席好言相勸。

「我不打算等她回來，我要去找她。」安傑羅說。

「你不能說不做就不做，安傑羅，神父是終身職。」魯西安諾蒙席鄭重聲明。

安傑羅絕望地耙梳頭髮，彎著腰駝著背，心力交瘁。

「所以我得到寬恕了？」他疲憊地問。

「你沒有悔悟。」魯西安諾蒙席怒吼。

安傑羅捫心自問，他有後悔嗎？不，並沒有。「請原諒我，辜負了兩位的期待，但我一點也不為自己所做的事感到一絲抱歉。」

「那麼，你沒有得到寬恕。」魯西安諾蒙席說。

「你沒有得到寬恕。」歐弗拉帝蒙席輕聲附和。「但你必須繼續你的職責，我打從心底原諒你，我可以保證，如果你向主祈求，主也同樣會寬恕你。祂會了解的。你知道，你也感覺得到，祂將平靜賜予你。」

歐弗拉帝蒙席的關愛和諒解，再加上愛爾蘭口音的溫言暖語讓安傑羅卸下防備，他忍住淚水，怒氣全消，只能勉強挺直背脊。他好累，累到無以復加。

「我們幫你準備了一間房間，不大，但至少可以休息。一天很快就過了，我們需要補給品，少了伊娃的金子，物資貧乏。」歐弗拉帝蒙席嘆道。

安傑羅拿起他的臨時背包，打開來，把裡面的東西倒在地毯上。裡頭全是黃金——金鍊、金鐲、金飾、金領夾和金戒指。

「伊娃去晚宴表演的那個星期六，她帶著空琴盒去上班，裝了滿滿一整箱金子。回家換裝時，她清空琴盒，把金子都交給弗朗西絲卡修女，就怕那晚有個萬一，她再也不能去拿金子了。她是對的，的確出事了。」

「她被認出來了。」歐弗拉帝蒙席斬釘截鐵地說，他已經透過自己的管道得知整個經過。

「是的，羅馬警察局長的妻子告訴格蕾塔．馮伊森，伊娃是來自佛羅倫斯的職業小提琴家，一名猶太人。上尉的妻子告訴了她的丈夫。她大可保持沉默，她是伊娃的朋友，卻出賣了她。」

「的確如此。不過，也許她有機會可以贖罪。跟她的丈夫不同，她本人是一名虔誠的天主教徒，固定去羅賽拉大道的教堂作彌撒。反叛份子設的炸彈炸死德警時，她人在教堂裡。」歐弗拉帝蒙席打住，抹著下巴沉思。「引領她的人是巴托羅神父，他告訴我，她連續兩個星期每天都會去，你要的答案也許她可以給你。」

伊娃驚恐地瞪著路牌，一言不發。

「往好處想，」皮埃爾假裝開心地說著。「至少這下我知道我們在什麼地方了。巴斯托涅在法蘭克福的西方，往這條路直走就可以了。」

他指著他們所在公路旁一條交叉的馬路。放眼望去沒有看到任何一個人，安心之餘又覺得有點毛骨悚然。天際將明，他們無處可躲，走投無路，全身上下只有衣服和伊娃藏在鞋裡的金銼刀。

「多遠？」伊娃這時發現她一點地理概念也沒有，幸好皮埃爾的比她強。

「不遠……搭車的話。我爸常去法蘭克福出差，替我帶回德國製造的精美玩具。」

「到底多遠，皮埃爾？」她問，他顯然在支吾其詞。

「大概兩百五十公里。」皮埃爾小聲地說。

要穿越德國領土得走上兩百五十公里，相當於一百五十多英哩。

「你知道我們離瑞士有多遠嗎？」

他搖搖頭。「不是很清楚，就算不比巴斯托涅更遠，也差不多了。」

伊娃跌坐在路邊，頭埋進膝蓋間。皮埃爾在她身邊坐下，同樣無力說話。兩人萬念俱灰地望著東方升起的太陽，破曉的燦陽照亮地平線上的樹群。

「安傑羅，」伊娃輕喃，心情沉重地凝視著遍地散開的陽光。眼前的美景令她想念他。

「我該怎麼做？你會怎麼做？」

「妳在跟誰說話？」皮埃爾輕聲問。她剛剛用義大利語說話，他不會說義大利語。

「天空，我所愛的人都在那裡。」

他點點頭，彷彿他能了解。

「妳叫什麼名字？」他突然問。

伊娃難以置信地大笑，這可憐的少年甚至不知道她的名字，對他來說，她只是一個陌生人，卻是他現在唯一的同伴。

「伊娃．羅賽利。」她伸出手，他緊緊地回握她的手，兩人的手同樣冰冷。

「皮埃爾．拉蒙。」他介紹自己的全名。

「皮埃爾．拉蒙，聽起來不像猶太名字。」

「我爸不是猶太人，只有我媽是，不過他們還是抓走我爸了。」

我看見你瑟瑟發抖。祢付出了多少來愛我，祢付出了多少來愛我。

「我爸也被抓走了。」伊娃說，不去理會迴盪在腦中的禱詞。愛情經常得付出慘痛的代價。

「妳就是在跟他說話嗎？」皮埃爾對她和天空說話似乎不以爲意。

「不，我是在跟安傑羅說話。」

「誰是安傑羅？」

「安傑羅是……我想託付終身的人。我曾經……我一直非常愛他。」

「安傑羅說了什麼？」皮埃爾一臉認眞，彷彿他一定會回應一樣。她喉間緊縮，紅了眼眶。

「他沒回應。」她語帶哽咽。

「如果他有回應，妳覺得他會說什麼?」

「他會要我祈禱，如果安傑羅在這裡，他會祈禱。」她脫口而出。

「我們也可以來祈禱。然後呢?」

「如果安傑羅在這……」伊娃思索片刻，接著，答案彷彿直接響在耳際邊。「如果安傑羅在這，他會要我去找一間教堂。」

皮埃爾站起身，伸手拉她起身。她拍拍屁股，撥掉剛剛坐在地上時沾上的塵土，彷佛可以讓骯髒的裙子看起來好一點。皮埃爾率先走在前頭，在十字路口處轉向西走。

「伊娃，快看。」皮埃爾打住腳步，指向前方。「在那裡，看到沒?」

她趕到他身邊，順著他手指的方向望去，驚訝地看見，在一棟棟典雅的小屋之間，聳立著一座細長的白色尖塔。

「感謝你，安傑羅。」皮埃爾說。

「感謝你，安傑羅。」伊娃低語。「幫助我們找到像你一樣的神父吧。」

她是個性感的美女，身材就和丈夫一樣高眺，然而，在她不可一世的亮麗外表底下，格蕾塔．馮伊森就像隻受驚的老鼠一樣懦弱畏縮。安傑羅看著她走進教堂，雙膝跪在十字架前，點燃一根蠟燭。她祈禱片刻，接著走向懺悔室，待了好一陣子後才出來，接著走向教堂後方的大門。他趁機跳出來擋住她的去路。他沒穿長袍，只穿了襯衫和一頂舊帽子。她忐忑不安地看著他。

她別開眼，隨即又回過頭。歪著頭，瞇起眼，抿嘴思索，彷彿一時想不起在哪看過他。他看著她逐漸恍然大悟的表情。

她連忙轉身，換了方向，匆匆朝後殿左方出口走去。安傑羅怒火中燒，不假思索追了上去，用彆扭的姿勢三步併兩步跳過去想要攔住她。

「停下來！」他大喝，叫住加快腳步的她。「我只想跟妳談談，這是妳欠我的。」

她立刻停止，似乎已經習慣聽從命令。她緩緩轉身，驚恐地望著他。

「我丈夫說你死了。」她彷彿在指責他沒死是不老實的事。

「我差點死了。他有告訴妳我是怎麼死的嗎？」

她搖頭。

「他不會說，而妳絕對不會因此更愛他或仰慕他。他有說伊娃出了什麼事嗎？」

她點頭，低頭看著手裡的皮包，渾身發抖。

「告訴我。」他壓低聲音，盡可能保持語氣溫和。

「她被遣送出境。」

「送到哪了？」

「我不知道。」

「妳連問都不問？」他語氣輕柔，但她仍不寒而慄。

「她騙我！」

「她騙了妳什麼？」

「她沒說自己是猶太人。」

「那是因爲妳沒辦法承受事實。當妳知道之後，看看伊娃的下場……看看我。」

「她說你是她哥哥。」這項指控跟格蕾塔一點關係也沒有，她只是用來合理化自己的行爲。

「我不是她哥哥。」

「那麼她說了兩次謊。」

「妳丈夫是殺人魔，而妳怪她爲了自保說謊？」他極力保持聲音平穩。

「你到底是不是神父？」她的聲音微微透露著不屑。

「我是。」

「不是很好的神父。」她激動地說。

「對，我不是一名很好的神父，但我已經竭盡所能了。」他坦承，突然明白這是事實。身爲一名神父，他已經鞠躬盡瘁。

「我丈夫說你愛上伊娃。」又一次的嘲諷，彷彿他的愛是如此不堪。

「我是愛她，我永遠愛她，而且我會找到她。」他直視她的目光，內心坦蕩、毫不動搖。

「我就知道她有喜歡的人，你是那個來自家鄉的男孩，她不願意多談的那個人。」

他點點頭。她像洩了氣的皮球，再次正眼看他時，氣焰全消，眼神不再有鄙視，只有悔恨。

「我其實不想告訴威廉，我喜歡伊娃，但我知道，如果他事後得知眞相，知道我隱瞞他，他會打我。卡魯索夫人知道這件事，她早晚會告訴其他人，這個祕密太有價值了。」

「我得知道伊娃被送到哪去，妳能查得到嗎？」

「我不知道。」她搖頭低喃，她一害怕的時候就會手足無措，想必格蕾塔・馮伊森經常過著戰戰兢兢的日子。

「找出她的下落，如果妳想離開羅馬，我們會盡其所能幫妳。妳得回家，夫人。」

她聞言抬頭。「為什麼？德軍不是贏了嗎？在安濟奧海灘打敗美軍了……不是嗎？」

安傑羅搖搖頭。他知道這是時間早晚的問題，主不會永遠保持沉默。

「雖然美軍目前停滯不前，但他們有軍火、有戰力，更重要的是，師出有名。邪不勝正，這不是一場勢均力敵的戰爭，而是一場是與非、正義與邪惡的戰爭。邪惡必敗，一定的。一旦兩軍交鋒，像妳這樣的人就會身陷戰火。」

「如果我查出她的下落，我要怎麼讓你知道？」她輕聲說，甚至沒反駁他正義與邪惡之說。想必她自己也心知肚明吧。

「告訴巴托羅神父，他會轉告我。」

一九四四年五月十日

告解：我不知道如何是好。

伊娃被押送到柏根．貝爾森。一開始我還在慶幸不是奧斯威辛，但接著想起我根本不知道柏根．貝爾森在哪裡。格蕾塔捎來訊息，巴托羅神父說她看過遣送紀錄，確信人就在伯根．貝爾森。我不知道她是怎麼辦到的，也沒辦法問。幾天前，在歐弗拉帝蒙席安排之下，格蕾塔．馮伊森跟著一群來梵蒂岡朝聖參加復活節活動的修女離開羅馬回德國去了。

德國北部，伯根．貝爾森。我有一個目的地，但跟月亮一樣遙不可及。

羅馬德警變本加厲，一次突襲聖洛倫索區的一間修道院，強行逮捕三名修道士和十二名外國猶太人，並當場射殺掉一個試圖逃跑的男孩，男孩的父母衝到癱軟的屍體前，同樣被擊斃。

一名當地法西斯警官向我們洩露，會到羅馬南部一棟廢棄莊園突襲檢查。超過五十名猶太孤兒藏在那裡，由一群聖方濟會修道士照料。我們提早一個小時趕到，把孩子分散藏到村民家裡，等到德軍走了，再把孩子帶回莊園交還修道士，祈禱德軍不會去而復返。

這是貓抓老鼠的遊戲，神父和獵物，令人驚訝的是大家居然沒因壓力過大而崩潰。我們有一個目標，沒人去想下一刻或明天的事，只能得過且過，見機行事，祈禱然後睡覺。

天氣轉暖，臭味令住在礦場和阿爾帖亭洞窟的南部居民抱怨連連，終究發現了埋在裡頭的屍體。除了空氣中的惡臭，城裡瀰漫一股憤怒與恐慌，佔領的軍隊士氣低迷，戰爭將近尾聲。我們都快撐不下去了，但爲了伊娃，我會持續不懈，但願在某處的她也一樣能撐下去。

安傑羅·畢安可

24 美軍

一九四四年六月四日，美國第五軍團攻佔羅馬。美軍進駐時沒有大張旗鼓，德軍說走就走，塔索街上的納粹旗幟和紅色長布條都被取下，徵用的民家被清空，政治犯沒人理會，軍隊乾淨俐落地撤走。有人說這是因爲教宗的關係，也有人說這是策略上的重整旗鼓，而另一種說法是，這是向羅馬悠久的歷史和藝術地位致敬。無論如何，時間一到，德軍離開了。

人民屏息以待，豎耳傾聽。昨天美軍空投宣傳單，要市民留在家裡，以防衝突升高。然而，沒有戰鬥，沒有炸彈，只有無聲無息掉落的傳單，接著，迎來六月晴朗的黎明。

美軍卡車和坦克駛入城裡，人們沒有留在家裡，而是在大街小巷裡歡欣鼓舞。這眞是奇特的景象，義大利人的盟友是冷酷無情的獨裁者，他們和德國人並肩浴血奮戰，如今卻熱烈歡迎美軍進入他們的首都。九個月前，德國兵臨城下，大家是拚了命地想趕走他們。這徹底說明了義大利人有多麼痛恨被牽扯進一場他們根本不想參加的戰爭，爲了荒謬的目的和愚蠢的男人而戰死沙場。

安傑羅悲喜交加，望著美軍車隊在群眾夾道歡迎聲中，浩浩蕩蕩行駛過鵝卵石路面。馬立歐攜家帶眷，聖則濟利亞聖殿的修女們，甚至魯西安諾蒙席和他的姊姊都跑來迎接美軍。美軍就像電影明星般笑容滿面地朝大眾揮手致意。對羅馬來說，戰爭結束了。對神父、反抗組織，以及躲藏的猶太人來說，這一天是難以置信的勝利。他們活下來了。

大部分的人。

有些人死了，還有些人可能會死。對被押走的人來說，戰爭還沒結束。伊娃和數不清的猶太人仍被監禁在北部和東部的集中營。對盟軍士兵來說，戰爭仍持續進行中，他們必須繼續擊退德軍。

兩天後，六月六日，安傑羅和一小群梵蒂岡神父圍在收音機旁，聆聽英國廣播公司宣布「作戰開始」。

「今天早晨，盟軍開始從西南面攻擊希特勒的歐洲要塞。」廣播員報導。「在艾森豪將軍的指揮及火力強大的空軍支援下，海軍開始登陸法國西北海岸。」

接下來的日子，希特勒的敵對國家無不內心忐忑、雙手顫抖地等收聽著每日最新戰況。第一天，德軍損傷千人，而盟軍的傷亡則多了十倍不止。就這樣來到七月十二日，盟軍成功搶佔諾曼第全部五個灘頭，有的更把德軍趕出法國的據點。

從諾曼第往東直進巴黎。八月底，巴黎解放，安傑羅按照唯一的計畫開始付諸行動。一名在義大利待了一年的第五軍團少校給他建議。

「第五軍團要分頭行動，我們有些人要被派往法國，義大利的戰況膠著，沒有進展。神父，我們在這裡停留太久，打完一次又一次。我們是拿下了羅馬，但萬一事情跟過去九個月一樣，接下來會是一番苦戰。除非德軍投降，或者我軍投降，不然我們是離不開義大利了。這是一場持久戰。如果你想找到那個女孩，最好的方法就是到法國，跟著美軍進入德國。」

安傑羅把他的決定告知歐弗拉帝蒙席，蒙席給予祝福，並提醒他，他仍是一名神父，尚未還俗，按照教規是不能結婚的，必須先得到教宗的允許，而這是不可能的。如果他要娶伊娃，必須在天主教會以外的地方。無論如何，歐弗拉帝蒙席擁抱他，叮嚀他如果找到伊娃，就帶回羅馬讓他再一次看看她。

留守羅馬期間，美軍進駐哈斯勒酒店，將這棟翻新的酒店當作總部，酒店的前身就是當地著名的美第奇別墅飯店。安傑羅穿著長袍來到酒店，收起拐杖，等著和兩個月前佔領城市的第五軍團指揮官談話。他聽從上校的建議，想來爭取任何需要他的空缺，他唯一的目的就是要進入德國。

酒店換了嶄新的風貌，一點也看不出來是伊娃演奏那晚的酒店。當時，房間裡擠滿聆聽她演奏小提琴的敵人。儘管如此，關於伊娃的回憶依然歷歷在目。她一身黑色禮服，美艷動人，纖細的頸項托著樂器，耳朵垂掛著閃耀的寶石；當她望著他時，眼裡光芒閃爍。那晚，他靠在她飯店房間內的水槽邊，將其中一只耳環握在掌中，一邊思索未來。剛洗好澡的身體暖烘烘的，但今晚發生的事令他不寒而慄，他神經緊繃，精神亢奮，感到自己的心態變了，優先順序不同了。他緊握著耳環，此時伊娃正睡在門外的床上。他為情所困，靈魂厭倦了等待。

「神父？有何貴事嗎？」

一個外表俐落、制服筆挺、梳著油頭、嘴咬香菸的男子從辦公室門口對他招手，拉回他的思緒。所謂的「辦公室」其實就是飯店休息室。之前伊娃在這裡跟他提起可能有突襲檢查。安傑羅起身隨指揮官進入房間，努力不讓自己一跛一跛地走，不過反而顯得更加不自然。指揮官在對面一落座，他便直接開門見山地說。

「我來看看有沒有機會替各位服務。」

「我們已經有隨行神父，不過，總是可以再多幾個。你是這個意思嗎？」

「我從十一歲起就定居在義大利，不過，我是美國人。我會說流利的德語和義大利語，法語也還過得去。我可以是神父，也可以是口譯人員。」

「爲什麼？軍隊的酬勞並不高，你不必這麼做。」

「我必須做，再說，神父的薪水也不好，但我們都不是爲了錢在做事，不是嗎？」

「說得沒錯，神父。那你的理由是？」

「有個對我非常重要的猶太女孩，五個月前，她被送到德國北部的集中營。我要找到她，有人建議我最好的方法就是跟著美軍進入德國。只要有機會能快點到德國，你要分派我到任何職位都可以。」

「就算奇蹟出現，你找到了你的女孩，但你仍必須留在軍中直到戰爭結束，不能任意辭職。」

「我明白，我唯一的目標是找到她，帶她到安全的地方，我也會履行完我的義務。」

「歐弗拉帝蒙席說你是一個意志堅定的人。」

一聽到他提起蒙席，安傑羅瞪大雙眼。

「他傳來訊息，說你會來找我。他協助我們藏匿好幾名墜落的飛行員不被德軍抓走，我們欠他一份人情。他說要報答他的方式就是幫助你。」

安傑羅點點頭，他一點也不意外歐弗拉帝蒙席會這麼做。

「你的腳怎麼了？走路一跛一跛的。」

「這是我從小就有的毛病。我可以走得比任何人都快，自己的事自己解決，不會麻煩任何人，指揮官，你不需要擔心我。」

指揮官哈哈大笑，傾身向前。「我相信，神父。聽起來你的背後有一個守護天使。阿爾帖亭洞窟的屠殺，歐弗拉帝蒙席都告訴我了，你放心，我會讓他們付出代價。」

「那天，很多好人都被殺了。」安傑羅輕聲說。

「這場該死的戰爭帶走很多好人，所以我才奮戰到今天。我會盡力協助你找到你的女孩，但我得先警告你，這會是一條漫長而艱辛的路。德軍還沒放棄，他們要打，我們就奉陪到底。」

「我也沒別條路好走，我既不能搭車到德國要求他們釋放他，也不能坐以待斃。我必須去。我之所以還能站在這裡，是因爲我相信她就在那裡。只要我能及時趕到……只要她能撐到我找到她。所以我得去找她。」

指揮官深吸一口菸，凝視安傑羅，緩緩地吞雲吐霧。接著他點點頭，氣定神閒，彷彿有了定論。「三天後，我們要派一支部隊前往法國。你就跟著去吧。到時候，你會忙到後悔加入軍隊。第二十裝甲師剛抵達法國南部，很快就會前進德法邊界，我最多能幫你到這樣了，神父，祝你好運。」

「我跟你一起去。」馬立歐堅定地說。

「馬立歐，不行。」安傑羅步下聖彼得大教堂的階梯，只見馬立歐揹著軍用背包守候在大門外，眼神堅決。

「我是醫生，他們會要我的。雖然我不太會講英語，但你會，畢竟你是美國人嘛。我們可以一起合作，我是醫生，你是上帝派來的軍醫，專門輔導人們的心靈。」他笑著聳聳肩。

「是的，我四處奔走拯救靈魂。」安傑羅自嘲地說。過去幾個月，他所做的幾乎都是提供食物和安全的棲身之所，不再主持任何神聖儀式。既然找到伊娃之後他就要離職了，再做下去也不具任何意義。

「我要跟你去。」馬立歐重申。

「馬立歐，你有太太和三個孩子，一家人才剛死裡逃生，好不容易可以過正常生活了。他們需要你，你必須考慮一下他們。」

「茱莉亞也同意，她和孩子們會待在修女院，我每個月會寄錢回去給他們。他們很安全，茱莉亞也有幫手。我不是士兵，不會上戰場。我是去救人，而且有錢可拿。要是行不通，我就去紅十字會。我躲起來的時候，許多人都被殺了，這是我抵抗的方法，我也想做出貢獻。我沒有工作——」

「你可以找到工作！要是你有個萬一，馬立歐，我永遠不能原諒自己。這個世界不能再失去任何一個猶太男人，這個世界不能失去像你一樣的人。我承擔不起。」安傑羅打斷他的話。

「如果我不跟你一起去，我永遠不會原諒我自己。在蓋世太保開槍射門時，伊娃用她的背擋住門口，腳撐住牆壁，一個人救了我全家。現在她被抓走了。朵納蒂太太挺身而出面對武裝警察，告訴他們我家已經沒人住了。她也被帶走了。我看著你一次次涉險，想方設法保護數以百計的猶太人，被嚴刑拷打、送到刑場，你大可以把我們供出來，但你沒有。

「我別無選擇才讓你們一個個爲了我和我的家人犧牲，現在輪到我了。在即將解放集中營之際，我要到現場去救人。我要跟你去，安傑羅，你不能阻止我。」

一九四四年十二月十三日

告解：我不能捨棄伊娃的小提琴。

我揹著小提琴盒來到法國，所有人都要求我演奏，當我說我不會拉琴時，所有人一臉我是個瘋子的表情。也許吧。我把所有東西留給了聖則濟利亞聖殿的修女，包括伊娃的三本日記在內。但我不能丟下她的小提琴，等我找到她之後，她會想要拉琴。

士兵們都覺得我是個怪人。無法理解我穿著正統軍服，底下卻露出神父的圓領。軍隊的隨行神父通常都穿得跟士兵一樣。爲了不讓大家擅自揣測，我猜馬力歐或多或少說了些我的故事，因爲大家似乎都知道我帶來的小提琴，是屬於我正在找的女孩。但馬立歐的英語不是很流利，天曉得流言到最後會傳成什麼樣子。

無論如何，嘲笑的聲音少了，所有人都稱呼我爲安傑羅神父。有些人還會叫我安傑羅寶貝，這裡的人很愛叫暱稱，可以增進感情。在某方面來說，其實挺像回到神學院，不同的是，這次有槍，有凍瘡，糧食少。往好處想，我只有一隻腳，能長凍瘡的地方不多。

母親多年前哼唱的一首基督新教詩歌裡，有一段描述到拯救桀傲不遜的靈魂。昨晚，在我安排的獨立禮拜上，我聽見一名士兵哼唱這首歌。我無意冒犯，但若非我的桀傲不遜，我早已一敗塗地，我並不想被拯救。

離開羅馬之後，至今已經過了四個月，我已經近九個月沒見到伊娃。部隊原本預定北上進入德國，結果卻一聲不響往東轉進盧森堡。我唯一能做的，就是不擅離崗位自己跑去德國。我只能祈禱伊娃的靈魂和我一樣桀傲不遜。

安傑羅．畢安可

25 比利時

有名士兵形容得好，冷冽的天氣就像棉花糖。如果說眼前霧濛濛的一片像由白糖轉出的棉花糖，那麼這股嚴寒就像住在一大桶冰淇淋裡，不過既不甜，也不令人開心。

聽說今年是有史以來最冷的冬天，安傑羅相信這是眞的。他出生於紐澤西，但也習慣了佛羅倫斯和羅馬的天氣，雖然冬天都很冷，但跟亞爾丁(注)相比眞是小巫見大巫。他這輩子還沒碰過這麼寒冷、這麼難熬的天氣，他努力不去想像在德國北部集中營裡的伊娃，一想到她的處境，他只能咬緊牙關，呑下怨言。他四處跟天主祈願，只要伊娃還活著，只要伊娃平安無事，他願意承受任何痛苦。

但天主令人捉摸不定，不說話也不給承諾，使人很少能猜透主的旨意。安傑羅虔誠地尋找主存在的證據，但主依舊一聲不響，始終如同眼前的白雪、霧氣和天空一般寂靜無聲。安傑羅跟隨第二十裝甲師的腳步，穿越法國來到梅斯市，這裡是法國、盧森堡和德國交界處。他一心希望部隊繼續前進德國，結束這場戰爭，讓他有機會去伊娃被拘禁的集中營。儘管盟軍成功進駐梅斯，但還不足以給予納粹德國致命的一擊。他和馬利歐都在等待，馬立歐等著回家，安傑羅等著進入德國，而天主只是無止境的沉默。

陰森寧靜的亞爾丁森林，因其遍地瀰漫的白色迷霧，以及連戰爭都穿不透的靜謐，被稱之爲幽靈防線。部隊已經在討論打道回府。因爲傷亡過多，加上需要養精蓄銳，部隊來到亞爾丁防線。在長達八十五英哩的森林裡，美軍遭遇奇襲。

十二月十六日，黎明破曉前，局勢變了。天空被探射燈照得通亮，隆隆砲火聲炸破了寧靜。聲勢浩大的德國軍隊在霧氣和惡劣氣候的掩護下，迅速通過八十五英哩戰線前進比利時。

安傑羅的小隊穿越盧森堡，一開始以爲要駐紮在盧森堡，結果在不明就裡的情況下被派往比利時一座叫諾維爾的小鎮。安傑羅發現這就是軍旅生活，無論是隨行的神父、軍醫還是士兵，只要一聲令下，任何人都得前進。或許不知道未來也是好的，就不用知道下一秒會碰上什麼事。也許有時天主的沉默不語是有道理的。

他們的連隊奉命要在諾維爾阻擋德軍第二裝甲部隊，渾然不知我方不僅人數上相差了十倍，火力也遠不及對手。因此，在勝算不明的情況下戰鬥也好。所有人都在開槍，小鎮上的火拚持續到德軍虎式坦克進逼而來，我方必須撤退到三英哩遠外的巴斯托涅。

「巴斯托涅是輪軸，七條主要幹道的匯集點，德軍如果想控制這個區域，搶攻盟軍西線最大的補給基地安特衛普，就一定得拿下這個地方。」指揮官說。

這短短的三英哩讓他們陷入苦戰。他們被困在戰壕中，後方砲火隆隆，士兵浴血奮戰，子彈在頭頂呼嘯而過。直到第一〇一空降師部隊在最後一刻抵達救援，掩護全體小隊來到巴斯托涅，在這裡繼續展開戰鬥。

「這是慘烈的一場！」指揮官說。「這種天候沒辦法有空軍支援，只能近身肉搏，

注 比利時和盧森堡交界處，一片森林覆蓋的丘陵地帶。

或者拿玩具槍去打虎式坦克。王八蛋！我們根本就是在冷凍庫裡打仗。」

「我們就繼續拖延對方，讓他們吃足苦頭。等天氣好一點，我的人就會從天空把他們轟得乾乾淨淨。」第一〇一空降師指揮官激勵大家，所有人點點頭，蹲坐在地。

德國裝甲部隊要來的消息甚囂塵上，巴斯托涅鎮民紛紛收拾家當，大包小包帶著離開他們寧靜的小鎮，大概是預測到當他們再回來時，誰會接掌這座小鎮，以防萬一，有些人甚至在屋頂上重新掛起納粹旗。鎮民撤離之後，要設立急救站就簡單多了。軍隊將一間在沙托納夫路上的三層樓建築改造成臨時醫院，這棟建築原本一樓是商店，二樓以上是宿舍，現在全都讓給軍醫使用，筋疲力盡的隊員們則住到對街不遠處的一棟公寓裡。

接下來的日子砲火連天，安傑羅、馬立歐，以及兩名來自其他地方的志工護理師，再加上被發配到部隊來的美國醫師傑克．普萊爾，五人利用極其有限的醫療資源——一點點繃帶、少到可憐的嗎啡、幾顆磺胺藥和血漿，盡其所能地照料傷患。第一〇一空降師的急救站設在馬路另一頭的老舊比利時軍營裡，情況好不到哪去。壞疽是最大的問題，而傑克醫師並不是外科醫師，唯一的希望是讓傷患撐到後送出去。但這種情況並沒有發生，除非敵軍撤退，否則等不到這一天。

十二月二十一日，德軍團團包圍巴斯托涅鎮，第一〇一空降師和第二十裝甲師被困在鎮上，士兵開起玩笑：「那些可憐的混蛋包圍我們，現在隨便開槍也會打中一個吧。」之後，那一句「可憐的混蛋」變成振奮軍心的口號。

十二月二十二日，德軍指揮官送了封信給麥考利夫將軍，信中指出要是巴斯托涅再不投降，就要大開殺戒。他收到的回信只有簡單一句話：「堅果！（注）」士兵們哈哈大笑，安傑羅則納悶了十分鐘之久，之後搖搖頭笑了，這大概是他不懂的俚語之一。他發現自己喜歡美國人，也以自己的美國血統為豪。

要拒絕德軍的招降一點也不難，因爲他們獲報德軍不久前才屠殺向裝甲部隊投降的近一百名美軍。安傑羅後來弄懂了那一句話，「堅果」意味著「瘋子」或者「你去死」，兩者都很貼切。隨著裝甲師緊咬著德軍側翼不放，第一〇一空降師也拒絕投降，巴斯托涅的交鋒持續了將近一個星期。

安傑羅盡其所能地照料奄奄一息的傷患，不管是身體上或心理上，他開始考慮要是自己能活著看到戰爭結束，找到伊娃並建立家庭，他也許可以當個不錯的醫生。不當神父之後，他總得找個工作。

十二月二十四日入夜，這是他永生難忘的耶誕夜。一名老婦人來到急救站求助，說是有個即將臨盆的村婦需要幫忙。

馬立歐正在縫合一名傷患，普萊爾醫師正在替人止血。馬立歐東張西望，想要找人幫忙這名死纏爛打的婦人。她死抓著他的手不放，不斷描述陣痛的大小和時間，嬰兒顯然被卡住了。

「安傑羅！」他大叫。「附近有個孕婦需要幫忙。」

「為什麼不跟著其他人撤離呢？」安傑羅協助一名傷患士兵喝了點水後，走向馬立歐和老婦人。

注 原文為「Nuts!」，也有冒犯性指稱生殖器之意。

「應該是擔心快要臨盆了，她是對的。」馬立歐說。老婦人一看到血就躲，眼裡寫滿疲憊和不安。

「我跟她去，你不能離開這裡。」安傑羅同意，不去想到了現場會看到什麼。

「可以的話，讓她趴跪著，如果嬰兒胎位不正臉朝上，在還沒進入產道前，這個姿勢有時可以幫住胎兒轉正。」馬立歐的指示立刻讓安傑羅萌生退意。

「馬力歐，我做不到。」安傑羅低聲說。「我不是醫生，我不知道怎麼接生孩子，更別說是難產了。」

「我知道，先去看看有什麼能做的，可以的話，把她帶來這裡。把所有人都集中在同一個地方，才有辦法兼顧每個人。帶台推車去吧。」

老婦人一邊拖著腳走路一邊親吻念珠，模樣讓安傑羅想起自己遠在佛羅倫斯的奶奶。他拉著車，來到和急救站只相隔三棟大樓的一棟建築。老婦人走上冰滑的階梯，安傑羅小心翼翼跟在後面。她打開前門，取下頭上的圍巾，朝屋內大喊。

「我帶了一名神父回來。」她用法語嚷嚷。「他是唯一一個有空的人。」

她轉向安傑羅。安傑羅穿著一雙不成對的鞋子——沒辦法，義肢永遠連著一隻黑色靴子。他踢掉鞋上的雪後，走進屋內，婦人關上門。

「爲了幫助生產，她一直努力走動，我不知道該怎麼辦，她累壞了，時間拖太久了。」老婦人一臉羞愧，彷彿幫不上忙愧對自己身爲女人的身分。

樓梯過道傳來極其緩慢的腳步聲，彷彿腳步聲的主人每踩一步都會痛。安傑羅抬眼望向樓梯上方，女人雙手撐在背後，黑色鬈髮雜亂地披散在纖細的頸項周圍，安傑羅隨即注意到她大到驚人的肚子，簡直比女子本人還要大。她肩上披著一件鬆垮的粉色毛衣，寬鬆的黑色連身裙顯然洗了太多次，但看得出來是特意選來遮蓋隆起的肚皮。在寒冷的天氣底下，她光著瘦長的腳，腳趾居然還可以跟毛衣一樣粉色。安傑羅納悶了兩秒鐘，正好奇她怎麼做得到時，視線上移到她的臉龐，他瞬間感到天旋地轉。女人瞪著他，彷彿他從墳裡走出來，是現代版的拉撒路（注）。

「伊娃？」他驚呼。

她原本撐在背後的一隻手往前抵住牆壁，宛如牆壁正擠壓向她。她沒有質疑他的存在，而是一個勁地盯著他，彷彿一眨眼他就會消失無蹤，緊接著她雙腳癱軟。

他不記得自己是如何跨越階梯，就算有，肯定是飛躍過去。因為他瞬間就來到她前面，樓梯變成在他的身後。伊娃跌坐在牆前，難以置信地搖頭。

「伊娃。」他再度呼喚她的名字。她撲進他的懷中，兩人緊抱在一起好一會兒，接著，安傑羅微微抽身看她，好確認她是不是真的。她手捧著他的臉，難以置信地打量他的五官，嘴裡不停喃喃唸著他的名字，但聲音最後消失在他的嘴裡。他親吻著她的唇，然後是臉頰、下巴、鼻、額頭，接著又一次貼住她的唇。

注 拉撒路（Lazarus），源自《約翰福音》。拉撒路病危時沒等到耶穌救治，死後埋葬在一個洞穴中，四天之後耶穌吩咐他從墳墓中出來，奇蹟般復活。

「伊娃！」樓梯底下一聲驚叫，兩人頓時分開。老婦人顯然受到不小驚嚇，看著一名陌生人——而且還是神父——親吻她照顧的孕婦。

「他就是我的安傑羅，貝蒂娜。」伊娃又哭又笑，依然難以置信地撫摸他的臉。

「他是我的安傑羅。」

「安傑羅？Le père du bébé?」貝蒂娜驚呼，隨即在胸前劃十字，看樣子，他的白色圓領把她搞糊塗了。想必伊娃沒有說出所有事。接著，他狂喜的腦袋意識到老婦人剛脫口而出的一句話。

「孩子的爸爸？」他喃喃複述，霎那間想起自己來此的理由。他的手滑落到伊娃隆起的肚子，視線隨之落下，接著又抬頭看著她美麗疲憊的臉龐，她的眼眶泛淚。

「是的，孩子的爸爸。」她低語，眼睛沒有離開過他的眼睛。她屏住呼吸，雙手緊握，整個人縮在他的懷中忍受陣痛。他只能摟著她，對眼前的場面毫無準備。

「宮縮強烈密集。」她喘著氣說。「昨晚就開始了，但感覺不太對。」

「妳得趴跪著。」他說，走進一間明顯清理出來當產房的房間。壁爐裡有熊熊燃燒的火焰，水和毛巾已經備妥，還有一張鋪有乾淨床單的床。貝蒂娜已經做了所有她能做的事。安傑羅將伊娃扶到床上，協助她趴跪著，但她相當虛弱，雙手和雙腳都在搖晃，難怪貝蒂娜會跑去求救。

「我得去叫馬立歐來，就算這樣有用，妳還是需要醫生。」他著急地說。

「馬立歐？」她驚訝地問。「馬立歐也來了嗎？怎麼會？你從哪來的，安傑羅？我以為你死了。他們說你死了。」她太激動，原本就虛弱的身體更加無力，雙手抖個不停。

「噓，之後再說，我們有很多話要聊，現在妳需要醫生。」

「別走。」伊娃可憐兮兮地懇求，甚至勉強伸出手，身體晃得更厲害了。「拜託，安傑羅，留下來陪我。」

他也一樣害怕，感覺只要一分開，這道劃開時間和空間、讓他們得以重逢的裂縫，就會永遠闔上。他左右爲難，他必須去找馬立歐，又不願意讓伊娃離開他的視線。

「我去。」貝蒂娜站在門口說，老婦人才剛爬上樓梯。「我再去一趟。」

「女士！」安傑羅朝她的背影大喊。「告訴桑尼醫生，我找到伊娃了，他會來的。」

但馬立歐沒有來，連同貝蒂娜再也沒回來。納粹德國空軍的火焰劃亮十二月天空，一瞬間，熊熊火光讓這個夜晚宛如七月正午般明亮。緊接著，一聲尖銳的呼嘯聲劃破空氣，安傑羅連忙用全身護住伊娃。第一顆炸彈落下，大地撼動，大樓劇烈搖晃，但沒被擊中。安傑羅繃緊神經，尖銳的呼嘯聲再起，意味著另一顆炸彈正朝他們而來。

「我愛你，安傑羅。」伊娃在他耳邊說，他只能回應她的話，在隆隆炮火聲中死命護住她。大樓依舊挺立著。一台德軍轟炸機低空飛過，用機關槍掃射整個地方。在玻璃碎裂聲、機關槍掃射聲中夾雜著倖存者吶喊尖叫的聲音。伊娃和安傑羅大氣不敢喘一口，一波未平一波又起。

「安傑羅！」伊娃氣喘吁吁。「來了，這次的陣痛不一樣，有一股壓迫感，寶寶要出來了。」他一直盡可能支撐住伊娃的趴跪，接著他讓她側躺下來，在下一波陣痛來襲前得以休息。

她笑得彷彿他剛展現了奇蹟。他閉上眼，如釋重負，接著扶她坐起身，弓起她的腿靠近胸部，他不知道自己怎麼知道該怎麼做，但在他的記憶深處，曾有個女人協助他的母親分娩。媽媽成功生下妹妹，卻賠上自己的性命。他絕對不會讓這種事發生。

「貝蒂娜？」伊娃喘著氣說，打斷他細思極恐的思緒。她瞪大眼睛，憂心忡忡。「馬立歐呢？」兩個人都沒回來，大街小巷恐怕已被轟得滿目瘡痍、死傷嚴重。但是安傑羅只有一個目標，等伊娃脫離險境後，他再來擔心馬立歐。

「我不知道，伊娃，但我在這裡，沒事的。」他安撫她，恐懼深深佔據他的內心，但他會冷靜。他已經找到她，她懷有他的孩子，他會冷靜。

伊娃淺淺一笑，點點頭，她相信他，她一向相信他，接著淚水湧上，陣痛再次來襲。她下巴抵著胸口，弓起背抵抗疼痛。

「告訴我……」她喘著氣說。「你是怎麼找到我的。」

「我聽說妳被送往柏根・貝爾森。美軍先是解放了羅馬，接著是巴黎。我跟隨軍隊穿越法國，想要找到機會進入德國去找妳，結果不盡人意，我心灰意冷，好幾次想要自己跑到德國，幸好卡米洛阻止了我。」

「我父親？什麼意思？」

「卡米洛去了奧地利後就再也沒回來，我知道，要是我不夠謹慎，就再也看不到妳。每當我要衝動行事，他彷彿就站在我的肩頭上，指引我方向。」

「他也與我同在。如果不是他，我就會在柏根・貝爾森了。我夢到他，他說你跟我在一起，在我體內。我當時不明白他的意思，直到我發現自己懷孕了。」

「妳怎麼會在這裡？在比利時？」他問，試圖轉移她放在陣痛上的注意力。他坐到她身後，讓她靠在自己胸前，將她的臉貼在自己的頸項，陪她度過陣痛。

「我跳車了。」她呻吟著把臉埋進他的頸項間，渾身顫抖。「我跳車，然後走路。」她打住，她現在連說話都困難。但光這一句話就讓他驚愕不已。

她跳車，然後走路。

宮縮增強，陣痛頻率密集到沒有任何喘息的空間，伊娃無助地開始分娩，身體迫使她往外推。她使勁全力奮戰，一個小時接著一個小時，然後又是另一個小時，碎裂的窗外，世界正在燃燒，他所愛的女人只求解脫。安傑羅將床推到火爐旁，把毯子釘到窗戶前，除了擋住屋外的嚴寒，還可以遮蔽室內的燈光，以防轟炸機去而復返，只是當下的情況實在不樂觀。貝蒂娜已經備妥充足的熱水，安傑羅盡可能保持房間乾淨，讓伊娃感到舒適。就這樣，接近半夜時分，終於快到盡頭。

一攤血水染紅了底下的床單，她痛苦地呻吟哀號，爲了愛而忍耐，使勁地向外推。安傑羅跪在她前面，祈求聖母瑪利亞保佑她。一個在愛與苦難中受孕的男娃娃在父親的迎接下，於耶誕節這天誕生了。嬰兒的號啕大哭聲打破了這一刻神聖的寧靜，小手小腳拚命揮舞。

「是個男孩，伊娃，是個小男孩。」安傑羅欣喜若狂，在一座被轟炸的小鎮，一處境外之地，枝枒冒出小小的綠葉，在許多孩子悄然逝去之時，新生的太陽升起了。

安傑羅顫抖著手，小心翼翼將嬰兒放在伊娃汗水淋漓的胸前，切斷連繫母子的臍帶。伊娃虛弱地笑了，但呼吸沉穩，表情安詳。她用乾淨的毛巾包住兒子，欣喜地端詳他的小臉蛋。

「他來了，我的小安傑羅．卡米洛．羅賽利．畢安可。」

寶寶立刻停止哭泣，好奇的眼睛直勾勾地盯著母親的臉。伊娃笑了，儘管眼淚撲簌簌地落下，接著她輕聲低吟，安傑羅湊過去聽。整整一年前，她和安傑羅、歐弗拉帝蒙席擠在卡車駕駛座時，也是哼著這首歌。

喔，我美好的孩子，
我看見你瑟瑟發抖，
喔，神啊，
喔，祢付出了多少來愛我，
喔，祢付出了多少來愛我。

親愛的天選孩子，
一貧如洗的我會更加愛你，
因為愛如今使你窮困，
因為愛如今使你窮困。

安傑羅吻去伊娃臉上的淚水，在她的唇上吸吮滋味。愛沒有使他們變得窮困，而是讓他們變得富足。此時此刻，他們是王公貴族，財富的王，命運的后，懷抱著和平的小王子。安傑羅依然不知道伊娃之前在何處，是如何在戰火喧囂之際來到這座叫巴斯托涅的小鎮，但他找到她了。

他找到她了。

不管是地球上的人，或是天堂裡的天使，沒人可以說服他奇蹟並不存在。有史以來第一次，天主終於不再沉默。

26 巴斯托涅

凌晨時分，安傑羅和伊娃聽見樓下大門砰的一聲打開，躂躂躂的腳步聲奔進屋裡，接著聽見有人大喊。安傑羅坐在伊娃的床邊打瞌睡，立刻跳起來衝向門口，開門跑到樓梯通道。

「馬立歐！」他大叫，心裡一顆大石落下。「在這裡，我們在樓上！」

伊娃把寶寶塞入安傑羅蓋在母子身上的毯子裡，聆聽上樓的腳步聲，安傑羅喜不自勝，感激之情溢於言表。

兩個男人立刻大聊特聊，拍拍後背，互道平安。馬立歐站在門口，臉上烏漆抹黑，制服血跡斑斑，就像是剛逃過敵軍的直接轟炸。

「貝蒂娜——那個要我到這裡來找妳的老太太？她沒事，我們沒辦法第一時間趕到，因爲一堆跟我個頭一樣高的瓦礫擋在門前。你們隔壁大樓的屋頂被炸彈擊中，我們不得已耽擱了一下。外面亂成一團，不把瓦礫清走，根本沒有站的地方。」他解釋，搖搖頭想要看個清楚，疲憊地揉著眼睛，似乎還不敢相信眼前這一幕。

「哈囉，馬立歐。」伊娃輕聲說，笑吟吟地看著他驚訝的表情。

他緩緩走到床邊，敬畏地跪下。安傑羅跟在後頭，眼睛凝視著伊娃，激動得唇角顫抖。

「來見一下安傑羅・卡米洛・羅賽利・畢安可。」她低喃，掀開被子露出兒子沉睡的臉龐。「在耶誕節出生。」

馬立歐目瞪口呆。「怎麼會？」他語帶哽咽。

「當兩個人非常相愛時，有時候會生下孩子。」她取笑道。

「怎麼會？」他又問了一次，抬頭看著安傑羅，後者搖搖頭，彷彿同樣說不出話來。安傑羅讓疲憊的醫生坐到他起身的椅子，遞上乾淨的毛巾、肥皂和一桶水到他身邊。

「清洗一下，馬立歐，再來聽伊娃說故事。」

她說有一個來自巴斯托涅的少年叫皮埃爾，他的母親說服他跳出開往柏根・貝爾森的火車。她形容在子彈呼嘯而過時，飛身出去是何種感覺，當她成功落地時又什麼心情——她跳車，而且還活者。她回憶當他們找到路牌時，發現自己在德國境內。她和皮埃爾在教堂裡躲了兩天，在戶外抽地下水喝，偷吃聖餅，直到神父發現，讓兩人吃了眞正的食物，換上乾淨的衣服，要他們到下一個小鎮去找「荷西神父」。

荷西神父要他們去古斯塔夫斯堡小鎮找岡瑟神父，岡瑟神父要他們去賓根鎮找阿克曼神父，阿克曼神父要他們去本格爾鎮找昆茲神父，兩人一個小鎮接著一個小鎮，依靠天主教會的正直，一路用走的或用偷渡的方式前往比利時。其中一名神父警告他們要小心下一個小鎮的神父，他是納粹支持者，哥哥是納粹德國的高官。

前往邊界時，兩人躲進裝滿肥料的推車裡，全身蓋滿肥料，在外鋪上塑膠篷布。一名德國農夫將推車拴在驢子身上，神色自若地走過德比交界，沒人多問一句。農夫送他們到聖維特小鎮郊區，之後，兩人一路往南走，有一晚就直接睡在森林裡，因爲他們已經累到無法走完前往巴斯特涅的最後一哩路。兩人走了三個星期，跨越一百五十五英哩，好不容易來到巴斯特涅，伊娃卻病了兩個月。直到兩次月事都沒來，她才發現自己不是因爲壓力過大、過度疲勞，才病懨懨地老是感到噁心。她是懷孕了。

「之後我就一直躲在這裡。」伊娃最後說。「雖然人數不多，但這附近之前一直有德軍在。」

「皮埃爾呢？」安傑羅問。

「貝蒂娜和我要他跟大家一起去避難，他跟朋友在一起。」

「幸好他去避難了。否則不知道會變成怎樣。」馬立歐說。「炸彈如雨落下，急救站也被炸掉了。我當時在後面的廚房，要去拿放在冰箱的血漿。那是一間玻璃溫室，我被炸飛出去，穿過玻璃，掉落在雪堆裡，我身上只有一點擦傷。不過急救站著火了，我們把幾名傷患拖出去，剩下的都被埋在瓦礫堆中了。」

「你的眼鏡不見了。」安傑羅注意到。

「至少我只有丟了眼鏡，有個護理師丟了命，她叫蕾妮，她一直進去搬傷患，最後一次進去後，就再也沒出來。」

「又一個戰爭底下的英雄。」伊娃低語。「謝謝你，馬立歐。」

馬立歐迎視她的目光。

「謝謝你來找我，謝謝你的情誼。」

「安傑羅從不放棄希望，伊娃。他鍥而不捨地找妳。」馬立歐說。

「他是一個信念強大的人。」她喃喃低語，對安傑羅微微一笑。在她冗長的旅途描述過程中，他的視線始終沒離開過她的臉龐。

「信念強大的人。」馬立歐附和。

耶誕節隔天，巴頓將軍第三軍團抵達救援受困的第一〇一空降師。儘管第一〇一空降師自誇並不需要支援，但在可憐的阿里奧斯托路混蛋德軍團團包圍下，他們給了對手迎頭痛擊。無論需不需要或歡不歡迎援軍，巴斯特涅的戰爭終究告一段落了。接下來幾天，戰線轉移，盟軍被德軍一度突破的防線重新接上；戰火平息，得以開始遷出傷兵，空投補給品，挖掘死者。

馬立歐初步檢查過伊娃和小安傑羅後，要安傑羅放心，他做得很好，非常好。

「你是當醫生的料，安傑羅。」他一本正經地說，包緊哇哇啼哭的寶寶，剛才的檢查似乎讓他不開心了。伊娃接過寶寶，笑著安撫他，離開房間去餵奶。安傑羅望著母子倆離去，內心仍感到不可思議，沒有眞實感。他轉向馬立歐，回應他的讚美。

「我眞的想過，但我不想當醫生，我不想再跟死亡扯上關係，朋友。卡米洛一向說我們來到世上是來學習的，但我想教學，我想教歷史，讓世人不要再重蹈覆轍。伊娃的逃亡經歷讓我相信仍有許多善良的德國人，他們就像我們一樣擔心受怕。義大利人不能容忍批評，他們也在對抗希特勒。或許大家都別無選擇，但我不禁在想，若是每個人都做出選擇會是如何？選擇不要參與，不要被欺凌，不要上戰場，不要迫害，會是什麼樣的情況？」

馬立歐點點頭。「我們都受到希特勒擺布，我相信許多德軍也一樣。他和他的爪牙對世界撒謊，在戰爭結束前，沒人知道全部的真相，也不會有人相信真相。」

「但願不會太久。」安傑羅沉思，他沒辦法再次離開伊娃身邊，但部隊要撤離，他必須跟著走。

「普萊爾醫生把你的故事告訴麥考利夫，只要伊娃和寶寶的狀況允許，你們可以馬上回羅馬去。」馬立歐笑盈盈地說。安傑羅如釋重負，雙手掩面。

「感謝主。你也會一起回去嗎？」

「我也希望能早點跟你一起回去，但他們不會讓我離開。他們現在很需要醫生，我又是自願參加的，當初申請時就已經保證會待到戰爭結束。就快了，我想親眼見證這一刻。我一定要。」

清完急救站裡坍塌的碎石瓦礫後，一名士兵發現一個小提琴盒，琴盒千瘡百孔，蒙上一層厚厚的白灰，士兵翻來覆去查看，一時間不知道自己找到什麼東西。好不容易打開扭曲的環扣，裡面是一把完好無缺的小提琴。

「那不是安傑羅神父的東西？」底下有人說。士兵聳聳肩，扣上環扣，遞給說話的士兵。士兵大步跑向臨時急救站，神父過去五個月一直將琴盒揹在背後，他非常清楚上哪去找人。

一日將盡，燈火亮起，第二十裝甲師和第一〇一空降師準備翌日出動，這時，頹圮的大街傳來甜美悅耳的樂音，士兵們停止動作，側耳傾聽。天籟般的清澈樂音來自一個九個月沒拿過琴的女人，她最後一次演奏是在一群德警面前，並因此洩露了自己猶太人的身分。

伊娃站在大街中央，頂著冷冽的寒風，不間歇地一首接著一首演奏。被戰火摧殘的小鎮藉由音樂重燃生機，樂曲撫平了傷痛。這是她獻給將安傑羅帶回她身邊的士兵們，耶誕聖歌、搖籃曲、奏鳴曲和交響樂驅走了嚴寒。有些士兵開始竊竊私語，有些人發現她的身分，群眾三三兩兩靠了過來，在廣場圍成一圈。

「她就是安傑羅神父要找的女孩。」

「她從德軍手中逃出來了。」

「他在巴斯托涅找到她了。」

「他揹在身上的小提琴就是她的。」

「眞是奇蹟。」

在眾人的讚嘆聲中，伊娃的故事和小提琴就這樣流傳出去，從大街小巷到田野空地，進入每個駐足聆聽的士兵耳中。優美的旋律飄入冰冷的薄霧之中。即便只有短暫的一刻，這個幽靈戰線宛如幻化成一座小小天堂。

安傑羅抱著兒子，從公寓二樓窗戶俯瞰街道，凝視伊娃的演奏。他豎耳傾聽，不願意錯過任何一個音符。這的確是奇蹟。過去有過許多奇蹟，而在戰爭結束前還會有更多奇蹟發生。他點燃蠟燭，望著燭光搖曳映照著牆上的十字架，聆聽伊娃演奏。

尾聲

一九五五年八月三日

告解：八月讓我想起馬萊瑪。

我們再也沒回去格羅賽托或是馬萊瑪海灘，也許有天，我們會帶著孩子舊地重遊，去看潮潭和粉色火鶴，在清澈的海水中游泳，採集白色沙灘沿岸成排海岸松掉落的松果，再去爬岩石峭壁。只是我不知道有沒有這一天。

現在我們每年八月都會去鱈魚角，還會開玩笑說這裡相較於義大利，形狀是一隻比較小的鞋子。我們住在小木屋裡，吃義大利麵和龍蝦，然後我會拉小提琴。安傑羅的皮膚被曬得黝黑，眼睛比大海湛藍。我努力不去想那個宛如餘音繞梁般、令我魂牽夢縈的遙遠地方。

我們去找珍珠、偷偷摸摸接吻、像年輕時那樣到漁夫小屋去做愛。冬天的海灘總令我有些心痛，但這是好的心痛，必要的心痛。會痛，代表我還活著，還能感受到喜悅。很多人已經沒有機會了。有時我會聞到爹地的菸味，聽到遠方傳來蕭邦的樂曲，彷彿菲力士舅舅正在提醒我，我是誰。

我的夢裡仍有火車，彷彿刻在我的潛意識裡，我從沒逃離過。我跳下車，死裡逃生，卻被迫一跳再跳。我討厭這些夢，每次醒來鼻子總聞得到一股惡臭，有血味、尿味和煙硝味。安傑羅從沒過問太多，他很清楚，所以只是將我摟在懷中。我把鼻子埋入他的喉間，吸入他的味道，呼出心中的恐懼。八月會讓我想起奧斯威辛。

爹地在八月時離開我，根據德軍留存的紀錄，他在進入集中營那天就被毒氣毒死了。超過四十歲的男人都會被送進毒氣室，而爹地是五十二歲。奧古斯托叔叔和碧昂卡嬸嬸抵達奧斯威辛後不久也同樣被毒死。李維和克勞蒂亞通過挑選，但被告知可以選擇坐上卡車前往十公里外的集中營。這是一個他們想淘汰掉「懶人」的謊言與藉口。他們跟父母一起被毒死了。

羅馬十月圍捕行動，桑尼一家和我逃過一劫，但被抓走的近一千兩百人中，有超過八百人直接被毒死。被送進集中營的人當中，只有一個女人和四十七名男人活下來。一千兩百人當中只倖存了四十八人。

皮埃爾的母親嘉利兒・拉蒙沒能在柏根・貝爾森撐過冬天，但她極其罕見地堅持了八個月。我兒子和我可能撐不了那麼久，寶寶甚至都不可能活到出生。直到戰爭結束，柏根・貝爾森關押了六萬名囚犯，期間斑疹傷寒肆虐。一九四五年五月，英軍解放了柏根・貝爾森，首次向全世界揭露了駭人聽聞的恐怖真相。我強迫自己看著照片。這是我欠他們的。他們沒有白色天使幫助他們躲藏，沒有勇氣和機會跳車，沒能堅持到最後一刻。

安傑羅和我戰後返回佛羅倫斯一陣子，但我們沒有留在義大利。我們舉辦了一場小型的非宗教式結婚典禮，但多少還是挑戰了彼此的信仰。我仍是猶太人，而安傑羅還是名神父。這是不能改變的事實，我們也不想改變。只是他被革除了司鐸聖職，不能再執行聖事。我們的婚姻並不被天主教會認可，不過，我認爲只要上帝認可就夠了。再也沒有人稱呼他爲神父，唯一能叫他父親的，只有我們的四個孩子，只是他們通常都喊他爹地就是了。

桑帝諾和法比雅希望我們留在佛羅倫斯，讓他們含飴弄孫，享受天倫之樂。畢竟，別墅就是我們家，他們在戰後歸還給我，但有些傷痛和回憶最好還是塵封起來，片段留在泛黃的相片裡就好。我們必須走出戰爭的陰霾，擺脫過往的控制，避開那些自以爲是的臆測和流言蜚語，重新生活。

我們留在佛羅倫斯直到小安傑羅兩歲，而二兒子菲力士．奧圖六個月大。雙胞胎則是出生於美國，我們把這兩個小男生取名爲法比歐和桑帝諾，名字來自他們的曾祖父母。兩位老人家因爲說服不了我們留在義大利，決定搬來美國跟我們一起住。

這些年過得平穩。我教孩子拉小提琴，反覆練習長音和音階，認識音符和五線譜，叮嚀他們沒人可以奪走他們的音樂。孩子的技術尚未成熟，宛如過去的我，但當他們拉琴時，琴弦勾勒出我的人生和我家人的一生，就像菲力士舅舅說的那樣。

安傑羅在紐約上州一間小學院教歷史和宗教學。他現在是畢安可教授，這個稱呼非常適合他。他比我認識的任何人都要了解宗教，但心中仍有數不清的疑問。當他和教條糾纏不清、對教義失望時，我只是笑著搖頭。

「有兩件事我可以確定，安傑羅．畢安可。」我說，即便是老生常談，他總裝作從沒聽過。

「告訴我，妳知道什麼？」他說。

「沒人知道上帝的性格。」我比出一根指頭。

「另一件呢？」他問，兩眼炯亮。我把手指對著他，像斥責般地搖搖指頭，很有一個義大利好老婆的架式，但語氣柔情似水。

「我愛你，從以前到現在，永永遠遠愛著你。」

「這就夠了，我狡猾聰明的老婆。」他低語，一把摟著我，緊到讓我幾乎不能呼吸。

我已心滿意足。

芭希娃·羅賽利·畢安可

誌謝

一直以來，我對二戰非常有興趣，但因架構過於龐大，我從沒想過自己會以二戰爲背景寫出一本書。當我偶然看到一篇文章，描述一名義大利猶太人在天主教教士的協助下躲藏起來。這篇文章啓發了我，我繼續挖掘，而且越掘越深，我開始相信我得來說一段特別的故事，但願今日的人們能得知這些歷史，並且不再重蹈覆轍。

伊娃和安傑羅所遭遇的場景和事件是眞實的。羅馬的猶太人被迫捐出的那些金子，在德軍撤離之後，全留在了塔索街。阿爾帖亭洞窟大屠殺、義大利各大城市的掃蕩行動，以及藏身在修女院與修道院裡的經歷，都是根據眞實事件改寫而來。許許多多的神父、修女、修道士，以及許許多多的義大利普通老百姓，大家義無反顧地伸出援手，他們的犧牲與勇敢令我敬佩與感動；在艱困的大環境底下，這些事在在見證了人性的光輝和英勇。對我來說，這些英勇事蹟削弱了恐懼，八成的義大利猶太人挺過了戰爭，而在歐洲卻有八成的猶太人喪生。兩者形成強烈的對比。

作爲一本以眞實歷史爲背景的虛構小說，伊娃和安傑羅是虛構出來的角色，但圍繞在他們周遭的人物卻是眞實的。傑克．普萊爾是一名美國醫生，亞爾丁突圍戰之時，他在巴斯托涅的急救站工作。我一度考慮替他改名，但隨即想到，即使只是提到名字，但若能在我的能力範圍內表揚一下他不也是美事一樁！還有羅馬警察局長皮埃羅．卡魯索、殘暴的法西斯隊員彼得・柯赫、羅馬蓋世太保頭目卡普勒中校，也都是眞實人物。愛爾蘭神父修・歐弗拉帝蒙席也是眞實存在的英雄，他在梵諦岡任職，二戰期間，拯救了羅馬周遭將近六千五百人的性命。一九四三年，德軍佔領義大利，卡蘇托拉比成了佛羅倫斯猶太人的精神領袖。他的故事激發了我，讓我久久難以忘懷。他展現出驚人的領導力和勇氣，撐過了奧斯威辛，卻在死亡行軍時，死在捉拿他的人之手，享年三十六歲。在他短暫的人生裡煥發出常人所沒有的堅毅和高雅。我要將此書獻給他。

全世界都要深深感激像歐弗拉帝蒙席和卡蘇托拉比這樣的人，尤其是我，他們啓發了我的靈感，指引我寫出這篇故事。我盡可能描述出猶太教、天主教和滿懷愛與尊敬的人，文中如有任何疏失或錯誤之處，純屬我個人無心之過。

歷史難以定論，紀錄會被抹黑，我的本意不是去譴責或詆毀任何人，更不是要誇大其辭。書裡所描述的暴行都不是我憑空杜撰出來，儘管遺憾，但這些都是源自眞實事件和紀錄。

我要特別感謝約翰・巴魯克神父，是他讓我愛上佛羅倫斯、藝術和天主教。他的撥冗陪伴及強烈的使命感在在令我動容。感謝他和我分享關於多納太羅的聖喬治。我不知道自己有沒有精準傳達出一位盡忠職守、犧牲奉獻的神父精神，但我相信約翰神父一定能理解。非常謝謝他的陪伴和友誼。

謝謝妳，凱芮・懷特，我的編輯兼好友。感謝妳的直言不諱，以及對我和這本書的信心。

塔瑪拉・畢安可——有史以來最棒的私人助理，妳無所不能，這本書非常需要妳，感謝妳幫忙解決語言上的問題。也要謝謝賽門．畢安可讓我使用了他的姓氏，在義大利語上幫了我很大的忙。

謝謝珍．狄斯特爾，以及狄斯特爾家和戈德里奇家的人，謝謝你們在背後的支持。感謝Lake Union Publishing的夥伴，謝謝你們對這本書的喜愛和信心。同時感謝喬蒂．沃許、珍娜、弗里等所有協助這本書的人。

最後我要特別感謝我的丈夫，他從不質疑我的能力。也要謝謝我的孩子們，必須忍受一個一天到晚做白日夢、沉浸在歷史裡的母親。我的丈夫、小孩、父母和手足是我這一生最美好的部分，謝謝你們的愛與信心。

像安傑羅一樣，我相信上帝是沉默的，但祂並不盲目也並不完全公平。我不了解祂，就像伊娃說的，我不相信有人眞正了解上帝。只是，即使只有一定程度的了解，我已心懷感激，我會盡其可能感受祂的慈愛和感化，默默與神同行。

國家圖書館出版品預行編目資料

塵埃與灰燼 / 艾米．哈蒙（Amy Harmon）著. -- 林小綠譯. -- 初版. -- 臺北市：春光, 城邦文化出版：家庭傳媒城邦分公司發行, 民110.04
冊；　公分
譯自：From Sand and Ash
ISBN 978-986-5543-13-6（平裝）

874.57　　110001992

塵埃與灰燼

原著書名／From Sand and Ash
作　　者／艾米．哈蒙（Amy Harmon）
譯　　者／林小綠
責任編輯／劉瑄

版權行政暨數位業務專員／陳玉鈴
資深版權專員／許儀盈
行銷企劃／陳姿億
行銷業務經理／李振東
總 編 輯／王雪莉
發 行 人／何飛鵬
法律顧問／元禾法律事務所　王子文律師
出　　版／春光出版
台北市 104 中山區民生東路二段 141 號 8 樓
電話：(02) 2500-7008　傳真：(02) 2502-7676
部落格：http://stareast.pixnet.net/blog　E-mail：stareast_service@cite.com.tw
發　　行／英屬蓋曼群島商家庭傳媒股份有限公司城邦分公司
台北市中山區民生東路二段 141 號11 樓
書虫客服服務專線：(02) 2500-7718 / (02) 2500-7719
24小時傳眞服務：(02) 2500-1990 / (02) 2500-1991
服務時間：週一至週五上午9:30～12:00，下午13:30～17:00
郵撥帳號：19863813　戶名：書虫股份有限公司
讀者服務信箱E-mail: service@readingclub.com.tw
歡迎光臨城邦讀書花園　網址：www.cite.com.tw
香港發行所／城邦（香港）出版集團有限公司
香港灣仔駱克道 193 號東超商業中心 1 樓
電話：(852) 2508-6231　傳眞：(852) 2578-9337
E-mail : hkcite@biznetvigator.com
馬新發行所／城邦（馬新）出版集團　Cite(M)Sdn. Bhd
41, Jalan Radin Anum, Bandar Baru Sri Petaling,
57000 Kuala Lumpur, Malaysia.
Tel: (603) 90578822　Fax:(603) 90576622　E-mail:cite@cite.com.my

封面設計／李涵硯
內頁排版／極翔企業有限公司
印　　刷／高典印刷有限公司

■ 2021 年（民 110）4 月 29 日初版一刷　　Printed in Taiwan

城邦讀書花園
www.cite.com.tw

售價／450元

ISBN　978-986-5543-13-6

廣　告　回　函
北區郵政管理登記證
台北廣字第000791號
郵資已付，免貼郵票

104 台北市民生東路二段 141 號 11 樓

英屬蓋曼群島商家庭傳媒股份有限公司
城邦分公司

請沿虛線對折，謝謝！

愛情・生活・心靈
閱讀春光，生命從此神采飛揚

春光出版

書號：OT1030	書名：塵埃與灰燼

請於此處用膠水黏貼

讀者回函卡

謝您購買我們出版的書籍！請費心填寫此回函卡，我們將不定期寄上城邦集最新的出版訊息。

姓名：＿＿＿＿＿＿＿＿＿＿＿＿＿＿＿＿

性別：☐男　☐女

生日：西元＿＿＿＿＿＿年＿＿＿＿＿＿＿月＿＿＿＿＿＿＿日

地址：＿＿＿＿＿＿＿＿＿＿＿＿＿＿＿＿＿＿＿＿＿＿＿＿

聯絡電話：＿＿＿＿＿＿＿＿＿＿＿傳真：＿＿＿＿＿＿＿＿＿＿

E-mail：＿＿＿＿＿＿＿＿＿＿＿＿＿＿＿＿＿＿＿＿＿＿＿＿

職業：☐ 1. 學生 ☐ 2. 軍公教 ☐ 3. 服務 ☐ 4. 金融 ☐ 5. 製造 ☐ 6. 資訊

☐ 7. 傳播 ☐ 8. 自由業 ☐ 9. 農漁牧 ☐ 10. 家管 ☐ 11. 退休

☐ 12. 其他＿＿＿＿＿＿＿＿＿＿＿＿＿＿＿＿＿＿＿＿

您從何種方式得知本書消息？

☐ 1. 書店 ☐ 2. 網路 ☐ 3. 報紙 ☐ 4. 雜誌 ☐ 5. 廣播 ☐ 6. 電視

☐ 7. 親友推薦 ☐ 8. 其他＿＿＿＿＿＿＿＿＿＿＿＿＿＿＿

您通常以何種方式購書？

☐ 1. 書店 ☐ 2. 網路 ☐ 3. 傳真訂購 ☐ 4. 郵局劃撥 ☐ 5. 其他＿＿＿

您喜歡閱讀哪些類別的書籍？

☐ 1. 財經商業 ☐ 2. 自然科學 ☐ 3. 歷史 ☐ 4. 法律 ☐ 5. 文學

☐ 6. 休閒旅遊 ☐ 7. 小說 ☐ 8. 人物傳記 ☐ 9. 生活、勵志

☐ 10. 其他＿＿＿＿＿＿＿＿＿＿＿＿＿＿＿＿＿＿＿＿

為提供訂購、行銷、客戶管理或其他合於營業登記項目或章程所定業務之目的，英屬蓋曼群島商家庭傳媒（股）公司城邦分公司，於本集團之營運期間及地區內，將以電郵、傳真、電話、簡訊、郵寄或其他公告方式利用您提供之資料（資料類別：C001、C002、C003、C011等）。利用對象除本集團外，亦可能包括相關服務的協力機構。如您有依個資法第三條或其他需服務之處，得致電本公司客服中心電話 (02)25007718請求協助。相關資料如為非必要項目，不提供亦不影響您的權益。

1. C001辨識個人者：如消費者之姓名、地址、電話、電子郵件等資訊。
2. C002辨識財務者：如信用卡或轉帳帳戶資訊。
3. C003政府資料中之辨識者：如身分證字號或護照號碼（外國人）。
4. C011個人描述：如性別、國籍、出生年月日。

請於此處用膠水黏貼